中國新聞史研究輯刊

四 編

主編　方漢奇
副主編　王潤澤、程曼麗

第 3 冊

《北洋官報》研究

都 海 虹 著

花木蘭文化事業有限公司

國家圖書館出版品預行編目資料

《北洋官報》研究／都海虹 著 — 初版 — 新北市：花木蘭文化
事業有限公司，2019〔民 108〕
目 4+200 面；19×26 公分
（中國新聞史研究輯刊 四編；第 3 冊）
ISBN 978-986-485-812-5（精裝）
1. 中國報業史 2. 讀物研究
890.9208   108011508

ISBN-978-986-485-812-5

中國新聞史研究輯刊
四　編　第三冊　　　　　　　ISBN：978-986-485-812-5

《北洋官報》研究

作　　者　都海虹
主　　編　方漢奇
副 主 編　王潤澤、程曼麗
總 編 輯　杜潔祥
副總編輯　楊嘉樂
編　　輯　許郁翎、王筑、張雅淋　美術編輯　陳逸婷
出　　版　花木蘭文化事業有限公司
發 行 人　高小娟
聯絡地址　235 新北市中和區中安街七二號十三樓
　　　　　電話：02-2923-1455／傳真：02-2923-1452
網　　址　http://www.huamulan.tw 信箱 hml810518@gmail.com
印　　刷　普羅文化出版廣告事業
初　　版　2019 年 9 月
全書字數　162696 字
定　　價　四編 13 冊（精裝）新台幣 26,000 元

《北洋官報》研究

都海虹　著

作者簡介

都海虹（1977.11～），河北省張家口赤城縣人，現供職於河北大學新聞傳播學院，副教授，博士。2018 年 12 月博士畢業。主要研究領域爲新聞史論。迄今爲止，在國內新聞傳播類核心期刊發表論文 20 篇，承擔廳級以上課題 5 項。2014 年被評爲「保定市優秀中青年專家」。多次獲得河北大學各類教學實踐獎項。讀博期間，苦心鑽研「故紙堆」，通讀全套《北洋官報》影印本，研究基礎紮實。

提　　要

　　本文採用內容分析法、文獻法等研究方法，對清末新式官報的典型代表《北洋官報》做了較爲全面、細緻、深入的研究。全文共分四章：第一章分別通過《北洋官報》創辦前後的中國時局、清末新政的實施、袁世凱利益集團的支持、晚清的政治輿論失範與媒介控制，來分析《北洋官報》創辦的歷史背景。第二章和第三章是研究的主體部分，分別從《北洋官報》的外在形態和內容來展示報紙的全貌，描述了該報的發展分期、發行方式與廣告狀況，並對其內容進行分析，探討了它的內容特色、報導重點和宣傳策略。第四章評價了《北洋官報》的歷史作用和影響。不僅將官報放在晚清向民國過渡的歷史中，考察了它在清末新政、預備立憲實施過程中的輿論推動作用，而且從媒體自身發展規律考察了它在中國新聞傳播史中的地位和作用。

　　目前史學界對該報的研究還處於起步階段，對《北洋官報》的歷史地位和作用有待再認識、再評估。本文認爲，由它起，結束了中國古代邸報的歷史，開啓了現代化官報的歷程。在中國新聞傳播史上，《北洋官報》起到了承上啓下的作用。它促進了近代新聞事業的發展，進而推動了中國社會的歷史進程，是中國新聞事業發展史上的一座里程碑。

目

次

緒　論

　　河北省在清代屬直隸省，直隸省的行政中心設在保定，這裡地處京畿要地。從明代到清代，直隸省所轄範圍不斷在調整。直隸總督權重位顯，是疆臣之首。從雍正元年至宣統三年，清代 187 年歷任直隸總督 74 人，共 99 任。光緒二十七年即 1901 年 11 月，直隸總督兼北洋大臣李鴻章病故，袁世凱繼任。1901 年 1 月，清政府推行新政。時任山東巡撫的袁世凱贊成君主立憲，積極推進改革。《北洋官報》1902 年 12 月 25 日在天津的出版成爲袁世凱在直隸推行新政的重要舉措之一。出版總局設在天津，分局設在保定和北京。宣統二年即 1910 年 11 月 2 日，《北洋官報》遷保定出版。《北洋官報》是我國近代史上第一份產生重要影響的政府官報；是我國第一份郵發報紙；是我國最早採用銅版印刷技術的報紙。本文對《北洋官報》展開深入研究。

一、選題意義

　　深入研究《北洋官報》無疑具有多重重要意義。

　　第一，它將完善清末民初我國政府官報的發展歷史，推動地方報刊史的研究。

　　《北洋官報》原件由國家圖書館、上海圖書館館藏較多，除此，散落在民間及其他機構也有一些。後在全國各地圖書館的大力支持下，天津古籍出版社全面搜索，終於出版了全套影印版《北洋官報》。即使如此，還是差了 9 期。其中仍有較多期報紙殘缺不全。長期以來，史學界對於清末民初官報的研究未予足夠的重視，不僅資料散佚殘缺，搜集整理工作任重而道遠，對其價值的深入挖掘與研究工作更是只做了初步的拓荒工作。

　　中國本土現代化報紙產生較晚。《北洋官報》的歷史已過百年，它作為中國走向現代化過程中的產物，作為中國現代化報紙的官方嘗試，確實具有重要的歷史地位。深入研究《北洋官報》的辦報思想、辦報方法及其內容、發行等，有助於完善清末民初我國政府官報發展歷史的研究。

　　再有，《北洋官報》誕生在天津衛，醞釀出版《北洋官報》的北洋官報局在保定府成立。這份報紙百年前也曾在一定程度上反映了直隸總督的意旨，記載了直隸地區的政治、經濟、文化、教育、軍事等方面的發展變化。所以，《北洋官報》本身就是直隸歷史的一部分，是直隸地方報刊史的一部分，加強對《北洋官報》的研究有助於推動地方報刊史的研究。

　　第二，全面研究《北洋官報》將為學界提供評價清末直隸新政的新聞史視角。

　　《北洋官報》是直隸新政的產物。直隸新政是清末新政的重要組成部分，甚至可以說是清末新政的先導與示範。清末新政時期，袁世凱積極投身新政的改革過程，率先響應清政府的改革主張，以積極的態度付諸實踐，推進了中國現代化的進程。他在直隸推行行政和司法制度改革，實行較為完整的振興經濟措施，創辦北洋新軍，推進近代化軍事改革，促進新式教育的發展等等。《北洋官報》作為宣傳新政的窗口應運而生。報紙創辦以後，主要刊載政府公文、新聞時政和學術理論，記錄、反映了直隸新政的推進過程。其本身的現代化程度就說明了晚清輿論領域的改革，進而反映了晚清改革的深化程度。通過研究《北洋官報》的內容，可以從一個側面進一步瞭解清末直隸新政的內容、推行過程和實踐效果等。

　　第三，研究《北洋官報》的歷史將有助於我們探討社會變革與傳媒發展的互動關係。

　　《北洋官報》創辦之時，中國本土近代報刊已出現半個世紀之久。維新變法時期，國人掀起第一次辦報高潮，民辦報紙如火如荼，報刊數量多，辦報地區廣，報刊種類豐富。以政論為主的報刊發展迅速，除此之外還出現了專業性報刊、純商業性報刊、文藝娛樂性報刊以及以青年、婦女、兒童為讀者對象的報刊、圖畫報刊、白話報刊等。中國古代官報「邸報」，存在了一千多年的官方新聞機構受到嚴重衝擊。其時效性、刊載內容、版式裝幀、發行制度等早已無法滿足受眾需求，不適應時代的發展。而此時外國人創辦的報紙和中國人創辦的非官方報紙卻越來越多地被國人接受。清末新政伊始，袁

世凱大力支持創辦新式官報。《北洋官報》存世十多年，出版三千多期，獲得了一定的成功，爲外省新式官報的創辦起到了示範作用；在「通上下、開風氣」、「對抗詭激之報刊」方面也發揮了積極的作用。《北洋官報》發行量大，發行地區達直隸省內外，尤其在發展前期產生了較大的社會效應。

從一定程度上說，《北洋官報》的創辦與發展正逢歷史變革，社會風雲激變，報紙這種媒介形式也在發生巨大的轉變過程中。在這樣的背景下，《北洋官報》獲得一定的成功，一定有它辦報宗旨、辦報方法、報導內容及發行制度等方面的原因。另一方面，官報的變革與發展與當時晚清社會的變遷呈現出一種互動的關係。社會的變革深刻影響著官報的發展，官報的發展不僅反映出時代的變遷，而且能動地促進當時官員思想的進步，清末新政、預備立憲的開展等等。探討社會變革與傳媒發展的互動關係可以給正處於媒介融合，社會轉型時期的當代媒介些許啓發，啓發當代媒介積極融入社會變革，並在社會變革之中發揮積極作用，以促進媒介自身及社會的進步，這也正是歷史研究的現實意義所在。

二、研究綜述

雖然《北洋官報》重要的歷史地位已得到新聞史學界的一致認可，但對於它的研究卻還處於起步階段，概述性的介紹多，深入研究的論著少。下文對具有代表性的研究成果以及與本研究有關的研究成果做一梳理。

第一、關於報刊資料的搜集與整理。

天津古籍出版社出版的《北洋官報》全套影印本，輯錄了從 1902 年創刊至 1912 年停刊的報紙（缺 9 期），共 89 卷，爲史學研究提供了彌足珍貴的資料。後人再研究該報，方便了許多。

《北洋官報》成功帶動了一大批省府官報效仿。與《北洋官報》同一時期的其他官報對本研究同樣具有參考價值。當時的主要官報在國家圖書館幾乎都能找到縮微版。如《湖南官報》（1902～1906）、《四川官報》（1904～1911）、《南洋官報》（1904～1911）、《湖北官報》（1905～1910）、《政治官報》（1907～1911）、《甘肅官報》（1908～1910 年）等。對這些官報的概略掃描能使我們對當時官報的固定內容、體例、辦報方法和完整的布局有一個宏觀的認識。同時，通過對比，《北洋官報》更加突顯出引領性的地位與特色。

除了官報以外，與《北洋官報》同一時期的私營報紙對本研究也具有較高的參考價值。私營報紙相較官報來說，出現時間早，更為發達。近代化的私營大報在新聞報導等方面更為成熟。官報的興起與發展，清末新政的實施與推進，在私營大報上都有反映和評論。查閱這些報導和評論能夠從側面印證官報的宣傳、報導效果以及社會輿論反應等。如《大公報》（1902～1911）、《申報》（1902～1911）、《東方雜誌》（1904～1911）、《順天時報》（1908～1910）等。這些報紙在國家圖書館也能查閱到。

第二，相關史料的輯錄。

《北洋官報》的創辦正值大清王朝統治根基動搖，大廈將傾，清政府試圖通過新政挽救古老帝國於狂瀾之中的大變革的歷史時期。同時，列強通過武力侵犯不僅強佔了中國的領土，進一步控制了中國的經濟命脈，也把西方新的政治理念、學術思想等輸入到這個千瘡百孔的國家。《北洋官報》的創辦和發展與時代緊密相連，研究《北洋官報》必須要瞭解這段歷史。有幾部重要的史料輯錄，一是由故宮博物院明清檔案部編的《清末籌備立憲檔案史料》。該書分兩編，共輯錄光緒三十一年（1905）到宣統三年（1911）之間的史料 401 件，全部選自故宮博物院明清檔案部所藏清廷軍機處上諭檔、錄副奏摺及宮中朱批奏摺等有關清末籌備立憲活動的文件。第一編是清末統治集團對籌備立憲的策劃和議論，分為出洋考察政治的情況、預備立憲的宣布和策劃、統治集團內部的議論三個部分；第二編是清末籌備立憲各項活動情況，分為官制、議院、諮議局和地方自治、法律和司法、滿漢關係、教育、財政及官報八個部分。這些珍貴史料的參考價值對本研究不言而喻。

另一部重要的史料輯錄是朱壽朋編的《光緒朝東華錄》。作者依據當時的報紙記載了自 1875 年（同治十三年十二月）至 1908 年（光緒三十四年九月）的內政、外交、軍事、經濟等方面的大事。全套書共 220 卷，460 萬言。按時間順序編排，逐年逐月乃至逐日記載，是一部具有較高史料價值的編年體資料長編。當然對於本研究來說，該書卷帙浩繁，限於研究者時間與精力，重點查閱的是 1900 年以後的史料。

趙爾巽的《清史稿》也屬於較為全面的歷史資料。全書五百三十六卷，分本紀、志、表、列表。所記之事，上起 1616 年清太祖努爾哈赤在赫圖阿拉建國稱汗，下至 1911 年清朝滅亡，共二百九十六年歷史。作者著書之時清朝剛剛滅亡，清廷檔案、私家著述和文化典籍保存得比較完整，因此本書史料

豐富充實，爲後人研究清朝歷史提供理想的參考。

　　由廖一中、羅眞容整理，天津古籍出版社出版的《袁世凱奏議》，輯錄了自 1898 年 9 月 17 日，即袁世凱被光緒皇帝任命爲候補侍郎專辦練兵事宜時起，至 1907 年 9 月 5 日，清廷免去其直隸總督兼北洋大臣，授爲外務部尚書、軍機大臣時止，他的奏議、公牘、函電和其他資料。這段時期是袁世凱在清朝任職最重要的階段，這些資料對研究袁世凱及晚清歷史具有重要的價值。

　　除以上四部重要的史料輯錄可作參考外，還有河北省保定市《保定日報》社編寫的內部資料《保定報志》、河北省地方志編纂委員會編寫的《河北省志·新聞志》、中華文化通史編委會編寫的《中華文化通志·新聞志》等，都有關於《北洋官報》以及同時期其他報紙的資料梳理。雖然是目錄式概述，卻也能爲研究過程中查證報紙的基本情況提供參考。

　　另外，由中國第一歷史檔案館出版的《歷史檔案》雜誌，經常會刊載關於晚清歷史、晚清報刊的文章。如 2000 年第 2、3、4 期，2001 年第 1 期雜誌連載丁進軍編錄的《晚清創辦報紙史料》。輯錄了晚清各省爲創辦報紙請示民政部的咨文以及籌備事項清單。

第三，相關研究專著。

　　關於《北洋官報》的最早研究大概要追溯到 1927 年，中國新聞史學的拓荒者戈公振所著的《中國報學史》。這本中國新聞事業史的開山之作中，第二章爲「官報獨佔時期」，從中國古代邸報寫起，寫到清末官報的誕生與發展。該章第十九節「官報的全盛時期」提到了《北洋官報》的創辦，開風氣之先，並引起其他各省傚仿。戈公振認爲我國官報創辦雖早卻不發達，最主要的原因就是，我國官報辦報的唯一目的是爲遏止人民干預國政，結果造成人民對國家對政治的漠然，這種狀況更進一步導致社會黑暗。戈氏對於官報的認識有待商榷，但卻是最早而又較爲全面地梳理古代官報發展脈絡者，對歷朝歷代官報的特點、制度、印刷等都有研究。對清末現代化官報的出版也做出自己獨到的評價。由於專著體例所限，並沒有對《北洋官報》進行深入的個案研究，只是將當時有影響的各大官報概況給予介紹，並附有報紙章程。

　　隨著我國新聞史學的不斷發展，對於官報的研究越來越豐富。清末民初各地出現的各式各樣的官報都進入了研究者的研究視野。但限於資料的不完整，難以搜集，對於《北洋官報》的深入研究並不多見。當代新聞史學界的前輩們，方漢奇先生、吳廷俊先生、倪延年先生、丁淦林先生等所著的新聞

史專著中都有提到《北洋官報》。不過，都只是一筆帶過，點出該報的地位和價值。吳廷俊先生所著的《中國新聞史新修》，將「清末的新式官報」放在第四章「維新運動與政治家辦報開端」之中論述，提及《北洋官報》的體例和意義，他認為，包括《北洋官報》在內的「這種新式官報雖然在形式上進入近代報紙的範疇，但是在本質上還是中國古代報紙邸報的繼續」〔註1〕。

安徽大學王天根的《中國近代報刊史探索》第一卷《晚清報刊與維新輿論建構》一書，論述了晚清媒介「通中外」與政治建構或解構的關係，並圍繞媒介與晚清政治轉型之間的關係展開論述，揭示媒介功能在政黨利益紛爭中的嬗變歷程及由此呈現的規律性。書中認為晚清政治輿論失範，官方謀求輿論一律，官報將自身定位在新政中上情下達的喉舌及周知四方的傳播功能。

第四，相關研究論文。

除了專著也有一些文章研究《北洋官報》，但大多數文章都是簡單介紹報紙出版發行的概況，以及指出報紙的地位，深入研究的論文實在鮮見。難得的是2010年，河北師範大學碩士研究生翟硯輝寫就了他的畢業論文《〈北洋官報〉與直隸新政》，將該報與直隸新政聯繫起來，考察了報紙與直隸新政的關係以及在新政時期的角色，並對此新政的實施成效與影響進行評析。這篇學位論文將傳播學與歷史學相結合，對報紙進行考察。尤其可貴的是對《北洋官報》的很多細節考證仔細，比如報紙改刊時間、發行機制等。當然，由於作者只收集到500多份原報，所以，對於該報的研究還不夠全面，話題集中於與直隸新政相關的內容，對於報紙自身其他方面的考察較少，且深度有待挖掘。

當前，雖對於《北洋官報》的研究論文不多，但學界對於官報的歷史研究論文相對多一些。上個世紀90年代，中國社會科學院新聞研究所的李斯頤發表了《清末10年閱報講報活動評析》（1990）、《清末10年官報活動概貌》（1991）、《清末10年官報活動評析》（1994）、《清末的官報》（1995）等幾篇論文，對清末官報活動的分期、分布情況進行了簡要描述，重點對1902年至1912年這10年間官報的主要刊登內容以及經營管理等方面，還有閱報講報活動做了較為細緻的統計分析，數據翔實，描述客觀。雖然是概括性的初步描述，但為後人對官報開展進一步深入研究奠定了基礎。

清末各省傚仿《北洋官報》紛紛創辦地方官報，地方官報成為推進各省新政的一部分。當代，隨著地方史研究逐漸深入與豐富，已有學者整理研究

〔註1〕吳廷俊，中國新聞史新修〔M〕，上海：復旦大學出版社，2008：（92）。

清末各地官報。例如南昌大學程沄的《清代江西官辦報刊述略》（1982），福建師範大學社會歷史學院的許建萍寫的《福建農工商官報與清末新政初探》（2008）、張瑛的《〈河南官報〉初探》（1987），金惠風的《清末的〈南洋官報〉》（1994）等。這些文章相對比較概略性地描述了各地官報的發展情況，對史料進行了梳理。論文數量不多，每篇論文篇幅也都不長，但卻顯示了學界對官報的關注。

由於清末官報與清末新政緊密聯繫在一起。它是清末內憂外患，清王朝試圖變革圖強的產物。因此，當代學者多有從政治的角度研究清末官報。例如中國人民大學新聞學院李衛華的博士學位論文《報刊傳媒與清末立憲思潮》（2009），從近代報刊傳媒與社會思潮發展互動的角度，解讀清末社會劇烈變革的內在思想原因，認為報刊傳媒在推動立憲思潮高漲的同時，也推動了清末社會的政治變革，從而在客觀上促進了封建專制制度的瓦解。其中談到官報，認為其補充立憲報刊傳播的地域和階層盲區，推動立憲思想向下層延伸，其進步作用不可忽視。除這篇文章之外，還有一些期刊文獻，如河北師範大學歷史文化學院徐建平的《清末直隸地方官報的興起及其政治表達》（2007）、張小莉的《清末「新政」時期的地方官報》（2005）等，研究結果都表明：清末官報內容和形式較之前的傳統官報有了較大改進和創新，推進清末憲政運動的發展，傳播了西方先進思想和文化，其客觀上起到了開通民氣、開化民智的作用。中國人民大學新聞傳播學院博士生郭傳芹的論文《論清末督撫與近代報刊創設──以直隸總督袁世凱為主要分析對象》（2012）也很有分量。文章通過介紹袁世凱對新式官報尤其是《北洋官報》的鼎力支持，來評價袁世凱對近代新聞事業的發展所發揮的作用。

綜上所述，當前學界對於《北洋官報》的研究還有待深入。筆者視野範圍內搜集到的幾篇直接研究《北洋官報》的論文，對《北洋官報》的概貌與新聞實踐進行了宏觀描述，重點在考察報紙與袁世凱的政治活動以及與直隸新政的關係。對《北洋官報》的發展階段、自身的新聞特色、宣傳特色、內容、體例、發行及傳播效果等，缺乏深入、細緻、全面、科學的研究。另一方面，與《北洋官報》相關的有關清末官報的研究也基本上都是概述性介紹多，全面展開的深入研究鮮見。尤其是關於《北洋官報》對直隸地區現代文明的構建、對直隸新政的推進所產生的影響而言，目前的研究遠遠不夠。筆者選取《北洋官報》作為研究課題，也是期望能為推動《北洋官報》研究工作的發展，稍盡綿薄之力。

三、基本框架與研究方法

1. 基本框架

本書分四章展開研究。

第一章主要介紹《北洋官報》創辦的歷史背景。《北洋官報》創辦於二十世紀初年，晚清政府風雨飄搖的最後十年。《辛丑條約》的簽訂使中國徹底淪為半殖民地半封建社會，清政府淪為帝國主義侵略中國的工具。這是《北洋官報》創辦的大的歷史背景。面對內憂外患，為維護自身統治清政府被迫實施新政改革。新政的實施出現了諸多有利於新式報刊發展的因素。晚清的報刊發展掀起了高潮。這是《北洋官報》創辦的推動因素。而直隸新政的有效推進，直隸總督袁世凱的大力支持是新式官報《北洋官報》誕生的直接原因。《北洋官報》的創辦有清政府的主動因素也有被動因素。晚清社會的言禁受到極大的衝擊，政府對輿論管控越來越乏力。於是清政府被迫創辦屬於自己的喉舌體系，希冀重新佔領輿論陣地。因此，本章分別通過四部分來分析《北洋官報》創辦的歷史背景：《北洋官報》創辦前後的中國時局、清末新政的實施與新聞事業的發展、袁世凱利益集團支持《北洋官報》的創辦、晚清的政治輿論失範與媒介控制。

第二章和第三章是研究的主體部分，分別從《北洋官報》的外在形態和內容試圖來展示報紙的全貌。《北洋官報》的形態在開辦之初即已確立，後在其不同發展時期，辦報宗旨始終不變，但報紙的組織與運行、版面安排與欄目設置以及地位都在不斷調整與完善。對此，本書做了細緻的研究。《北洋官報》的廣告數量多，內容豐富，始終保持在 4 到 8 頁的篇幅，值得深入研究。《北洋官報》雖借助行政體系派發報紙，但為了推廣報紙，實現其「通上下、開民智」的宗旨，採取多種有效形式助力發行。因此，論文第二章內容安排了三個主要部分：《北洋官報》的發展分期與形態確立、《北洋官報》的體例以及《北洋官報》的發行方式與廣告。論文第三章運用內容分析法，通過大量的數據統計逐一分析《北洋官報》每一主要版塊的內容，進而探討官報的內容特色、報導重點及宣傳策略。內容分析主要針對：《聖諭廣訓》與邸報摘抄、官方文牘、國內新聞、國外新聞、圖畫和論說幾個板塊。通過對這六個主要板塊的內容分析，本章基本展現了《北洋官報》的全貌。

第四章是在對《北洋官報》的形態和內容進行全面分析的基礎上，探討其歷史作用和影響。評價《北洋官報》的作用和影響應從兩大方面去考察，

一是將官報放在晚清向民國過渡的歷史中，考察它在清末新政、預備立憲實施過程中的輿論推動作用。清末新政在一定程度上推進了中國社會的現代化，而「預備立憲」是中國憲政史上的一件大事，加速了中國政治現代化的歷程。在中國歷史走向現代化的過程中，《北洋官報》究竟起到了什麼作用？另一是考察《北洋官報》在中國新聞傳播史中的地位和作用。作為一種新興的媒體形式——新式官報，又創立於中國新聞事業史上一個特殊的時期，從媒體自身發展規律來看，《北洋官報》在新聞發展史上佔有什麼樣的地位？發揮了什麼作用？以上便是第四章研究的內容。

2. 研究方法

本文採用多種研究方法開展研究工作，主要方法有：

（1）文獻研究法

文獻研究法是歷史研究的基本方法。在研究過程中首先認真研讀《北洋官報》及其相關文獻，全面、正確地瞭解《北洋官報》創辦與發展時期的歷史背景。初步統計相關文本信息，對《北洋官報》形成一般、整體印象。在此基礎上，對報紙文本及思想內容進行具體分析，分專題進行仔細研究。考察與本文研究內容相關的其他歷史文獻，不斷開拓研究視野，拓展研究的廣度與深度。

（2）定量分析法與定性分析法

本文在對《北洋官報》進行專題分析的過程中，使用定量分析法，對報紙刊載的內容、設置的欄目以及廣告類別進行精確化數據統計分析，以便於更加科學地把握《北洋官報》的性質，理清報紙發展階段，探究報紙發展規律。

在定量分析的基礎上，本文運用定性分析法，對《北洋官報》在政治、教育、文化等方面所做的宣傳與報導進行綜合性研究，歸納總結《北洋官報》在宣傳新政、新知、新思想方面的特點，深入探討報紙的傳播功能與價值，並分析其局限性。

（3）交叉學科的研究方法

新聞學本身就是一門交叉性學科。新聞學同傳播學、社會學、歷史學、文學等學科聯繫緊密。《北洋官報》的發展不應僅僅放在新聞系統裏去分析，而應放在歷史發展的社會大系統去考察。因此，本文將採用傳播學方法、社會學方法、歷史學等學科研究方法，多方位、多角度考察《北洋官報》與社會的互動，嚴謹地考證歷史事實，科學地抽象和歸納報紙的價值，

梳理它的發展階段，洞察它與社會的關係。

四、研究創新點

在閱讀大量文獻，並進行數據統計分析等的基礎上，本研究梳理史料，凝煉觀點，在浩瀚的歷史文獻中尊重史實，挖掘本質，多角度考察，探尋規律，遵循專業邏輯，自認爲在以下幾個方面有所創新：

1. 在新聞發展史的視角下，堅持「論從史出」的原則，發掘出新的史料，並經量化統計分析加以證實，形成較爲完整的史料證據鏈。通過對《北洋官報》創辦 10 年的文本的深入客觀解讀，以及相關歷史文獻的廣泛閱讀，本文在發掘梳理分析微觀層面資料的基礎上，得出更爲完整合理的有關《北洋官報》的歷史判斷，如：《北洋官報》已具備現代報紙的四要素：新聞、評論、附刊（副刊）和廣告；具有先進的、專業化的編輯理念和廣告營銷意識；新聞報導與宣傳以官方意旨和政策爲中心；大量刊載外國新聞具有世界視野；自始至終堅持對讀者進行思想啓蒙；反映了清末移風易俗的情況等。這些新的史料形成較爲完整的證據鏈，使本文突破以往對《北洋官報》的概述性研究、局部性研究，全面地、細緻地、立體地將《北洋官報》的形式、內容、編採業務、機構運行、宣傳報導思想等描摹出來。

2. 觀點創新，客觀評價《北洋官報》的歷史地位和作用。改變以往對《北洋官報》較多負面的評價，不再僅僅用「封建政府喉舌」、「與古代邸報差別不大」等陳舊觀點認識清末官報，而是將《北洋官報》放在清末新政、預備立憲、晚清向現代化過渡的歷史進程中考察，並從媒體自身發展規律探討《北洋官報》在中國新聞傳播史中的地位。本文認爲《北洋官報》結束了中國古代邸報的歷史，開啓了現代化官報的歷史，在中國新聞傳播史上，起到了承上啓下的作用。它能夠促進清末官員思想的現代化，並促進了社會政治文化形態向現代化過渡。它推進了出版技術的發展；提高了報人的地位；而且初步形成了現代化和專業化的編輯理念與編輯技術體系。

3. 發現了《北洋官報》與其所處時代的互動關係，分析了媒體在社會變遷中的意義和價值。在晚清最後十年的歷史時空中，《北洋官報》作爲直隸政府乃至清朝中央政府的喉舌，它的發展與清末新政的發展緊密相連。清末新政催生了《北洋官報》，《北洋官報》隨清末新政的積極推進而繁榮，隨清末新政的消極懈怠而收縮。《北洋官報》的發展與時代進程同步。清末救亡圖存

的時代主題決定了《北洋官報》「通上下，開風氣，傳播新政新學」的辦報宗旨，和「促進國家富強」的辦報目的。在社會變遷中，《北洋官報》不僅是歷史的見證者，還是歷史的參與者。它輿論引導與思想啓蒙的作用突出。

五、概念辨析與界定

研究展開之前，首先梳理一下與本研究有關的兩對概念：近代與現代；北洋與直隸。

1. 近代與現代

《北洋官報》所處的歷史時代是 19 世紀末 20 世紀初，這個時代在中國歷史傳統的分期架構中屬於近代。我國史學界通行的歷史分期法是，19 世紀中葉以前爲古代，通常以第一次鴉片戰爭爲分界線，鴉片戰爭標誌著我國進入半殖民地半封建社會；1840 年至 1919 年爲近代，即以五四運動爲分界線，五四運動之後，我國由舊民主主義革命時期進入新民主主義革命時期；1919 年至 1949 年爲現代，即以新中國成立爲分界線；1949 年至今爲當代。這是自馬克思主義史學傳入中國後，我國史學界普遍接受的分期法。

西方史學界對世界歷史分期也存有分歧，尤其對「現代」時期的開端也有各種不同的看法。一般將世界史分爲古代（ancient）、中世紀（medieval）和現代（modern）。公元 476 年之前爲「古代」，標誌爲西羅馬帝國（公元 286～476 年）滅亡；中世紀是公元 476 年至 1644 年（或者 1453 年、或者 1500 年），標誌爲英國資產階級革命（或者東羅馬帝國滅亡、或者地理大發現）；1644 年（或者 1453 年、或者 1500 年）至今爲現代。

英文當中「modern」一詞既有「現代的」之意，又有「近代的」之意，同時還有「新式的；當代風格的」之意。而在漢語當中找不到一個與「modern」一詞相當的詞。誠然，語言是歷史文化的產物。漢語所代表的歷史文化傳統與英語和其他歐洲語言所代表的歷史文化傳統，迥然不同。兩種語言相互翻譯時，常常出現不對等、詞不達意的情形。

中外史學界對於人類歷史的劃分界限及稱謂存有多種方法，且一直在爭鳴中。本研究爲了避免因概念而引起誤解，在行文中，對於晚清這段歷史時期，如果表達時間概念時就採用「近代」這個說法。但涉及到「近代化」、「現代化」這樣的概念時就要斟酌使用了。無論是「近代」還是「現代」，詞彙表

達的是時間尺度的問題，但「近代化」、「現代化」則是使用某種理論範式定義人類社會發展的某個歷史進程。

「近代化」一詞來自於日本史學界，日文中「modernization」對應的漢字是「近代化」。日本史學界也一直把我們所說的現代化稱爲「近代化」。這是因爲日本史有自己獨特的歷史分期法。「現在的日本史學界比較一致的看法，是把從明治維新一直到 1945 年日本戰敗投降，劃爲日本的近代；而把戰後的時期劃爲日本的現代。西方的現代化理論探討的各種問題，具體地運用於日本歷史，都屬於日本近代史的範圍。」〔註 2〕但「近代化」概念不適用於中國史。作爲一種社會科學的理論，單純地按時間先後來區分「近代化」和「現代化」，會造成概念上的混亂和時代的錯誤。因此，本文採用涵蓋範圍比較廣泛的「現代化」的概念取代「近代化」的概念。

然而，由於現代化是一個包羅宏富、多層次、多階段的歷史過程，學術界關於「現代化」的概念至今也沒有一致的看法，更沒有公認的定義可言。本文傾向於中國著名歷史學家、當代中國現代化理論與比較現代化進程研究的主要開創者羅榮渠關於「現代化」的看法：

> 從歷史的角度來透視，廣義而言，現代化作爲一個世界性的歷史過程，是指人類社會從工業革命以來所經歷的一場急劇變革，這一變革以工業化爲推動力，導致傳統的農業社會向現代工業社會的全球性的大轉變過程，它使工業主義滲透到經濟、政治、文化、思想各個領域，引起深刻的相應變化；狹義而言，現代化又不是一個自然的社會演變過程，它是落後國家採取高效率的途徑（其中包括可利用的傳統因素），通過有計劃地經濟技術改造和學習世界先進，帶動廣泛的社會變革，以迅速趕上先進工業國和適應現代世界環境的發展過程。〔註 3〕

2. 北洋與直隸

《北洋官報》是直隸總督袁世凱創辦的直隸省喉舌。對於「北洋」的名稱，歷史學家們多有考證和研究。吳虯著《北洋派之起源及其崩潰》（1937）、榮孟

〔註 2〕 羅榮渠，現代化新論——世界與中國的現代化進程〔M〕，北京：北京大學出版社，1993：（7）。

〔註 3〕 羅榮渠，現代化新論——世界與中國的現代化進程〔M〕，北京：北京大學出版社，1993：（16～17）。

源的《北洋軍閥的來歷》（《歷史教學》1956 年 4 月號）、王先明、杜慧的《「北洋」正義》（《歷史教學》，2014 年第 4 期）等文獻中都有對「北洋」一詞做深入探討。北京大學歷史系的郭衛東在《釋「北洋」》一文中開篇即談「『北洋』在中國近代史上是一個聲名顯赫的習見名稱，內涵凡有數變。」〔註 4〕各種史料證明，歷史上的「北洋」，泛指中國北方近海的地域海域。到第二次鴉片戰爭後，「北洋」在地域概念中摻入了官制概念。第二次鴉片戰爭以後，清政府的外交中心由廣州北移至江南。五口通商中江南涉外諸事定歸兩江總督專責。兩江總督有了「南洋大臣」之稱。離北京最近的開放口岸和通商大埠天津對外交涉繁多。1861 年 1 月 20 日清廷諭令將北方的牛莊、天津、登州劃歸新設天津的三口通商大臣管理。後來清政府裁撤三口通商大臣，照南洋通商大臣之例，授直隸總督李鴻章為欽差，辦理三口所有洋務海防各事宜。「北洋」這個地域稱謂至此有了政治意味。同時，為了外交上的方便應對，直隸總督的常駐地從保定遷移至天津。李鴻章不僅辦理三口事務，而且辦理整個中央外交。因為李鴻章的才乾和威望，「北洋」的事務不斷擴展，從外交擴及軍界、經濟等方面。至此，「『北洋』一詞約定俗成，蔚然普及。一時間，北洋大學、北洋醫院、北洋商店、北洋官報、北洋大藥房等名稱趨時湧現」。〔註 5〕

甲午戰爭以後，李鴻章卸任直隸總督的職務，北洋大臣專門執掌外交的原初含義逐漸不存。外交權逐漸收歸中央。直到 1901 年，李鴻章去世，袁世凱繼任直隸總督兼北洋大臣，「北洋」又被袁世凱系統正式採用。當然，再後來，「北洋」的含義演變成了派系稱謂。到民國北洋軍閥統治時期，直隸的地域含義也略去，而成為中國主要統治集團的稱謂。〔註 6〕

關於「直隸」一詞，河北大學歷史學院劉志琴教授有《說「直隸」》一文，非常詳細地介紹了「直隸」的由來。文章介紹說，「直隸」是指中央政府對有著重要地理位置或特殊作用的區域採取的一種直接管理的方式，即「直接隸屬」、「直接管轄」的意思。秦始皇統一中國後，把都城咸陽及位於都城周邊的「內史郡」定為直接隸屬中央政府的直轄區。後歷朝歷代的首都與陪都基本上都是中央直轄的行政區域。宋朝時，將作為軍事要地的縣域定位直轄縣，直接隸屬

〔註 4〕郭衛東，釋「北洋」〔J〕，安徽史學，2012（2）。

〔註 5〕郭衛東，釋「北洋」〔J〕，安徽史學，2012（2）。

〔註 6〕以上關於「北洋」一次涵義的演變主要參考北京大學歷史系郭衛東教授的《釋「北洋」》一文。

中央管轄。宋太祖趙匡胤平定蜀軍後，將位於秦蜀要衝的三泉縣（陝西省寧強縣）設爲直隸縣。「以三泉縣直隸京師」，開中國史上中央直轄縣域之先河，「直隸兩字始見於此」。洪武十一年（1378）改稱南京爲京師，將直接隸屬於京師的地方稱作直隸。即以南京爲核心包括鎮江、蘇州、常州、揚州、松江、太平、寧國、池州、徽州、安慶、廬州、淮安、鳳陽府及徐、和、廣德、滁州等地，相當於今江蘇、上海、安徽一帶。後稱爲「南直隸」，簡稱「南直」。明太宗朱棣 1421 年遷都北平，並把北平改名北京，稱爲京師。此後，形成了以順天府（北京）爲核心，包括永平、保定、河間、眞定、順德、廣平、大名 8 府，延慶、保安 2 州等地的「北直隸」，簡稱「北直」，相當於現在的北京、天津、河北大部及山東、河南的部分區域。北直隸成爲京畿重地。

　　清朝實行省、府、縣三級管理體制。清初將明代的南直隸改稱江南省，改應天府爲江寧府。北直隸則改稱直隸省，其所轄境域仍依明代。不過，清朝不斷擴展直隸省區劃行政管理範圍，確立了直隸省制並因其作爲屛衛京師的京畿重地而賦予其高於其他行省的特殊地位。當時直隸所轄府及直隸州有：順天府（北京）、保定府、正定府、大名府、順德府、廣平府、天津府、河間府、承德府、朝陽府、宣化府、永平府及遵化州、易州、冀州、趙州、深州、定州等。其轄區北至內蒙古阿巴噶右翼旗界（阿巴嘎旗西部）、東接奉天寧遠州（遼寧省興城市）、南到河南的蘭封縣（河南蘭考縣）、西達山西廣寧縣。直隸總督權重位顯，居「八都之首」。清廷在直隸省會選址上也是頗費心機，先後定大名、正定、保定爲直隸省省會。光緒二十八年（1902），袁世凱「移督」天津（保定徒有「省會」之名），民國成立初，1913 年袁世凱將直隸省會正式遷往天津。1914 年，民國政府把直隸所轄長城以北區域改設察哈爾、熱河兩個行政特別區。〔註 7〕

　　《北洋官報》作爲直隸省的政府機關報，之所以稱之爲「北洋官報」，與「北洋」的由來及袁世凱此時任北洋大臣，且權勢如日中天有關。當然時人也有稱其爲「直隸官報」的。《北洋官報》在創刊號上刊載《北洋官報序一》中也曾自稱爲「直隸官報」。清末皇帝退位，中華民國成立後，1912 年 5 月 23 日，《北洋官報》更名爲《直隸公報》。

〔註 7〕以上關於「直隸」的解釋參見：劉志琴，《說「直隸」》〔N〕，北京日報，2016年 2 月 22 日第 015 版。

第 1 章　《北洋官報》創辦的歷史背景

　　20 世紀初年，中國社會風雲詭譎。清王朝欲借義和團之力抵抗西方列強，反引來八國聯軍入侵。庚子之變，大清國勢衰微。資本主義列強乘虛而入，貪婪地在中國攫取更多利益。晚清大廈將傾之際，各種政治勢力明爭暗鬥，試圖掌控政權，改變國運。中國在主權被恣意踐踏，領土被強行分割的夢魘中被迫走向近代化。與此同時，中國的新聞事業也隨之發生著巨大變革。傳統官報「邸報」逐漸失去新聞價值，外國人帶入中國的報刊顯現出旺盛的生命力。維新人士掀起辦報高潮，國人自辦近代化報紙增多，然國內報刊輿論依舊由外國人主導。在這紛繁複雜的大背景下，由官方主導的《北洋官報》創辦了。從創辦到結束，存世達十二年，其新聞價值與歷史價值一直沒有得到應有的估價。

1.1　《北洋官報》創辦前後中國時局動盪

　　「今有巨廈，更歷千歲，瓦墁毀壞，榱棟崩折，非不枵然大也，風雨猝集，則傾圮必矣。而室中之人猶然酣嬉鼾臥，漠然無所聞見。或則睹其危險，惟知痛哭，束手待斃，不思拯救。又其上者，補苴罅漏，彌縫蟻穴，苟安時日，以覬有功。」〔註 1〕梁啓超 1896 年 8 月 19 日在《論不變法之害》中，痛陳時局艱難，國運岌岌可危，情眞意切，令人扼腕。

　　然而就在維新人士堅持不懈地上書皇帝以求變法，積極奔走於南北尋求輿論與實力支持變法的時候，中國大地內亂再起，義和團運動打著「扶清滅洋」的口號，在山東、河北迅速蔓延開來，其影響遍及全國各地。這場帶有

〔註 1〕梁啓超著、陳書良編，梁啓超文集〔C〕，北京：北京燕山出版社，1997：(3)。

濃厚的神秘主義氣息與暴烈的抗爭行為的民間自發的愛國群眾運動，與清政權糾纏不休，產生了錯綜複雜的關係。清政府對義和團運動態度曖昧，收買、圍剿、利用，飄忽不定、左右搖擺的政策不僅削弱了自身的統治能力，而且最終引來了早已虎視眈眈的八國聯軍。

義和團前赴後繼、視死如歸的抗爭，沒能將貪婪的侵略者趕出於國門，最終慘烈地覆沒於血泊之中。1901 年 9 月 7 日，中國近代歷史上賠款數目最龐大、主權喪失最嚴重的不平等條約《辛丑條約》在帝都北京簽訂。費正清等人認為庚子之變產生了如下後果：

（1）國際間普遍出現了一種願望，即寧願緩和緊張局勢和維持中國現狀。帝國主義活動的這種對峙局面，使清帝國免於立即被瓜分，但是它的國際地位卻下降到前所未有的地步。

（2）《辛丑條約》嚴重地侵犯了中國的主權。

（3）四億五千萬兩賠款加上利息，如要全部付清，……這樣大量資本的外流即使不致使中國的經濟完全不能增長，也使它受到了抑制。

（4）駐北京的外國公使們從此組成一個有力的外交使團，有時其作用超過了滿洲清廷而成為太上皇政府。

（5）外國列強的殘暴表現……損害了中國人的自信和自尊心。中國人對外國人原來抱有的輕蔑和敵視態度，現在往往一變而為恐懼和奉承的態度。

（6）許多中國人看到滿族的力量在崩潰，便轉而嚮往革命。〔註 2〕

庚子之變後，風雨飄搖的大清帝國在半殖民地半封建的泥沼中越陷越深。外交上，清政府淪為帝國主義侵略中國的工具。嚴苛的議和條約，讓列強進一步控制中國的政治、經濟和軍事命脈。從此，中國人自己的事情自己不能做主，就連在中國領土、領海上發生的日俄戰爭，中國政府居然也只能眼睜睜做「中立國」。「在東亞，中國的確仍處在中心位置，但已從由中國文化所規範的東亞社會政治秩序的中心，變成了外國列強進行擴張和競爭的中心場所。清王朝非但沒有維護住傳統的東亞世界秩序，而且也沒能在現代民族國家體系中為中國取得作為平等成員的資格。中國的國際地位發生了雙重失落。」〔註 3〕嚴重的民族危機的刺激，迫使中國人開始重新思考中國在世界格局中的地位。

〔註 2〕費正清，劉廣京編、中國社會科學院歷史研究所編譯室譯，劍橋中國晚清史1800～1911（下卷）〔M〕，北京：中國社會科學出版社，1993：（164～165）。
〔註 3〕徐昕，晚清中國外交——歷史衝突中的失落與更新〔J〕，國際政治研究，1992（2）。

政治上，中國走到了一個非常重要的岔路口上，民族意識的覺醒催生出了立憲派和革命派。清政府的保守派、立憲派、革命派等政治力量不斷較量角逐，爲了各自的政治目標，用各自不同的方式引領中國選擇自己的道路。舊秩序已崩塌，新制度未建立。清末政治混亂不堪。

經濟上，西方列強加緊對中國經濟的掠奪。軍事上的侵略根本上是爲經濟掠奪開道。不平等條約給了他們爲所欲爲的「權力」。他們通過直接投資、向清政府貸款等多種資本輸出的方式，控制中國的築路權，進而奪取在鐵路沿線開發土地、開採礦藏等特權。列強把中國作爲自己的原料產地和商品傾銷市場，壓迫了中國資本主義的發展，「產生不久的民族資本主義經濟在帝國主義、封建主義壓迫下，發展遲緩，非常軟弱，經濟上無力進一步瓦解自然經濟，政治上亦未能摧毀封建主義經濟結構」〔註 4〕。中國自然經濟解體不充分。

1.2　清末新政的實施與新聞事業的發展

清末新政是清政府力圖維持其沒落的統治而實施的改革。這是一種被迫的進步，儘管後世對清末新政褒貶不一，但清末新政促使中國由傳統社會向現代社會轉變，在中國現代史上具有重要的地位和作用。在這一時期，中國報刊發展迅猛，數量相比之前倍增，尤其是新式官報的發展呈鼎盛狀態。這說明清末新政爲報刊包括新式官報提供了發展空間和有利因素。新式官報作爲官方喉舌，大力宣傳報導新政舉措，試圖統一社會輿論，論證官方政治、經濟、軍事、教育等方面改革的合法性，又進一步推進了清末新政的實施。

1.2.1　清末新政的實施

清末新政是近些年來史學界研究的熱點之一。它是清末政治史上、中國現代史上的一件具有重要意義的大事。新的研究不斷在修正過時的、陳舊的觀點。清末新政的價值也被重新評估。清末新政的內容涉及領域廣泛，改革力度遠超洋務運動和戊戌變法，是晚清歷史上比較完整意義上的一次現代化運動。首先，它確實是清政府面對空前加劇的民族危機、社會危機和政治危機而被迫採取的一種改革措施。以向西方學習先進技術以富國強兵爲目的的

〔註 4〕黃逸平，十九世紀末二十世紀初中國自然經濟解體的程度〔J〕，學術月刊，1982（9）。

洋務運動，因中國在甲午中日戰爭中的慘敗而宣告破產。以推進中國民主化進程爲主旨的戊戌變法慘遭腰斬。面對世界現代化運動的迅猛發展，清政府被迫接受立憲派對制度改革的建議，開始探索新的自救之路。同時，這也是改良派、立憲派與統治集團內部受西學影響較深的官僚們共同推動的結果。從 1901 年還在西狩之途的慈禧太后下決心改良政治到 1905 年派五大臣出國考察，清政府根據朝廷大臣、各省督撫、駐外公使等的條陳下達了十幾道諭旨，採取了 30 多項措施來推行「新政」，涉及範圍包括政治、軍事、經濟、教育、法律等各個方面。

然而新政實施了四年，效果不佳。清政府在宣布派員出洋考察的上諭中不得不承認「時局艱難，百端待理，朝廷屢下明詔，力圖變法，銳意振興，數年以來，規模雖具而實效未彰」〔註 5〕再加上日俄戰爭的刺激及國內外要求立憲呼聲的壓力下，1905 年清政府在派遣載澤、端方、戴鴻慈等五大臣分兩路前往歐美國家考察政治。1906 年 9 月 1 日清政府頒佈詔旨宣布預備仿行立憲。

清末新政雖然由於主觀和客觀上的多重局限和原因，最終以失敗告終，且加速了清王朝的解體，但它的積極意義不容忽視。清末新政在一定程度上推進了中國資本主義自由經濟的發展，促進了中國法律制度、政權機構、軍隊建制以及教育制度的現代化。

1.2.2　清末新政中有利於報刊發展的因素

清末新政爲報刊發展提供了背景和土壤。其政治改革中出現了有利於報界發展的諸多因素。對於這一點，中國人民大學新聞學院博士後李衛華在其「清末督撫對報刊的認知與管理」的課題中有較爲深入的研究。李衛華指出，清末新政時期，報界言論環境發生了有利於報刊發展的變化。實施新政之前，清廷不准報館議論時政，新政時期則允許對朝政得失加以評點，言論設限的內容縮壓至「不輕議宮廷」和「立論怪誕」方面，讓渡出一定的政治議題討論的地帶，這是清廷言論放開的一個開始。而 1906 年 7 月 23 日清廷在宣布預備立憲的諭旨中提到「大權統於朝廷，庶政公諸輿論」，可公諸輿論的「庶政」包括憲政、吏治、財政、外事、民政、禮制、學務、司法、交通、邊務、實業、示諭報告、法令等內容的奏摺和批文等內容，可通過官報

〔註 5〕故宮博物院明清檔案部，清末籌備立憲檔案史料（上）〔Z〕，上海：中華書局，1979：（1）。

向社會公開，「這是中國歷史上第一次朝廷將大量政務向社會公開，這不僅宣示了以往士不干政禁令的結束，它也在實踐層面爲報界行使輿論監督政府的權力提供了條件」。〔註6〕

　　預備立憲以後，清廷先後頒佈了五部重要的新聞法規，即《大清印刷物專律》（1906年7月）、《報章應守規則》（1906年10月）、《報館暫行條規》（1907年9月）、《大清報律》（1908年3月）和《欽定報律》（1911年1月），不斷修改，趨於完善。雖然專制的本質無改，但相對從前，在預備立憲的環境中，這些報律多少發揮著作用，制約行政力量對報界的干涉；增加了保護新聞自由和言論自由的條款；處罰漸趨減輕，報紙的發展空間得以一定程度的擴展。

　　1907年10月19日，清廷下令各省督撫設立諮議局，這是以資產階級民主制度爲坎本的代議機構。翌年7月，清廷還頒佈了《各省諮議局章程》和《諮議局議員選舉章程》。章程規定諮議局對督撫行監督之權。這是清末限制行政權力的重要制度建設，是對以往干涉報界的行政權力的一種制約力量，爲清末報界發展創造了有利的制度環境。〔註7〕

1.2.3　晚清新聞事業的發展

　　有利的因素加速了晚清新聞事業的發展。各類報刊發展迅猛。下面的表格反映出報刊數量增長的速度之快。

表1-1　清末「新政」期間歷年報刊總數統計表〔註8〕

年份	總數（種）	年份	總數（種）
1901	34	1907	110
1902	46	1908	118
1903	53	1909	116
1904	71	1910	136
1905	85	1911	209
1906	113		

　　同時，在這風雲激變，社會大變革的歷史時期，晚清的報刊業格局也隨之

〔註6〕 李衛華，清廷預備立憲與清末報業發展空間的擴展〔J〕，國際新聞界，2011（5）。
〔註7〕 李衛華，清廷預備立憲與清末報業發展空間的擴展〔J〕，國際新聞界，2011（5）。
〔註8〕 朱壽朋，光緒朝東華錄（第四卷）〔Z〕，北京：中華書局，1958：（4602）。

發生大變動。中國傳統官辦性質的報刊「邸報」老態龍鍾，步入暮年。其發行體制、辦報模式固定而僵化；只在官僚機構內部傳遞，封閉無生機。民間的報房京報受到嚴格的官方管控，刊載內容時效性差且不能越雷池一步。但「舊式的京報畢竟還有它的特點：論旨，題奏一律照登原文，官場的信息比較集中，查閱比較方便等等。這些，對熱衷於仕途經濟的封建官紳們來說，還是十分需要的。因此，即便受到了新報的衝擊，它仍然能夠存在一時。」〔註9〕

十九世紀初年，英國傳教士就已來到中國，創辦中文報刊，開啓了中國近代報刊的帷幕。近一個世紀以來，外國人為征服中國到中國傳道布教，辦報辦刊，同時為本國刺探情報，出謀劃策，製造輿論。當洋槍大炮終於轟開了中國的大門之後，外國人又憑藉用武力得來的特權，使在中國創辦報刊的地區不斷擴大，從沿海開放港口到內陸城市，中文報刊、外文報刊、教會報刊、商業報刊，到十九世紀後期，其數量之多，「佔當時我國報刊總數的80%以上，幾乎壟斷了我國當時的新聞事業」。〔註10〕自1895年至1911年之間，在華外報的發展又出現了新變化，重要的變化有二：「一是日本和德、法、俄等國的報刊迅速興起，打破了原來基本上是英、美報刊一統天下的格局；二是新起的外報急劇向京、津和東北地區擴展，改變了原來外報幾乎全部集中於長江流域和華南少數幾個城市的狀況。（以前天津有過3家外報，北京1家）」。〔註11〕

中國人開眼看世界，從林則徐、魏源譯報，到王韜等早期改良主義知識分子辦報，中國人自辦近代化報刊經歷了艱難曲折的道路。十九世紀末年，在維新運動中，國人掀起第一次辦報高潮。「據不完全統計，從1895年到1898年，全國出版的中文報刊有120種。其中80%左右是中國人自辦的。」〔註12〕中國人自己創辦的報刊終於打破了外報在華出版的壟斷優勢，使中國報刊成為社會輿論的中心。第一次國人辦報高潮中不僅報刊數量多，而且辦報地區廣，遍布全國各地，甚至內地中小城市；報刊種類多，政論性報刊、專業性報刊、行業性報刊、商業性報刊、文藝娛樂性報刊、圖畫報刊、白話報刊等，還有以青年、

〔註9〕 方漢奇，中國新聞事業通史（第一卷）〔M〕，北京：中國人民大學出版社，1992：（238）。

〔註10〕吳廷俊，中國新聞史新修〔M〕，上海：復旦大學出版社，2008：（28）。

〔註11〕方漢奇，中國新聞事業通史（第一卷）〔M〕，北京：中國人民大學出版社，1992：（814）。

〔註12〕吳廷俊，中國新聞史新修〔M〕，上海：復旦大學出版社，2008：（69）。

婦女、兒童等各類社會群體爲對象的報刊，有很多都是我國新聞史上第一次出現的報刊類型。在爲數眾多的報刊當中，主流形態始終是維新派主辦的以宣傳變法維新爲主旨的政論性報刊。維新派報刊衝破封建統治者對報刊的出版的限禁，積極宣傳資產階級啓蒙思想，對國人進行愛國主義的教育，有力地推動了維新運動的發展，在中國報刊史上佔有重要的歷史地位。

歷史的車輪進入二十世紀，中國的政治鬥爭格局發生了重大變化。革命派和改良派爲了宣傳自己的政治主張，紛紛創辦報刊，對國人進行思想啓蒙。由此，再次掀起國人自辦報紙的高潮。兩派報紙活躍在國內和海外，相互展開論爭，不僅極大地促進了國人民主、民族意識的增強，而且推進了報刊業務的大發展。近代化的新聞理念、新聞思想以及新聞實踐都有了長足進步。除了政黨報刊，一批影響後世的民辦報刊也在這一時期相繼創刊，並得到一定程度的發展，如《大公報》、《東方雜誌》、《時報》等等。

1.2.4　清末新式官報蜂起

當新報業如火如荼地發展，越來越多地影響民意，左右輿論之時，風雨飄搖的清政府才被迫接受新式官報的創辦。

清末新政正式啓動後，社會關注度前所未有地高漲。新舊矛盾衝突異常激烈，導致廣大民眾以及報紙雜誌對新政的質疑之聲鼎沸。不僅有反對的聲音，還有滿天飛的謠言。如「新政乃清政府奉列強旨意爲洋化中國而舉辦」、「新政專與人民爲難，是害人之舉、虐民之政」等，還有封建迷信所致的奇談怪論。〔註 13〕質疑和謠言最終形成強大的反對新政的社會輿論，且以反清的武裝鬥爭的形式表現出來，加劇了社會的變動，動搖了清朝的統治基礎。一位晚清江南大員曾回憶說：「當時社會出現一種怪現象，輕佻的下層官員或平民百姓有意見時，不再循正常的書奏渠道，而是逕交各種報刊發表。」〔註14〕基於此，清政府認爲有必要創辦官報，統一輿論，抵制民間報刊，論證改革措施的合法性，強力推行新政。

另一方面，清朝統治階層對於官報的認識也在進步。清政府發布預備仿行立憲的上諭云：「時處今日，惟有及時詳晰甄核仿行憲政，大權統於朝廷，庶政

〔註13〕黃珍德，論清末新政時期的謠言〔J〕，華南師範大學學報（社會科學版），2004（1）。

〔註14〕徐爽，舊王朝與新制度〔M〕，北京：法律出版社，2010：（57）。

公諸輿論，以立國家萬年有道之基。」〔註15〕只有將新政的各項舉措公諸於眾，才能使朝野上下都能明達國政，保持政令暢通。「庶政公諸輿論」的載體便是官報。軍機大臣奕劻認爲：「預備立憲之基礎，必先造成國民之資格，欲造國民之資格，必自國民皆總能明悉國政始。東西各國開化較遲而進化獨速，其憲法成立乃至上下一體，氣脈相通，莫不藉官報以爲行政之機關，是以風動令行，纖悉畢達或謂英國民人政治智識最富，故其憲法程度最高，蓋收效於官報者非淺鮮也。」〔註16〕這說明，創辦官報成爲新政中的一個重要部分。

首先是直隸省的《北洋官報》問世，從報紙形式到生產過程，都創造了一種新的官報模式，起到了示範和帶動作用。中央和各省官報如雨後春筍般一時紛起，《湖南官報》、《江西日日官報》、《南洋官報》、《政治官報》、《安徽官報》、《山西官報》、《四川官報》、《豫省中外官報》、《湖北官報》、《山東官報》、《甘肅官報》等相繼創辦，其發展呈鼎盛狀態。1906 年，清廷實施「預備立憲後」，清政府連續發布諭令要求各省及地方官籌備官報，中央政府及各地一些部門又創辦起了名目繁多的專業性報刊。如商務部創辦了旬刊《商務官報》，學務部創辦了《學務官報》，郵傳部創辦了《交通官報》等等，涉及教育、政法、商務、實業等許多方面。各省對憲政的籌備事項，推行情況都以官報爲載體向社會傳達。創辦官報成爲中央及地方預備立憲之要務。「在清末的最後 10 年，清朝各級政府出版的官報，總數達百餘種，形成了一個從中央到地方的新式官報系統。」〔註17〕

1.3　袁世凱與直隸新政

袁世凱出生於官宦世家，書香門第，自幼讀書習武，鑽研兵法。1884 年，因在赴朝平亂中屢建新功，被封爲「駐紮朝鮮總理交涉通商事宜大臣」。並因政績突出，在維護宗藩關係上做出很大貢獻，贏得李鴻章的賞識和光緒帝的信任。自此仕途得意，步步高升。1895 年甲午戰後，受命前往天津小站，接管定武軍，開始編練新軍。小站練兵是中國新式軍隊發展的轉折點。1901 年，袁世凱被擢升爲直隸總督。他不斷網絡人才，苦心經營新軍，並掌握兵處實

〔註15〕 電傳上諭〔N〕，申報，1906 年 9 月 3 日。
〔註16〕 故宮博物院明清檔案部，清末籌備立憲檔案史料（下）〔Z〕，北京：中華書局，1979：（1060）。
〔註17〕 吳廷俊，中國新聞史新修〔M〕，上海：復旦大學出版社，2008：（92）。

權，使京師、直隸和山東等地基本上處在他的控制之下。

歷史的車輪滾滾向前，今人對於前人的評價不斷在修正和完善。對於袁世凱的評價就是如此。曾經，袁世凱被稱為「竊國大盜」、「賣國賊」等等。他經常以更多的負面形象出現在今人撰寫的歷史當中。但無法抹殺的是，袁世凱對直隸新政，以及清末新政的推行都起到了至關重要的作用。

1.3.1　直隸新政成績矚目

從 1901 年到 1907 年，袁世凱任直隸總督期間，大力推行新政，態度積極，著意創新，事事率先倡辦，取得了令人矚目的政績。

袁世凱率先在直隸推行行政制度改革，建立了新的官吏選拔和任用機制，設立專門學堂培養近代行政人才，大規模派員出國考察、遊歷或留學。裁撤重疊行政機構，裁汰閒冗各缺，增設新政局所，明確官員職責，大大提高了地方行政效率。

中國封建社會司法和行政不分，流弊甚多。袁世凱改革了司法制度，裁革吏役，設司法警察取代舊有差役，制定《司法警察章程》，設立學堂或傳習所，提高吏役和司法警察的道德法制素養。創設近代審判機構，制定《審判廳章程》，革新審判程序。制定行政司法區劃，承認裁判權的獨立。因司法改革成效顯著，天津「負全國模範之名」〔註18〕。

袁世凱還非常重視發展教育，力主廢除科舉制度，採取多種措施推廣普及新式教育。創設各級各類新式學堂，探索制定出包括學期年限、課程設置、師資建設等方面的系統學制，形成了完備的直隸現代教育體系。

直隸的經濟建設成績斐然。袁世凱摒棄傳統的「重本抑末」觀念，採取既興工振商、發展實業，又重視發展農業的綜合發展模式。興辦實業學堂、農業學堂等教育為工、商、農業培養大批新型技術人才。引進先進技術設備，創辦現代企業。不斷改良和推廣農業技術，建設專門化的農業組織機構。全面推進財政改革和金融建設，穩定市場。

軍事方面，袁世凱實為一務實幹練的能臣。黃興曾致書袁世凱稱其為「中國之華盛頓」。袁世凱在直隸編練的新軍是小站練兵的繼續和擴大，並在 1905 年擴成北洋新軍。他改革軍制，創建了現代軍隊編制。北洋新軍裝備優良，

〔註18〕甘厚慈，北洋公牘類纂（第四卷）〔Z〕，轉引自：王先明，《袁世凱與晚清地方司法體制的轉型》〔J〕，社會科學研究，2005（3）。

戰鬥力強。外國人評論說：「按照西方標準，袁世凱的部隊是大清帝國唯一裝備齊全的軍隊。」〔註19〕

由於袁世凱積極推行新政，措施得力，促進了直隸地區乃至整個中國的政治、經濟、軍事、文化教育的現代化進程。當時，「新政權輿之地，各行省咸派員考察，藉爲取法之資」，〔註20〕群僚倣仿，中外矚目。

1.3.2　創辦《北洋官報》是直隸新政重要舉措之一

清廷決意實施新政之始，管學大臣張百熙曾上奏當朝，直言開設新式官報具有重要的意義。但以慈禧爲首的掌權派因對戊戌變法仍心存餘悸，對於新式官報的創辦是逐漸接受的。在朝廷猶疑之時，袁世凱還在任護理直隸總督之時，對官報體例規劃以及對官報功用卻有自己的超前認識。他上奏條陳革新主張，其中提出：「似宜通飭各省，一律開設官報局。報端恭錄諭旨，中間紀載京外各省政要，後附各國新政近事以及農工商礦各種學術。遴派公正明通委員董司其事，由省局分發外邑村鎮，俾各處士民均得購覽……專以啓發民智爲主，庶幾風氣日闢，耳目日新，既可利益民生，並可消弭教案。」〔註21〕於是，《北洋官報》成爲袁世凱在直隸推行新政的重要舉措之一。

袁世凱的主張獲得光緒帝的批准後，袁世凱舉薦翰林院編修、候補道張孝謙任北洋官報局總辦，負責籌備官報局工作。清光緒二十八年，即 1902 年 3 月，北洋官報局於保定西大街創辦。官報局的開辦費用由直隸總督「強制順天、直隸、河南、山東、山西各省攤交協款若干」，袁世凱本人也「特捐兩萬金，以備開局首三個月之津貼」〔註22〕。與此同時，報紙的籌備工作也逐漸展開，聘任朱淇民爲主筆、張壽岩爲會計員，辦理出報事務。袁世凱還派人東渡日本考察官報。印刷設備全部從日本購入，聘有日本專門技師及新聞人才。到 1902 年 7 月，官報局初具規模，據當時的《大公報》報導：「張巽之〔註23〕太守於開

〔註19〕〔美〕拉爾夫·爾·鮑威爾著、陳澤憲，陳霞飛譯，中國軍事力量的興起（1895～1912）〔M〕，北京：中國社會科學出版社，1979（93），轉引自：張華騰，袁世凱與清末新政〔J〕，歷史教學，2014（4）。
〔註20〕《北洋公牘類纂續篇》序〔Z〕，北洋官報兼印刷局代絳雪齋印，1910：(1)。
〔註21〕《遵旨敬抒管見上備甄擇摺》光緒二十七年三月初七，袁世凱奏議（上冊）〔Z〕，天津：天津古籍出版社，1987：(272)。
〔註22〕紀官報〔N〕，大公報，1902 年 7 月 28 日。
〔註23〕筆者注：即張孝謙。

班各事，布置已有眉目，思慮周密，規模宏敞……惟印架鉛字，尚未齊集」。〔註24〕同年八國聯軍撤出天津，袁世凱從聯軍組建的臨時政府——都統衙門手中接管了天津。爲加強對天津的管控，8 月，直隸總督由保定遷往天津，天津成爲直隸省會，北洋官報局也隨之遷往天津，報紙出版不得不拖延。

北洋官報局選址天津河北獅子林原集賢書院所在地。喬遷新城，各種事宜又需重新整理，尤其是「房屋尚不敷用，及須添蓋」，〔註25〕報紙的出版再行推後。但北洋官報局的業務已先期開展起來。直至當年 12 月 25 日，《北洋官報》終於隆重出版。

1.4　晚清的政治輿論失範與媒介控制

1.4.1　晚清社會的言禁受到極大衝擊

義和團運動加劇了社會的動盪和清政權的危機；西方列強不斷發動侵略戰爭，在中國劃定租界，確立領事裁判權，干預朝政，進一步削弱以慈禧太后爲核心的權力中樞。維新思想的滲透，以及革命派、改良派在海內外的猛烈宣傳攻勢，繼續蠶食晚清統治的根基。伴隨著權力的衰弱，晚清社會的言禁也被極大地衝擊。

因爲租界領事裁判權的確立，清政府對租界內的行政、司法事務喪失了管理權。租界內開放的政治環境和自由的言論氛圍，使得租界成爲晚清各種報館、書館、集會和結社活動的庇護所。「戈公振先生在對 1898 年之後晚清社會共有的各種報刊、雜誌類出版物的統計當中，列舉了世界範圍內華人報刊、雜誌的書目約爲 338 種，包括在美國、法國、日本、新加坡等地的出版物在內，這其間內地大概有各類出版物共計 250 種，而在上海出版的各種報刊、雜誌共計 78 種，在廣州出版的共計 35 種，僅這兩處最大的通商口岸和最早的租界所在地內的出版物約佔全國數量的一半。」〔註26〕「1905 年清廷宣布預備立憲之後，黨禁稍開，各種集會和結社活動也迅速展開，當時各種

〔註24〕紀官報〔N〕，大公報，1902 年 7 月 28 日。
〔註25〕紀官報〔N〕，大公報，1902 年 9 月 11 日。
〔註26〕李默菡，晚清表達自由制度研究〔D〕，武漢：武漢大學，2011；文中數字根據戈公振，中國報學史〔M〕，上海：上海書店《民國叢書》第二編，1990：（116～120），統計所得。

結社團體不下 600 多個（包含海外的華人社團）……但是如果從這些結社活動創立的地點來看，基本也都在租界內，根據不完全統計僅上海一處各類團體約有 30 多個，其次仍爲廣州。」〔註27〕

1.4.2　晚清政府對輿論的管控乏力

　　清政府費盡心機，竭力挽回輿論失控局面，試圖繼續讓國人噤口不言。但「蘇報案」、「沈藎案」以及「大江報案」的發生，預示著清政府對輿論的管控越來越乏力。最終，革命的輿論衝破清政府嚴密的封鎖，鼓動著武裝力量推翻了中國最後一個封建王朝。

　　《蘇報》原爲 1896 年旅日華僑胡璋創辦於上海，名聲不佳，經營不善。1899 年被退職官員陳範（字夢坡）接盤。陳範是江西鉛山縣知縣，後因教案落職，遷居上海，受民主思想影響，漸趨革命。《蘇報》也發生了轉變，曾開闢《學界風潮》專欄支持南洋公學和南京陸師學堂的學生運動。1903 年，《蘇報》聘請愛國學社章士釗爲主筆，章炳麟、蔡元培等爲主要撰稿人。5 月 27 日，報紙刊載鄒容的《革命軍・自序》；6 月 9 日刊載章士釗的《介紹〈革命軍〉》與《讀〈革命軍〉》；6 月 10 日再登章炳麟文章《序〈革命軍〉》。《蘇報》的革命言論引起清政府的密切注意。6 月 29 日該報又以顯著位置刊登章炳麟的《康有爲與覺羅君之關係》，文章摘自章炳麟寫給康有爲的一封萬言公開信，有力地論述了革命的重要性和必要性。文中以輕蔑的口吻稱光緒皇帝爲「載湉小丑」。清政府再也無法忍受，於 6 月 29 日當天派南京候補道俞明震、上海道袁樹勳與上海租界當局勾結，逮捕了《蘇報》工作人員。6 月 30 日又逮捕了章炳麟等人。鄒容於次日投案。7 月 7 日查封報館，解散愛國學社。歷經 10 個月之久的審判，鄒容被判監禁 2 年，章炳麟 3 年監禁，《蘇報》被判永遠停刊。鄒容在准予保釋的前一天在獄中猝死，年僅 21 歲。章炳麟刑滿出獄後東渡日本。轟動一時的「蘇報案」讓人們議論紛紛，堂堂大清政府因爲租界的存在，降格成爲原告與它的臣民對簿公堂，成爲「這場官司中畏頭畏尾的失敗者，它一手炮製的『蘇報案』不僅沒能抑制革命宣傳活動，反而促進了革命報刊在國內的發展」。〔註28〕

〔註27〕李默菡，晚清表達自由制度研究〔D〕，武漢：武漢大學，2011；該數字根據張玉法，清季的立憲團體〔M〕，臺北：中央研究院近代史究所，1971：（90～91），統計所得。

〔註28〕方漢奇，中國新聞事業通史（第一卷）〔M〕，北京：中國人民大學出版社，1992：（737）。

　　與「蘇報案」中報人被捕、報館被封的同年，又發生了「沈藎案」。沈藎，生於同治十一年（1872），原名克誠，字愚溪，祖籍江蘇吳縣（今蘇州）。戊戌變法時期，沈藎與譚嗣同、唐才常有交往，態度甚至比他們更激進。變法失敗後，沈藎追隨唐才常到了上海組織正氣會。正氣會，後更名自立會，既有革命派人士章炳麟實力支持，又得康有為經費資助，活動宗旨與政治主張多有矛盾之處，但這並不影響沈藎反對朝廷頑固派的活動和思想。其組織自立軍起事失敗後，於 1903 年 7 月 28 日被人構陷入獄，當月 31 日慘遭清政府杖斃。清政府的暴行震驚社會，中外輿論界的反映甚至比日俄戰爭還要強烈，激起了國人對清朝專制統治的更大仇恨。沈藎案成了留學生和內地知識界由愛國走向革命的進程中的助推器。〔註 29〕

　　「蘇報案」和「沈藎案」嚴重衝擊了清政府的權威，促進了革命力量的增長。清政府變本加厲地想要維護它的輿論控制權力。宣布預備立憲以後，清政府先後制定和頒佈實施了《大清印刷物專律》（1906）、《報章應守規則》（1906）、《報館暫行條規》（1907）、《大清報律》（1908），對報刊的註冊、批准、審查和處分作了嚴格的規定。除此之外還有與新聞事業有關的法律法規如《欽定憲法大綱》、《違警律》、《清新刑律》、《電報總局傳遞新聞電報減收半價章程十條》、《重訂收發電報辦法及減價章程》、《著作權章程》等。清政府試圖通過這些法律法規將所謂「悖逆」報刊扼殺在襁褓之中，鉗制日益發展的新聞事業及其宣傳報導活動。張之洞在《箚江漢關道查禁悖逆報章》中說：「聞華人有擬在漢續開報館者，當此訛言繁興之時，恐不免擷拾上海及外洋各報傳訛惑眾。將來開辦報館之人，必致自蹈法網，與其拿辦於事後，不若預防於事先。如在華界開設者，禁止購閱遞送，房屋查封入官；如在洋界開設，冒充洋牌，亦斷不准遞送，違者一併拿辦。」〔註 30〕清政府除制訂一些專律加以限制之外，還發布過許多臨時禁令。這些法令使已出版的報刊動輒得咎，因此遭到舉國上下的強烈抵制。

　　清政府一方面採取多種手段摧殘迫害報紙、報人，一方面拉攏收買報人，

〔註 29〕關於沈藎案，史學界存有爭議，有相當多人傾向於沈藎因為在某報揭露《中俄密約》而被捕。具體在哪一份報紙上發表文章也莫衷一是，有說上海英文報紙，有說是天津《新聞西報》，有說北京某報等等。關於沈藎被捕的時間也是眾說紛紜，有說 1903 年 7 月 19 日的，有說 7 月 28 日的。

〔註 30〕張之洞，《箚江漢關道查禁悖逆報章》光緒二十六年二月初七日，轉引自：趙德馨，張之洞全集（第 6 冊）〔M〕，武漢：武漢出版社，2008：（310）。

爲己所用。甚至不惜出賣築路權等國家利益換取外國政府的應允，狼狽爲奸，聯合絞殺革命報刊與報人。但清政府無論使出何等解數也無法挽救其傾覆的命運。發生在武昌起義前夜的「大江報案」成爲行將就木的清政府最後的淫威。

《大江報》原爲《大江白話報》，詹大悲任主筆。詹大悲（1887～1927），原名培瀚，後更名瀚，字質存，湖北蘄春縣人。積極參加革命活動，是辛亥革命前後湖北地區革命派的宣傳主將。1910 年 12 月 14 日《大江白話報》創辦，詹大悲任主筆。1911 年 1 月，該報因報導英國巡捕打死人力車夫一事受到社會矚目，投資人撤資，報紙改組爲《大江報》，詹大悲自任經理。很快，《大江報》成爲革命團體文學社的機關報，讀者對象主要是新軍士兵和下級軍官，而他們則是發動武裝起義的重要力量。1911 年 7 月 17 日和 26 日該報分別發表兩篇副主編何海鳴的短評《亡中國者和平也》與黃侃的短評《大亂者救中國之妙藥也》，內容驚世駭俗，標題奇絕豪壯，引起清政府震怒。《大江報》因此於當年 8 月 1 日晚被封，詹大悲被捕，何海鳴自首。此案引起全國輿論譁然，社會各界用各種方式指責清政府摧殘言論的暴行，慰問和聲援《大江報》。湖北總督瑞澂原擬對詹、何二人從重置典，但終因懾於激憤的民意，判處二人徒刑 18 個月。「大江報案」之後不到三個月，武昌起義爆發。主編胡石庵作詩讚頌：「大江流日夜，鼓吹功不朽。」〔註31〕

1.5　本章小結

作爲一種新式報紙，《北洋官報》的創辦與發展必定與它所處的時代密切聯繫。這種聯繫既表現在當時代社會政治、經濟、文化等系統對於《北洋官報》的影響，又體現在《北洋官報》作爲一種現代意義上的傳播方式，與其他媒體勾連，推動社會關係的變化，參與了新的社會形態的構建。本章重點討論了當時代對於《北洋官報》的影響。

首先，晚清社會風雲變幻的最後十年爲《北洋官報》的創辦提供了條件。清政府施行新政是新式官報得以創辦的重要的政治前提。頑固保守的清政府終於接受了「變法」，也接受了新式報刊，並在實踐上大力倡導創辦新式官報作爲政府喉舌。《北洋官報》是清王朝力圖維持其沒落的統治而實施改革的產

〔註31〕方漢奇，中國新聞事業通史（第一卷）〔M〕，北京：中國人民大學出版社，1992：（926）。

物，是清廷中央政府和直隸省政府推行新政的一項重要舉措。

其次，袁世凱集團的鼎力支持是《北洋官報》得以創辦的必要條件。袁世凱積極推進新政各項措施，在清政府高層官員中屬最早認可和重視新式官報的重臣。他給予《北洋官報》乃至北洋官報局的政策、物資和行政力量的支持，才使得《北洋官報》有條件、有能力購買先進的技術設備，聘用優秀的技師和工人，並能夠依靠行政力量採用多種渠道發行報紙。

第三，晚清國勢衰微，大廈將傾，主權喪失。中國在國將不國的夢魘中被迫走向近代化。變法圖強，挽救時局的時代主題深刻影響了《北洋官報》的辦報主旨和內容。雖為一份官報，可是生在「亂世」，它既是代表封建政府的喉舌，是封建統治的輿論工具，又能夠反映出時代的背景，是奮發蹈厲，避免亡國滅種的時代洪流中的一部分。

第四，十九世紀中葉以來在中國陸續出現的近代化的外國報紙，以及維新變法前後掀起的國人辦報高潮中湧現的近代化的私營報刊，它們先進的辦報理念與西化的辦報模式成為報業發展的主流。這些深深影響著後來者《北洋官報》的形式與內容。

總之，《北洋官報》刻著晚清特有的歷史時代印記。

第 2 章 《北洋官報》的定位、形態與運營

　　《北洋官報》從 1902 年 12 月 25 日創刊，至 1912 年 2 月 12 日清朝末代皇帝溥儀宣布遜位，作爲晚清直隸官方喉舌使命的報紙隨之謝幕，《北洋官報》共出 3053 期。1912 年 2 月 13 日恰逢農曆臘月二十六，按照《北洋官報》發行慣例這一天到來年正月初五爲年假暫停出版。2 月 23 日，《北洋官報》改名爲《北洋公報》，順延《北洋官報》期號繼續出版至 5 月 22 日。1912 年 5 月 23 日《北洋公報》發布「北洋印刷局爲《北洋公報》改爲《直隸公報》通告周知由」，其中提到：「北洋印刷局爲通告事，本年五月二十一日奉都督張箚開，查《北洋公報》爲本省公布法令機關，體裁既經改良，名稱亟宜釐定，『北洋』字樣仍屬沿襲舊制，其範圍嫌於寬泛，應即取消，改爲《直隸公報》以昭確當。」〔註 1〕這一天《北洋公報》改名爲《直隸公報》，期號依舊順延舊報，即從 3144 期起繼續出版。

　　《北洋公報》與《直隸公報》的性質早已不同於《北洋官報》。本文要討論的是那 3053 期，在晚清具有特殊歷史地位的官報樣板《北洋官報》。

2.1　《北洋官報》的發展分期與形態確立

　　《北洋官報》的發展大致分爲前、中、後三個時期。從時間段上看，發展前期指 1902 年至 1904 年；發展中期指 1904 年至 1909 年，發展後期指 1910 年至 1912 年。《北洋官報》的形態在發展前期就已基本確定，後不斷調整完

〔註 1〕直隸公報，第 3144 期，1912 年 5 月 23 日。

善，1906 年清廷宣布「預備立憲」之後，《北洋官報》有過一次較大的改版，雖然時間不長就又調整回原樣，但欄目、內容都有相應調整，報紙的整體面貌煥然一新。發展後期，隨著清王朝敗亡幾成定局，封建官僚階層了無生機，《北洋官報》也失了蓬勃生機，形態變化較大。

2.1.1　發展前期形態確立

　　清政府預備立憲之前，從 1901 年開始實行新政。1902 年《北洋官報》創辦以後，雖是直隸省官方喉舌，但實際上因為北洋督撫袁世凱的重要地位以及直隸新政在全國新政中的示範性地位，使得《北洋官報》亦地方亦中央，實際肩負著清政府中央一級官報的部分使命。

　　1901 年 11 月，袁世凱繼李鴻章署理直隸總督兼北洋大臣；1902 年，實授權。到 1903 年末，袁世凱被清政府委任本兼各差共計十一項，「直隸總督兼北洋大臣、兼管長蘆鹽政、督辦關內外鐵路、參預政務大臣、督辦商務大臣、會訂商律大臣、會辦練兵大臣。」〔註 2〕袁世凱身兼多職，且均為清末新政中的各方要職，可見權重一時。清末新政中，直隸新政在袁世凱的領導下又開展得較早且卓有成效，在政治、經濟、教育等諸多方面進行了開創性改革，成為全國新政改革的標杆，因此，袁世凱和北洋地區在晚清也佔有了獨一無二的地位。也因此，《北洋官報》的地位也非其他省級官報可比，一定程度上充當了中央一級官報的職能。

　　在發展前期，《北洋官報》的版式、欄目設置不斷調整並趨於穩定，並在1904 年報紙改為日報。1907 年之前，《北洋官報》的新聞部分分為三大欄目，分別是「畿輔近事」、「各省新聞」和「各國新聞」。「畿輔」這個詞是指以京都皇權統治為中心的周圍、附近地區。清代時成為直隸省的別稱。「畿輔」不僅是一個地理概念，更是一個政治概念。「畿輔近事」主要報導的是帝都北京和直隸首府、北洋重心天津以及直隸省其他地區的新政新聞。欄目內容的定位看出《北洋官報》的地位。

2.1.2　發展中期調整變革

　　1904 年以後，報紙進入發展中期，各方面發展較為穩定，沒有太大變化，

〔註 2〕佐藤鐵治郎著、孔祥吉等整理，一個日本記者筆下的袁世凱〔M〕，天津：天津古籍出版社，2005：（88）。

直到 1906 年，清政府實行預備立憲，報紙再次掀起改良的一個小高潮。以 1906 年 9 月清政府頒佈預備仿行立憲諭旨為分界線，報紙發生具體變化是在 1907 年農曆新年例行年假過後第一期。

　　1906 年 9 月 1 日，慈禧太后頒佈預備仿行立憲的諭旨。國內資產階級舊民主主義革命正在興起，民主思潮不斷高漲；以孫中山為首的資產階級革命派領導下的反清革命運動蓬勃發展；代表資產階級右翼和部分地主官僚的君主立憲派也積極倡導立憲以爭取自身利益。從國際環境來看，中國的義和團運動粉碎了帝國主義企圖瓜分中國的迷夢，阻礙了帝國主義加緊侵略中國的步伐，迫使帝國主義採取「保全」與扶植清王朝政權，實行「以華治華」策略，以達到最大限度地維護其在華利益。列強也希望清政府披上「民主憲政」的外衣。面臨來自國際國內的雙重壓力，清政府為了迎合列強，拉攏立憲派，瓦解革命，保持「大清江山」，苟延殘喘，最終決定實行憲政改革。

　　預備立憲開始後，清政府事實上逐漸注重新政進程中的中央集權問題，在各項新政開展中不斷加強中央的規劃與控制。在御史趙炳麟的奏請下，1907 年 10 月 26 日，清廷創設《政治官報》，「專載國家政治文牘」，「將朝廷立法行政，公諸國人」﹝註 3﹞。這份報紙由中央考察政治館創辦，1911 年，清廷實行新官制成立內閣，《政治官報》改名為《內閣官報》。這是清政府正式的中央一級的內閣機關報。在《政治官報》創辦前，光緒三十三年正月初六，即 1907 年 2 月 18 日，傳統春節例行年假結束後開工第一天，《北洋官報》第 1275 冊版面無甚變化，欄目做了調整，《畿輔近事》取消，取而代之以《京師近事》和《本省近事》。欄目的調整說明《北洋官報》自身的定位和角色發生了轉換，開始從亦地方亦中央的政治地位，漸漸轉向作為北洋地區的地方官報定位和直隸省的官方喉舌。

　　清政府宣布預備立憲以後，《北洋官報》在版式與欄目設置上也做了調整。西式公元紀年法與中國傳統帝王年號紀年法並用，赫然印在頭版左上角位置。新增《新政紀聞》專欄，加強了對各項新政措施推行的新聞的報導。內容上，有關預備立憲的報導每期大量增多。尤其值得一提的是增添了《本局論撰》和《時論採新》這樣的論說類專欄，大大提高了論說在官報上的地位。從內容到形式，《北洋官報》顯示出對「預備立憲」的積極支持態度，官

﹝註 3﹞故宮博物院明清檔案部，清末籌備立憲檔案史料（下）﹝Z﹞，北京：中華書局，1979：（1061～1060）。

報的大力宣傳與報導起到了引導輿論的作用。《本局論撰》和《時論採新》「間日輪出」，對於精彩的言論「加圈點以醒眉目」，「排印次序列於奏議公牘之後」，「京外及各國新聞字樣均改爲近事非重要確實者不登，力除瑣碎虛誕之弊」；「奏議公牘分爲最要次要二類，雖不標明而於最要者排三號字，次要者排四號字，以示區別而清眉目」；「選錄學堂講義及編輯科學雜誌附於報末相間輪出以廣門類；凡順直各屬中學堂以上教員所編講義，擇其淵博精粹之作節要選登；又取科學專家新試驗之汽機新發明之學說輯爲雜誌，俾閱報者積日累月別訂成書，既助教育之普及兼廣文明之輸運，庶於學務報務均有裨補；此二種以外，如有調查報告之確實者，譯件演說之切要者尙當隨時編次分別輪出推廣體例以爲疏淪智識之助」〔註4〕。由此可見，預備立憲以後，《北洋官報》的工作面貌煥然一新，再生活力，其維護中央，支持新政的態度明顯而積極。官報的形式和內容進一步改善，引導輿論的能力進一步提高。但論說類欄目曇花一現，存世不久，80多期之後，悄然消失。除此，《新政紀聞》欄目一直長久保持，直到1910年新年之後不再刊載。

2.1.3　發展後期收縮僵化

　　1910以後，資產階級革命勢力勢如破竹，清政府大勢已去，難以挽回，其沒落腐朽決定了它無論進行何種形式的改革都很難達成自救的結果。《北洋官報》也失去了銳氣。欄目和內容逐漸縮減，不再專設《新政紀聞》。甚至連《各省新聞》也都不再刊載。報紙的頭版沒有了精心設計感，「北洋官報」的報頭不再用花邊裝飾，而是非常簡單的空心字。這說明《北洋官報》對政府的新政措施也失去了信心，呼籲改革，引導輿論的主動意識也大大降低。

　　1911年9月28日，《北洋官報》在頭版刊載了一篇《注意》，宣布了《本局詳定改良官報作爲公布法令機關簡章》，「注意」中宣布，「凡督署暨司道各局所新訂規章通行文牘，如諮箚示諭之類，均發登官報公布，毋庸另文行知，以省繁牘。各署凡應公布之件均用印文送局刊布以爲實行之據；其尋常公牘及委署牌示等項可以隨時函送陸續刊登。各府廳州縣對於通行要政即以接到官報之日作爲奉文之期應舉行者即舉行，應稟覆者即稟覆，俾收敏捷之效。官報體例迭經改良自應仍循舊貫，惟此次改良宗旨重在本省法令之公布，特

〔註4〕 本局稟官報改良增添論說送呈樣本請批示祗遵由並批〔N〕，北洋官報，第1201
　　　　期，1906年11月26日。

增法令公布一門。凡本省之法規及通行文件有命令性質者均列公布，其非命令性質而足以資參考者仍列公牘以示區別。凡本省頒行規章關係要緊者除登公布外，仍補入彙編章程類內俾便稽考。凡本省大小官署局所學堂及地方自治各機關均有購閱官報之義務。以上各條如有未盡事宜隨時酌量變通辦理。」〔註 5〕由此，《北洋官報》被賦予了發布政府部門公報命令的權力，官報的屬性進一步加強。《北洋官報》認為由官報公布法令，有很多好處，一是「中國文書之繁為各國所未有」，長期以來，上級公布的法令僅能夠到達少數官廳，卻不能讓人民都知道，如此，不僅上下不通產生隔膜，而且導致民間謠諑橫生。現在公報法令通過官報向公眾公布，「朝發夕至，遐邇周知，無隔閡無壅塞尤無遲滯」；二是各屬各部門接到上級發來的公文經常玩忽職守不履行義務和職責，還以沒接到公文為藉口。如果通過官報發布，全民都可監督執行，就避免了官員推諉找藉口，這樣一來，各級政府的政策被有效執行，「則於憲政之進行不無裨益」；三是「下級官廳對於通行文件有不利於己者或容心藏匿或故意延宕，今一經官報公布則國人皆知，欺蒙之弊自絕」；四是減省了動輒數十百件的下發公文的楮墨費用；五是「全省有志士民皆得日手一編」，他們可以通過官報研究本省新政各項政策的利弊，增加了政治智識，培養了法律精神，對於未來國民自治大有裨益〔註 6〕。

《本局詳定改良官報作為公布法令機關簡章》以「注意」或「特別要件」的形式連續刊載三個多月，從第 3024 期開始，《北洋官報》增添了《法令公布》欄目，以四號字醒目全文刊載公文法令。既然「舉凡司法自治財政軍政學務警務實業各項公布，不特與地方官署關係重要，與各學堂局所暨自治機關地方紳民均有密切之關係」，那麼官報的發行速度與效率就要提高。然而，《北洋官報》也意識到，「各屬接到官報經手書房輒積壓數日始行分發，紳民嘖有煩言」。為此，北洋官報局飭本局發報員，並知照郵局轉知各分局，提高分發寄送的效率，並提醒各府廳州縣收閱報紙並分送各處時一定要「慎益加慎，幸勿前假手書差致有貽誤遲延之弊」〔註 7〕。

〔註 5〕 本局詳定改良官報作為公布法令機關簡章〔N〕，北洋官報，第 2916 期，1911 年 9 月 28 日。

〔註 6〕 本局擬定改良官報作為公布法令機關詳文〔N〕，北洋官報，第 2916 期，1911 年 9 月 28 日。

〔註 7〕 本局擬定改良官報作為公布法令機關詳文〔N〕，北洋官報，第 2916 期，1911 年 9 月 28 日。

整頓了報紙的郵寄工作，北洋官報局又對報紙發行價格進行調整。官報局打算自宣統四年九月初一日起報價改收銀元。

「本省併寄官學兩報每月全分收大洋一元三角小洋貼水郵費在內；本省分寄官報學報每月每分收大洋七角小洋貼水郵費在內；本埠寄售官報學報每月每分大洋六角小洋貼水不加郵費；凡外埠訂購官學兩報應先惠報資，空函不寄，至少須先定半年，如正月訂購者須先寄六個月報費，二月訂購者須先寄五個月報費，均以均以六月底截止，餘可類推，嗣後即以半年爲一屆，以清界限，其原先交兩屆報費者聽。報費須由郵匯或帶現洋，不收郵票。」〔註 8〕

然而，還未來得及實施，1912 年 2 月 12 日，農曆 1911 年十二月二十五，隆裕太后頒佈退位詔書，宣統皇帝退位。大清王朝覆滅，實行兩千餘年的中國封建專制王朝結束。當天，《北洋官報》在头版刊載广告，宣布：

現屆年關，本報仍循囊例，於二十六日起停版十天，準於明年正月初六日照常出版。特此布告伏維　公鑒〔註 9〕

從版面、內容來看，《北洋官報》在這一天平靜得很，沒有任何異常。依舊刊載有《宮門抄》、《論旨》、《奏摺》，內閣日常還是照舊報導；《公牘》、《文告》顯示著各部門繼續尋常運轉；《畿輔近事》刊載了「度支部金銀庫續收愛國公債清單」；《譯電》依舊關注俄國與土耳其的戰事，英皇安全抵達倫敦以及日皇慰問兵隊等新聞。這一具有重大意義的一天「平靜」地度過之後，《北洋官報》就照慣例休了十天年假。年假過完以後，一個嶄新的時代拉開序幕，1912 年 2 月 23 日《北洋官報》重新出刊。然而從 23 日到 28 日的報紙，即 3054 期至 3060 期報紙令人遺憾地遺失了。我們無法猜測那「消失」的六天之中，報社發生了哪些變動，報紙的宣傳報導內容是否出現變化。現存民國元年 3 月 1 日的《北洋官報》更名爲《北洋公報》，期號延續《北洋官報》，爲第 3061 期。代表封建政府的《北洋官報》無聲無息地留在了那個無法跨越到新時代的封建王朝。

2.2　《北洋官報》的體制

《北洋官報》開風氣之先，從編撰到發行進行了許多有益的嘗試，是當時地方官報的樣板。近十年的發展中，報紙取法日本，並根據晚清實情，不

〔註 8〕本局釐定報價及定報新章廣告〔N〕，北洋官報，第 3050 期，1912 年 2 月 9 日。
〔註 9〕本局廣告〔N〕，北洋官報，第 3053 期，1912 年 2 月 12 日。

斷探索、實驗新的編輯形式和技術，不斷完善宣傳報導內容與發行制度，採用現代化的管理模式，已經完全不同於古老的傳統報紙。

2.2.1　組織與運行現代化

前文已述，因直隸總督署由保定遷往天津等原因，北洋官報局雖已先期在保定開辦起來，但《北洋官報》的創辦一再拖延，反倒使其在資金、設備、人才等方面做了較爲充足的準備。《北洋官報》從籌備到出版，當時的《大公報》給予了較多的關注。經常刊載有關《北洋官報》的各種情況。1902 年 11月 28 日，《大公報》刊登《北洋官報總局廣告》，廣告是招募各項藝徒，但從其行文可以看出北洋官報局爲出版《北洋官報》做了精心準備：

> 本局自東西洋選購各種機器，聘訂日本高等藝師，粤滬石印、
> 鉛印各匠雕刻銅版、鉛版，本局精製寫眞、電鍍銅版，印書紙版、
> 泥版、石版、鉛版等件，以及製造銅模鉛字，專印書報，兼印各種
> 圖畫及五彩商標、郵稅、銀錢票紙，皆不惜工本，精益求精。亟須
> 招募各項藝徒，專心肆刀，以期開通風氣，推行美術，……〔註10〕

北洋官報局到日本選購各種印刷設備，聘請日本高級藝師，從廣州、上海雇請熟諳石印、鉛印等各項技術的工匠，發展業務。因爲技術設備先進，《北洋官報》成爲我國近代最早採用銅版印刷技術的報紙。連《大公報》都經常去官報局刊刻銅版圖片。

北洋官報局總局設在天津，地址選在天津市河北區獅子林集賢書院內（今獅子林大街與金家窰大街交口附近，原址早已不存，但仍留有歷史地名「官報局胡同」），分局設在北京和保定。北洋官報局雖爲官辦機構，但具有盈利性質。它的經營業務「於印報外，兼印各種書籍、圖畫及五采商標、郵稅印紙、銀錢劵約等件，意在開通風氣，僅收回紙墨工本，平價發售。凡定印各種商標、票紙、圖畫、書籍者，請至本局賬房面議」。〔註11〕《北洋官報》由專門的出版機構負責出版，改變了過去由官書局辦理官報，或者由商務總會代爲辦理官報的狀態，更加有利於官報的發展。官書局主要編書、譯書、印書、賣書，被認爲是中國最早的中央級官報《官書局報》和選譯外報的《官書局譯報》就是由 1896 年由維新派所設的強學書局改的官書局來出版。戊戌

〔註10〕北洋官報總局廣告〔N〕，大公報，1902 年 11 月 28 日。
〔註11〕本局廣告〔N〕，北洋官報，第 3 冊，1902 年 12 月 29 日。

政變後，慈禧太后下令官報一律停辦，兩份報紙被迫停刊。商務總會主要是負責商業活動的，代辦報紙效果自然不專業。

根據《〈北洋官報〉章程》所示，北洋官報局設總辦一員，總理局務。「舉凡局內應辦之事，以及官報之體例，辦事之規則，寄報之章程，報價之數目，統由總辦核定，稟明遵辦。」〔註12〕從章程來看，「總辦」之職統馭全域，除報刊採編業務外，經營管理的一切事務都要負責。在章程中，第三章「條規」中有一條規定：「報章之體裁，圖畫之有無，記載之事項，及文章之工拙，均有關於風氣之通塞。報章之銷數，准由總纂隨時斟酌修改，惟須總辦意見之相同。」〔註13〕總辦之下，官報局設立了六股，分別是編纂處、繪畫處、印刷處、文案處和收支處。每股工作人員全由總辦延聘，聘用人數視各股事務的繁簡而定。以下是各股的職務規定：

> 編纂處，有總纂，有副纂，司撰述論注選錄校勘等事；報務是其專責。

> 編譯處，專譯東西各國現售之新聞紙及諸雜誌諸新書。

> 繪畫處，專摹外國新圖，以輿圖為大宗，旁及名人勝蹟。凡足資觀感之一名一物，每圖必有說以發明之。

> 印刷處，司印刷蓋戳號碼裝訂題封等事，兼存儲圖籍畫器及一切需用之物料。

> 文案處，司稟啓移諮公牘各件，並刊發公私告白，掌管卷宗，謄寫報冊，蓋用關防等事。

> 收支處，司發售官報，收回報價，採辦物料，發給薪俸伙食雜用，及一切出入籌款。〔註14〕

北洋官報局總辦一職最初由袁世凱舉薦翰林院編修、候補道張孝謙出任。張孝謙（1857～？），字恒齋，號巽之，行三，行一，河南光州商城縣人。1889年中進士。曾作為袁世凱派系支持並參與康有為發起成立的「強學會」，還與

〔註12〕《北洋官報章程》，戈公振，中國報學史〔M〕，北京：中國新聞出版社，1985：（48）。

〔註13〕《北洋官報章程》，戈公振，中國報學史〔M〕，北京：中國新聞出版社，1985：（48）。

〔註14〕《北洋官報章程》，戈公振，中國報學史〔M〕，北京：中國新聞出版社，1985：（48）。

丁立鈞、陳熾、沈曾植三人被正式推爲「強學會」的「四總董」。張孝謙任職到 1906 年 4 月，改署通永道差。1903 年 3 月張孝謙赴日本考察大阪博覽會，5 月回國。在此期間，官報局總辦一職由顏世清兼任。顏世清（1873～1929），字韻伯，號寒木老人、瓢叟，廣東連平人，寄居北京。畫家，擅長山水、花卉。從政期間，提倡發展文化尤力。顏世清任期雖短，卻對北洋官報局進行了有效的整頓。官報局創辦之初，雖有明確的規章制度，但工作人員沒有嚴格執行。據《大公報》報導，《北洋官報》經常出現錯誤，連袁世凱發交官報局排印的奏進呈之書也出現了校對疏漏。以至於「時人言官報字句向多訛誤」〔註 15〕。顏世清入職以後，會同局內管事再訂條規六則，針對「工匠誤訂報章、洋匠誤印銀票、人役私自外出等現象」設立獎懲制度。如「每千張壞損至多不過四十張，如逾此數，即責成經手洋匠配補」。同時獎勵認真工作、創新工作的人員，「有匠徒劉仁卿學刻銅版，獨標新異，呈之觀察，觀察立賞大銀牌一面，以示鼓勵」〔註 16〕。身爲總辦，顏世清事必躬親，每期報章親自校勘，無論文字、圖畫都要做到精美、無誤，嚴格考勤，督促工人。局內事務逐漸好轉，「局中上下，從此咸爲惴惴無敢向之疲玩積習，一掃而空」，〔註 17〕《北洋官報》的質量明顯提高，且發行量也比之前增多。

1904 年，張孝謙回原籍省親，再次暫離職守，局務由馮汝騤代理。「張孝謙之後，總辦一職更動較爲頻繁。初由天津道周學熙暫行兼理，不久候補道丁象震任總辦。1907 年，候補道袁祚廙任總辦，後又調任戒煙總局任事。另外，吳興讓也曾擔任過北洋官報局總辦一職。」〔註 18〕

儘管新政坎坎坷坷向前推進，但北洋官報局及《北洋官報》的業務始終波瀾不驚，很少起伏變化。直到 1910 年，官方擬將官報局與官紙廠合併，名爲北洋編印局。官方認爲「原辦官報兼印書事宜本具有印刷官廠職性質，只以名義未經確定」，且在官方文件中，明顯認爲北洋官報局經營不善，管理不嚴，導致「官局不振」。〔註 19〕而且官方打算開辦官紙廠，因爲財政捉襟見肘，也需要處處節儉。將官報局與官紙廠合併，人員、設備、廠房就都可以充分

〔註 15〕整飭局規〔N〕，大公報，1903 年 5 月 1 日。
〔註 16〕整飭局規〔N〕，大公報，1903 年 5 月 1 日。
〔註 17〕整飭局規〔N〕，大公報，1903 年 5 月 1 日。
〔註 18〕翟硯輝，《北洋官報》與直隸新政〔D〕，石家莊：河北師範大學，2011。
〔註 19〕北洋官報總局詳擬官紙印刷歸併官報大概辦法〔N〕，北洋官報，第 2336 冊，1910 年 2 月 16 日。

利用起來。「舊有人員可以兼任，期用人之費可省；原設機器足敷分配，期購器之費可省；廠屋略具規模，即有不敷，就近可酌賃民房，期購地廠之費可省」〔註20〕。合併後的新北洋編印局擬改設四科：

　　　　甲　編輯科，專司編校官學兩報暨圖書冊籍等事；

　　　　乙　印刷科，專司印刷紙品書報暨經管料物等事；

　　　　丙　文書科，專司撰擬公牘編造表冊暨收發謄繕等事；

　　　　丁　會計科，專司收支款目核算報銷暨採買庶務等事。

另外，又擬設售品所，隸屬會計科，專門負責發行物品等事項。官方在這項新政辦法的公文中一再強調節儉，「一切均從簡易入手，力戒虛糜」。〔註21〕儘管實施辦法詳盡細緻，但最終因清政府「官紙國營，與民爭利」的企圖太過明顯，合併官紙廠和官報局之舉遭到社會各界強烈反對，沒有進行下去。北洋官報局的業務活動再次回歸平靜。

2.2.2　辦報宗旨高遠

　　《北洋官報》自創刊號連發三篇序言，相當於發刊詞。第一期開篇就刊載了《北洋官報序一》和《北洋官報序二》，第二期刊載了《北洋官報序三》。

　　《北洋官報序一》中，作者從秦以前說起，「大易之義，上下交而志通爲泰，反之爲否。」秦以前，地域有限，君，卿、大夫、士在各自的受封領域內分而治之。「一國之情事，上下得以周知，其相通也，猶易。」秦以後，實行封建專制，君主統一天下，疆土廣闊，舊有秩序不存在，舊有法規被遺忘，世變多故，於是，上下不通，弊端暴露。作者考察到，「泰西報紙之興所以廣見聞開風氣而通上下，爲國家之要務。中外大通以來，中國識時之士，亦稍稍仿西法，立報館矣。」在晚清洋務運動以來，中國官員開眼看世界，逐漸見識了西方國家的先進發達。近代化報紙不斷在中國大地上湧現，尤其是維新派報刊對西方民主、科學等思想的大力鼓吹，中國官員接受了新式報刊，意識到報刊的宣傳鼓動作用。但同時，站在統治階級立場上，封建官僚們對民辦新式報刊的輿論宣傳導向大有不滿。「然皆私家之報，非官報嘗一設於京師，未久而旋罷。夫私家之報，

〔註20〕局會同藩運兩司詳遵箚核議官紙印刷歸併官報大概辦法文並批〔N〕，北洋官報，第2336冊，1910年2月16日。

〔註21〕本局會同藩運兩司詳遵箚核議官紙印刷歸併官報大概辦法文並批〔N〕，北洋官報，第2336冊，1910年2月16日。

識之義宏通，足以覺悟愚蒙者，誠亦不少。獨其閒不無詭激失中之論，及及或陷惑愚民使之莫知所守。」〔註22〕官報認爲當前華文報刊在重要的國家大事上論說評議，「埽舊文袪積習，未必無摧廓之功也」〔註23〕。但其論議方式與內容過激，「獨惜其習於縱橫家，言好爲詆弛奔放之詞，語氣揚抑唯恐不溢其量，又往往偏重使人以意氣相高」〔註24〕。在國家推行新政，新舊交替之際，政治鬥爭激烈，革命輿論高漲，這樣過激的言論會導致「民德不和，其患甚於民智之不開」。〔註25〕既然官報認爲，私家之報不能「正確引導」輿論，那麼這個重要的責任必然要有官報來承擔，《北洋官報》爲此頗有擔此重任的責任感。

「然則求其所以交通上下之志，使人人知新政新學，爲今日立國必不可緩之務。而勿以狃習舊故之見，疑阻上法。固不能無賴於官報也。今設直隸官報，以講求政治學理，破固習，瀹智識，期於上下通志，漸致富強爲宗旨，不取空言危論。」〔註26〕從這段話可以看出，《北洋官報》以通上下，開風氣，傳播新政新學爲辦報宗旨，以促進國家富強爲目的。辦報伊始，高尚的辦報宗旨已定，自我賦予了宏大的辦報目的和重大的社會責任。

隨著時代的發展，隨著政局的變化，並且隨著辦報經驗的逐漸積累和豐富，《北洋官報》對於新式報紙的作用和任務的認識，也在不斷發展。1906 年春節例行假期休刊之後，《北洋官報》發表《北洋官報丁未正月六日發刊詞》。此時，清末新政推行已近四年，預備立憲即將展開。《北洋官報》也創刊了三年有餘，它對官報的功用，已不用再通過貶抑私家之報來抬高自己。當今東西方各國「官報與商報並重」，「報紙爲文明之利器非虛語也」。文章引用西哲之言：「國家文化之消長，國民程度之高下，恒視其國報紙之多寡，以爲比例差。」爲全篇開頭，用報紙發達的東西方國家文明程度高作爲論據，論證此觀點。特別舉日本官報爲例，說日本的官報是政府的喉舌，政府的政治、法律政策都要通過官報來宣布，官報的地位「不啻像魏之懸書，中樞之政要寓焉」。通過報紙宣傳「國民之觀聽萃焉，故其程度極高」。文章認爲官報的「價值極重」，作用也不僅僅限於「擴見聞」，而且「可資政治之研究，增法律之練習，以養國民自治之能力，以表國家立憲之精神」。

〔註22〕序一〔N〕，北洋官報，第 1 期，1902 年 12 月 25 日。
〔註23〕序三〔N〕，北洋官報，第 2 期，1902 年 12 月 27 日。
〔註24〕序三〔N〕，北洋官報，第 2 期，1902 年 12 月 27 日。
〔註25〕序三〔N〕，北洋官報，第 2 期，1902 年 12 月 27 日。
〔註26〕序一〔N〕，北洋官報，第 1 期，1902 年 12 月 25 日。

　　這是符合時代發展的。《北洋官報》在發行第一百冊、一千冊時都曾發表紀念詞，也編譯過《新聞學緒言》〔註27〕這類論述新聞思想的文章。《北洋官報》多次提到報紙的威力，輿論的力量，並引用時下流行的說法「拿皇畏如四千火槍，英儒稱為第四種族，則謂之有效果。」〔註28〕「近代人物拿破崙俾斯麥，固一世之雄也。拿皇絕畏新聞紙，譬以聯隊之威，火器之烈，俾則往往以新聞紙左右政黨，失敗之頃恒賴匡助。」〔註29〕《北洋官報》對於報紙引導輿論的認識有可能是「一些作者以外國故事融入詩文，對仗工整，用典自然，無疑成為一種領異標新的書寫表述，增添了一種新的時尚話語」。〔註30〕但一份官報，直隸省甚至是中央政府的喉舌，敢於公開表達「報紙有監督政府，引導輿論的責任」的觀點也說明其對報紙寄予了厚望。

　　當然，《北洋官報》終究是現行體制的維護者，它是清政府新政的忠實宣傳者和執行者，它不可能像「私家之報」那樣批評政府，論議國事，指謫政體，發「詭激失中之論」是對朝廷的大逆不道。但《北洋官報》卻一再強調官報「通上下，開民智」的作用。「報紙固組織憲政之機關，陶鑄國民之利器也。」「夫報界之發達與國力之膨脹，民族之文明互為消息。」〔註31〕《北洋官報》對自己創辦以來取得的宣傳效果頗為滿意，「方今中國官報雖尚在幼稚時代，然自本報創辦以來，為時不過四年，為數不過千冊，而各省聞風相應。若南洋，若山東，若豫皖，若川楚，若閩粵秦晉諸省，無不仿傚成規，接種並起。是本報一千冊出版之日，亦即中國官報成立之期。則繼此以往，文明益進，風氣益開。上以輔翼國家，下以改良社會，務使朝廷立憲之政體日以完全，國民自治之精神日以增長。起貧弱而進富強。軼漢唐而駕歐美。安見我中國文明之化不可灌溉全球哉！則斯圖之出不但為本報今日之紀念，抑亦中國前途之一大紀念也」。〔註32〕無論《北洋官報》的宣傳達到什麼程度，是否取得業績，它對中國獨立自強，再興文明大國的美好願望，以及報紙，尤其是官報能夠促進中國走向富強的認真的期待還是值得肯定的。

〔註27〕新聞學緒言〔N〕，北洋官報，第126期，1903年9月13日，第132期，1903年9月25日。

〔註28〕官報一百冊綴言〔N〕，北洋官報，第100期，1903年7月21日。

〔註29〕新聞學緒言〔N〕，北洋官報，第132期，1903年9月25日。

〔註30〕鄔國義，「一支筆勝於三千毛瑟槍」話語考〔J〕，學術月刊，2015（1）。

〔註31〕北洋官報第一千冊紀念辭〔N〕，北洋官報，第1000期，1906年5月9日。

〔註32〕北洋官報第一千冊紀念辭〔N〕，北洋官報，第1000期，1906年5月9日。

2.2.3　版面設置與欄目安排傳統與現代相結合

1902 年 12 月 25 日，光緒二十八年十一月二十六，《北洋官報》發行第一期，白報紙雙面印刷，紙張規格長約爲 25.3 釐米，寬約爲 18.6 釐米。「官報每份一冊，每冊至少八頁，多至十餘頁。開辦伊始，間日一出。」〔註 33〕但顯然《北洋官報》籌辦之初，就明確了報紙的性質和辦報思想，希望能發展成熟。「嗣後，酌量情形，或按日一出，以符日報之例。」〔註 34〕果然，在出滿 200 期之後，《北洋官報》改爲日報。《北洋官報》只在封面印有出版時間，由於現存報紙的完整度不夠，尤其是前期大部分報紙封面都不復存在，現在只能推算出報紙改爲日刊的時間大約爲 1904 年 2 月 21 日前後，即光緒三十年正月初六前後，第 201 期或者 202 期。官報局每年春節都會放假，放假時間從臘月二十三到正月初六不定。〔註 35〕

《北洋官報》每版均以粗細雙黑線圍框，使版面整潔而醒目，且符合官報嚴肅的身份。每期設有封面，封面版式設計也是不斷調整。報頭楷體，加粗加黑。封面圍框不用雙黑線，而是採用形式多樣的花紋，有中國傳統的回形紋間隔八瓣小花的紋絡，有蓮花紋、元寶紋、如意紋等等，美觀大方還有中國古典特色。圍框兩側分別標注著時間、期號與地址。

初期封面整版刊載《聖諭廣訓》及其近乎白話文的通俗解釋（參見圖 2-1）。《聖諭廣訓》是 1724 年即雍正二年出版的官修典籍，內容爲訓諭世人守法和應有的德行、道理。源於康熙皇帝的《聖諭十六條》，每條七字，結構工整。雍正皇帝繼位後對其非常重視，又加以推衍解釋，洋洋萬言，形成《廣訓》。清政府在各地推行宣講《聖諭廣訓》，把其作爲一項重要的文化政策，也是維護統治穩

〔註 33〕　《北洋官報》章程，戈公振，中國報學史〔M〕，北京：中國新聞出版社，1985：（48）。

〔註 34〕　《北洋官報》章程，戈公振，中國報學史〔M〕，北京：中國新聞出版社，1985：（48）。

〔註 35〕　根據報刊出版週期判定，《北洋官報》第 200 期發行於 1904 年 2 月 6 日，光緒二十九年臘月廿一。第 201 期官報內容已刊載有正月初一、初二、初三的宮門抄，可以推測報紙發行日期有可能爲 1904 年 2 月 19 日，光緒三十年正月初四。報紙每年春節前後例行放假，但放假起始、截止日期都不統一。此爲《北洋官報》發行以來的第一個春節。此後春節，官報局多爲初六上班，恢復發行。據此，第 201 期報紙也有可能於正月初六即 2 月 21 日發行。根據內容和期號無法推定第 201 期和 202 期的準確發行時間，但可推定第 203 期一定發行於光緒三十年正月初八，即 1904 年 2 月 23 日。

定，對老百姓進行思想、法制教育的重要手段。由於文言文難於理解，爲了貫徹統治意志，當時各地方官紳及文人都對《聖諭廣訓》作種類繁多的通俗化嘗試，有淺顯的文言、口語化的白話、甚至方言的解釋等。《北洋官報》刊載《聖諭廣訓》，也是官方意志的體現。同時，配以白話通俗解釋，說明《北洋官報》的讀者定位至少包括平民百姓，努力做到貼近讀者，親民化。

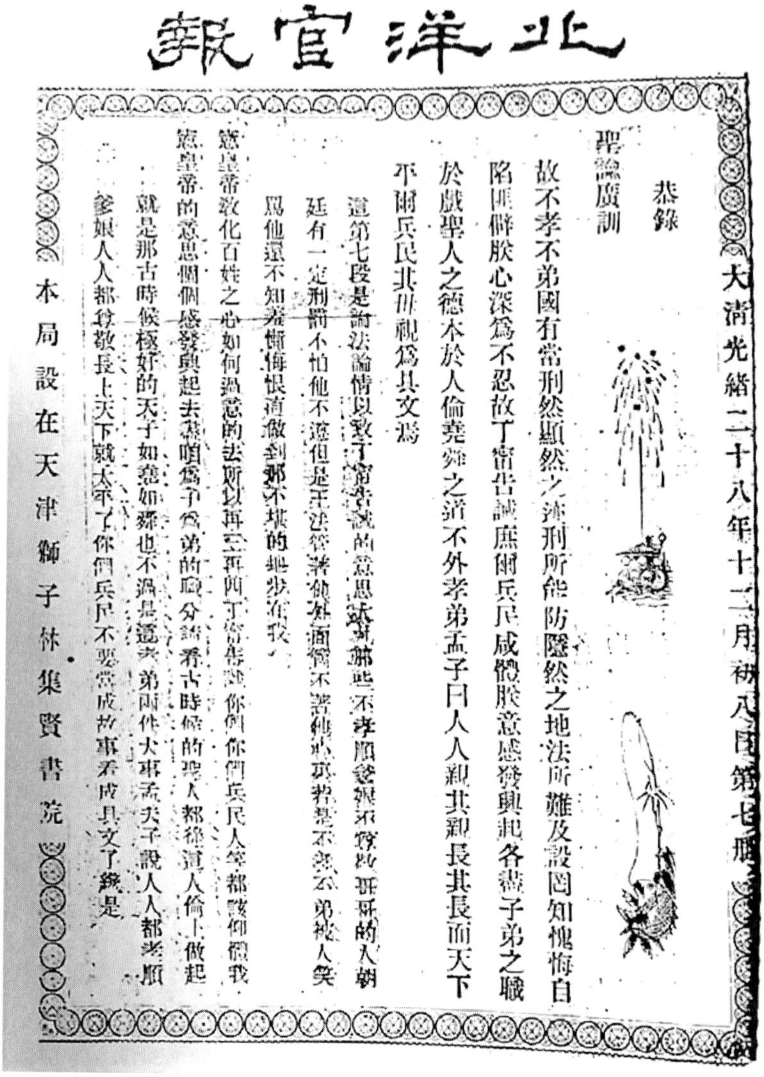
北洋官報

大清光緒二十八年十二月初八日第七冊

恭錄

聖諭廣訓

故不孝不弟國有常刑然顯然之𫝑刑所能防隱然之地法所難及設罔知愧悔自陷匪僻朕心深爲不忍故丁甯告誡庶爾兵民咸體朕意感發興起各盡子弟之職於戲聖人之德本於人倫堯舜之道不外孝弟孟子曰人人親其親長其長而天下平爾兵民其毋視爲具文焉

這第七段是論法論情以致丁甯告誡的意思試想那些不孝順爹娘不恭敬哥哥的人朝廷有一定刑罰不怕他不遵但是王法管著他外面管不著他心裏若是不孝不弟被人笑罵他還不知羞慚悔恨直做到那不堪的地步在我憲皇帝教化百姓之心如何過意的去所以再三再四丁甯告誡你們你們兵民人等都該仰體我憲皇帝的意思個個感發興起去盡咱爲子爲弟的職分試看古時候的聖人都從這人倫上做起就是那古時候極好的天子如堯如舜也不過是還盡孝弟兩件大事孟夫子說人人都孝順爹娘人人都尊敬長上天下就太平了你們兵民不要當成故事看成具文了纔是

本局設在天津獅子林集賢書院

圖 2-1　《北洋官報》第 7 期頭版，1903 年 1 月 6 日

封二刊登本期官報的目錄，以及關於報紙發行、定價的啓事，報費收取

情況的通報等等。隨著編輯思想及排版技術的不斷完善，《北洋官報》的封面越來越現代化、專業化。報頭「北洋官報」四字圍以花邊，整版分欄，農曆、西曆同時使用，日期、地址列於報頭下方。縮減《聖諭廣訓》，把目錄等內容放到了封面。其實，這時，已沒有「封面」了，以前的「封面」已演變成現代化報紙的頭版（參見圖 2-2）。

　　內容暨排版不分欄。《北洋官報序一》當中寫到：「首載聖諭廣訓直解，次上諭，次本省政治，次本省學務，次本省兵事，次近今事務，次農學，次工學，次商學，次兵學，次教案，次交涉，次外省新聞，次各國新聞，……」〔註36〕這樣豐富的內容，排版自然要比傳統官報邸報改進良多。傳統邸報無標點、無標題、無字號區分。初期的《北洋官報》開始注意版面編輯。內容分專欄，《宮門抄》、《要件》、《奏議錄要》、《北洋公牘》、《學務要聞》、《北洋軍政》、《選報第一》、《譯報第一》等，後期欄目不斷調整和增加，越來越豐富。欄目名稱全部用比正文大的字號，加粗加黑處理。每一欄目當中刊載幾條新聞，數量不等，每條新聞加類題。類題，不是現代意義上的真正的標題，是古代報紙不斷演化進步，出現的一種類似於標題的形式，對新聞進行歸類，概括，語義籠統但非常簡練。初期廣告兩頁，後增加至 4 頁。難得的是，每期還刊載一整版大圖，介紹皇家園林，各地風景名勝，更有各州縣的新式學堂、新式工廠等的新面貌的展現，甚至還有國外著名建築或景點的照片。

　　1906 年 2 月 1 日起，《北洋官報》煥然一新，完全改頭換面（參見圖 2-3）。報紙擴為兩全張，〔註37〕西式裝訂，版面橫分四欄，甚至根據需要，每橫欄再豎分為多欄；頁眉印有報紙名字、日期、頁數、總期數等信息；各個欄目名稱加統一花邊修飾，一目了然，版式編排完全是一份現代化報紙，眉清目秀，堪稱完美。但不及一個月的時間，2 月 23 日，《北洋官報》又改回原來的版式，併發了一個《本局特別廣告》，聲明：「本局自今年官報改為兩全張，取材較富，仍恐閱者不便拆訂。自二月初一日起（作者注：即 1906 年 2 月 23 日，光緒三十二年二月初一日）照舊裝訂成冊，篇幅較前加倍，總期改良求精以副。閱報諸君之意。其學報仍五日一冊。特此聲明。」〔註38〕老大中國

〔註36〕北洋官報，第 1 期，1902 年 12 月 25 日。

〔註37〕作者注：目前讀者能看到的《北洋官報》1906 年 2 月 1 日的報紙是影印版的，國家圖書館收藏的原版報紙一直在修復中，不能看到其真面貌。故，這一時期的報紙尺寸大小等不能細緻描繪。

〔註38〕北洋官報，第 925 期，1906 年 2 月 23 日。

任何一點革新都是要經歷不斷的進進退退，最終完成。

每期官報基本保持在 10 頁 20 版左右。除廣告頁，大約兩萬字內容。

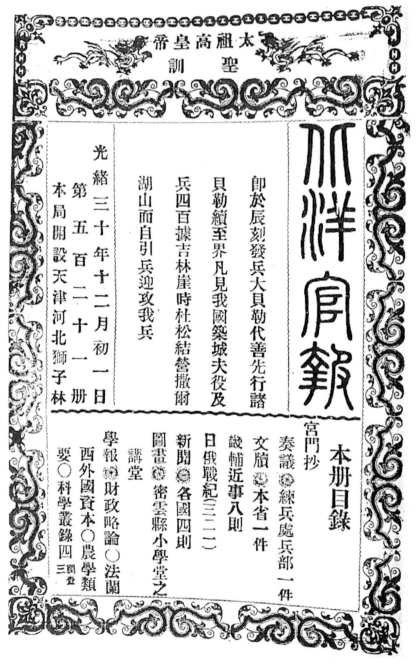

圖 2-2　《北洋官報》第 521 期頭版，1905 年 1 月 6 日

圖 2-3　《北洋官報》第 903 期，1906 年 2 月 1 日改版後第一期頭版，
　　　　縮印版

2.2.4 附刊注重開民智

　　《北洋官報》同時還出版附刊《北洋學報》。《北洋學報》從《北洋官報》第三期開始發行，〔註39〕每期四頁，隨報發行，每十冊訂成一編，可單獨發售，每編定價大洋三角。後來改成每五日出一期。《北洋學報》的宗旨是「發明中西學術以保持國粹，輸運文明；搜求精美圖畫以提倡美術，濬導智識；補助學堂教科以開通風氣，裨益士林」。〔註40〕《北洋學報》宣稱每期四頁，分為三編，甲編為文學類內容，乙編為「質學」，質學在當時指化學，丙編為「叢錄」，即學術彙編。因內容豐富，頁數有限，各編輪流出刊。為方便讀者學習、收藏，每編內容不相混，歲末年終之時拆分，即可分別裝訂成各類專業書籍。1906 年，清廷宣布預備立憲以後，因「民智未開」，為了順利開展議會選舉，改革戶籍制度，改革稅制，使中國國民具有國家觀念，喚醒國民的參政意識，提高參政議政能力，清政府大力提倡官方與民間開辦宣講所等學習機構，為民眾宣講政治與法律。應此形勢，《北洋官報》將《北洋學報》改為《北洋法政學報》，併發「本局廣告」告知受眾：

> 本局廣告
>
> 　　啟者本局奉　督憲箚開政治法律之學問尚在萌芽，必藉報章以開民智。官報局所編學報應即改為法政學報。前由法政學生所編法政雜誌，可合併續辦等因，本局遵於八月起停刊學報，改出法政學報。每月三冊逢十出版，即以本月初十日為始每冊篇幅計合從前學報兩冊之數，每月報價仍照舊章零售者每冊二角特此廣告。〔註41〕

這樣，從光緒三十二年八月初一日即 1906 年 9 月 18 日起，《北洋官報》副刊《北洋學報》改為《北洋法政學報》出版，旬刊。

〔註39〕現存《北洋官報》第十五期正刊後有《北洋學報》兩頁，之前報紙沒有發現附刊。但該期附刊上沒有信息能夠表明其何時開設。直到二十九期，又發現有《北洋學報》兩頁。第二頁學報上刊載有發售《北洋學報》彙編的廣告性文字，其中寫到：「本局學報自去年十二月初一起每十冊訂成一編……現已出至第三編……」。「去年十二月初一」即 1902 年 12 月 30 日，據此推定，《北洋官報》從第三期起即開設附刊《北洋學報》。

〔註40〕北洋官報，第 15 期，1903 年 1 月 21 日。

〔註41〕本局廣告〔N〕，北洋官報，第 1132 期，1906 年 9 月 18 日。

2.3　《北洋官報》的發行方式與廣告

2.3.1　發行方式以派銷爲主

　　清朝，舊式官報邸報的發行工作依靠官僚體制，經由提塘發傳到各省各級政府官員。《北洋官報》創辦伊始規定，本省一個月內，外省十日之內報紙免費，全部贈閱，雇人遞送費用，外省的寄送費用也都由官報局承擔，分文不取。前五冊也就是十日內，官報的發行還是頗受歡迎的。因此，第五冊官報上就發了《本局廣告》，聲稱，每天索取報紙免費閱讀的人和部門接踵而來，使得官報局難以爲繼，自第六號起，本省內還照舊免費贈閱，省外則一律開始收費。

　　一個月以後，北洋大臣袁世凱親自發令，官報局採取「派銷」的模式發售《北洋官報》。通過行政渠道，按照行政區劃，從上至下，由省級到縣級分派一定數量的報紙。分派的數量依據各區域面積大小，官員多少，貧富程度額定。報紙按期寄送給各府廳州縣，還要由各級官員再行推廣銷售，給各村長各學堂閱看。《北洋官報》前期的額派數量不多，「大缺州縣派發 10 份，中缺州縣派發 8 份，瘠缺州縣派 6 份」。〔註42〕後來，隨著報紙越來越受歡迎，推廣範圍不斷擴大，本省各州縣派定的數量也翻倍，大、中、瘠缺州分別加派至 30、20、10 份。當時直隸省有 150 餘州縣，如此推算，官報在省內發行應超過 3000 份。

　　報紙分派到各地以後，各級官員不僅負責推銷，還要負責收繳報費。報費「或閱報之人自付，或合力湊集，或由各州縣籌撥，如書院廟產之類，酌量協助，均從其便」。〔註43〕北洋官報局只負責每月或每兩個月按時收取報費。由於是行政派發，有一定的官方效力，加上北洋大臣袁世凱親自督導，各級官員不敢懈怠，當成行政任務來完成。北洋官報局也有「促銷」的辦法。比如設立政策，「外省訂閱全年先付報資者亦按八折計算」。〔註44〕定期地、連續地把本省各州縣訂閱報紙的份數、繳納報費的情況都登報公示，這對各州縣官員來說，也是一種激勵。比如《北洋官報》第七十四冊，第二頁，除了目錄，全部版面都用來刊登《各屬州縣添購官報清單》，大、中、小三種字

〔註42〕 晉報廣派〔N〕，湖南官報，1903 年 5 月 24 日，轉引自翟硯輝，《北洋官報》
　　　　發行問題探析〔J〕，保定學院院報，2011（24）　第 2 期。
〔註43〕 北洋官報局通飭各州縣閱售章程〔N〕，四川官報，1904 年第 8 期。
〔註44〕 北洋官報發行凡例〔N〕，北洋官報，第 3 期，1902 年 12 月 29 日。

號分別用來刊登添購份數超過十份的州縣、正好十份的州縣和不足爲十份的州縣，其中棗強縣添了七十份，非常突出，特別圍以花邊來強調突出。對於外省訂閱，官報局也有激勵辦法：凡是訂閱全年先付報費的，一律打八折優惠。另外，《北洋官報》發展到中後期，攤派的數量逐漸加大，拖欠報費的情況時有發生，且越來越嚴重，爲了收繳報費，官報把各府縣欠費情況經常刊載在報紙第二頁上，如1904年9月13號，第406冊上就刊載有順直地區各地所欠的報資、欠費時間起訖的信息。這種公示還是有一定效力的。在最初幾個月的報紙上經常刊登《各屬州縣添購官報清單》，從一個側面說明官報銷行（派發）量不斷上升。

除了實行行政派發之外，《北洋官報》還在各埠設立代派處，採取代銷制。北洋官報局對各埠代派處嚴格審查，要求其必須要有穩妥的「鋪保」，就是要有靠得住的商店爲代派處出具證明作爲保證。北洋官報局嚴格審查代派處資格之後，還要發給其執照。爲了鼓勵刺激代派處不斷增加銷售業績，官報局對其報價在一定程度上給予優惠。「代派處本埠銷報至五十分以上，外埠三十分以上，於報價內酌提二成作爲經費。惟經本局派定發有執照者不得擅立分局名目，查出幹究。」〔註45〕

官報局在全國各地廣設代銷處，幾乎覆蓋當時晚清統轄的整個地域。包括西安、信陽、道口、濰縣、樊城、安慶、徽州、蕪湖、徐州、常熟、蘇州、揚州、常德、荊州、武昌、宜昌、九江、岳州、瀘州、嘉興、萬縣、寧波、杭州、紹興、重慶、福州、泉州、鎮江、漳州、廈門、松江、桂林、梧州、蒙自、清江浦、乍浦、廣州、汕頭等地。總體來說，官報局所設代銷處情況如下：〔註46〕

順直地區：天津城內石橋胡同後齊佐周，又城內鄉祠南李茂林，保定府貢院後本分局（後保定分局改在西街）；官書局，各府州縣僻遠等地；

北京地區：方壺齋本分局、琉璃廠有正書局、修文堂、公愼書局（後統由公愼書局一家經營）；

東北地區：錦州府同益分報館；

山東地區：山東省城官書局；

〔註45〕北洋官報發行凡例〔N〕，北洋官報，第3期，1902年12月29日。

〔註46〕參見《北洋官報》，第405期，1904年9月12日；以及翟硯輝，《北洋官報》發行問題探析〔J〕，保定學院院報，2011（24）第2期。

　　河南地區：河南省城南書店街本分局、開封南書店街本分局；

　　江蘇地區：南京東牌樓慶昌、上海寶善街文賢閣；

　　湖北地區：漢口鎮漢口日報館（後改爲漢口鎮日報社）；

　　江西地區：江西南昌府派報處。

　　一份地方性報紙發行範圍如此廣泛，說明它是具有全國視野的。《北洋官報》在發行上下的工夫如此之大，銷路自然也比較廣。報紙上曾有公文記載：除了京師以外，其他「遠近各省逐漸流通，全賴郵遞迅速，銷數方能旺，就山東、四川、湖南三省計之。現售將近二千份是報務日有起色之證。」〔註 47〕按此推算，《北洋官報》省內省外每期發行量應在萬份以上。

2.3.2　閱報社的推行配合官報的發行

　　維新運動時期，維新派人士曾經在各類學會、新式學堂中開闢藏書樓，集納各種報刊供人閱覽，其中還收有海內外的革命報刊。這成爲我國最早的民間閱報組織。維新運動失敗後，這類閱報組織同各種革命組織一樣受到打擊而萎縮。清末新政時期，清政府爲開啓民智，推廣新政，提倡和鼓勵社會創辦閱讀社（所、處）。「整個清末新政時期，全國閱報社的興辦大致分爲兩個時期：1901～1904 年，主要興辦於南方諸省，北方較少；1905 年以後，北方諸省興辦閱報社形成高潮，閱報社在全國發展起來。」〔註 48〕晚清出現的閱報社中，民間舉辦的閱報社要遠多於官辦。不過，官方閱報社雖然少，對民間閱報團體卻起到了支持、示範和引導的作用。

　　直隸地區無論官方還是民間推行閱報社非常積極，所建閱報社數量約佔全國閱報社數量的五分之一以上。〔註 49〕一方面這是官方鼓勵促進的結果，社會賢達人士、開明鄉紳積極響應倡導。1905 年 5 月 30 日，大公報發表《天津也當設立閱報處》，倡導設立閱報處：「……靠著一兩種報考查天下的事，究竟所知道的事有限。要打算多買，又買不起，惟有設立閱報處最好。這閱報處，揀那極好的報買些種，任人觀看，不但於明白人有益處，就連那頑固人，也可以漸漸地化過來……」〔註 50〕

〔註 47〕北洋大臣箚行總稅務司公文〔N〕，北洋官報，第 77 期，1903 年 6 月 5 日。

〔註 48〕裴文玲，清末新政時期閱報社的發展狀況概述〔J〕，貴圖學刊，2011（2）；

〔註 49〕學者李斯頤在其文章《清末 10 年閱報講報活動評析》中，統計出清末閱報處 220 餘家，據此推算。

〔註 50〕天津也當設立閱報處〔N〕，大公報，1902 年 5 月 30。

另一方面直隸官方閱報處的設立也是爲了配合和促進《北洋官報》的發行。隨著《北洋官報》打開局面，發行數量不斷擴大，尤其是攤派給各級官員的報紙數量逐年遞增，各州縣銷報任務和壓力不斷加大，開始出現官員消極對待的現象。有官員不再重視推銷報紙，有官員乾脆自己墊錢或找捐款繳納報費。針對這種現象《北洋官報局通飭各州縣閱售章程》中提出解決辦法：「州縣銷報之法除地方所有衙署，既富紳巨商，可酌量勸諭購銷外，應先於城內設立閱報所，定立章程以便人人皆可入內閱看，互相講說問難，以廣見聞，以倡風氣。閱報所之設，始由城治以爲之倡，漸推行於鄉市集鎮辦理，得宜人人皆知報章有益，自然樂於購閱，較之勸派更爲便捷。」〔註51〕直隸各州縣官員逐漸重視閱報處的創辦，都曾屢屢明令所屬，飭辦閱報處。閱報處有單獨設立的，有附設在新式學堂的，有設在官署辦事處的等等。這樣，在官方的推動下，民間有識之士響應更加積極。清末直隸省閱報處先後創辦40多所。閱報處是現代圖書館的雛形，它的出現，爲開啓民智，變革社會風氣，提高國民素質發揮了一定的作用。同時，也促進了報紙的發行。當時不光直隸省，全國各地的閱報社所選訂的報紙幾乎都包括《北洋官報》。這無疑擴大了《北洋官報》的影響與讀者群，直接或間接促進了報紙的發行。

2.3.3 報紙的寄遞受益於大清郵政系統

古代中國通過郵驛制度保證統治集團的信息暢達。清代的郵驛制度已發展得十分完善和龐大。古代官報依賴覆蓋全國的郵驛網絡發行。戈公振在其專著《中國報學史》中這樣描述，「凡經驛站傳寄各省之官封，先由車駕司驗妥蓋戳，隨即送往捷報處，經由馬館預備夫馬，然後由京傳至第一站，西路即良鄉縣，東路則係通州；此一州一縣，負轉發下站之責，如是沿途遞轉，以達原封應投之處所。而各省之文報，亦係如是送達北京，即交提塘發交首站，再由各站遞轉，以達在京之車駕司。因此報由驛寄遞也，故又稱《驛報》。」〔註52〕

兩次鴉片戰爭後，中國的國門被侵略者踢開。外國人在中國境內設立了爲數不少的郵局，嚴重侵擾了中國郵權。洋務運動期間，清政府海關開始辦理郵政事務並取得一定成效後，由總理衙門屬意總稅務司設立送信官局，試辦郵政。

〔註51〕廣學會年報，（第十二次，1899）〔J〕，出版史料，1992（2），轉引自：翟硯輝，《北洋官報》發行問題探析〔J〕，保定學院院報，2011（24）第2期。

〔註52〕戈公振，中國報學史〔M〕，北京：中國新聞出版社，1985：（35）。

光緒二十三年二月初七日，即公元 1896 年 3 月 20 日，大清郵政局正式成立。光緒三十二年九月二十日，皇帝諭令設立郵傳部。《北洋官報》創辦時，大清郵政業務在局所數量、局所建設、郵遞工具等方面都已經取得明顯的發展。《北洋官報》借助大清郵政系統發行報紙頗爲受益。袁世凱利益集團插手郵政事業，與交通行業尤其是鐵路、輪船業事務關係緊密。這使得袁世凱利用直隸督撫的身份，發布行政命令協調郵政、鐵路的工作，配合和服務官報的寄遞。

1902 年 12 月，袁世凱諭告鐵路總局，天津、北京等處，站長及管守鐵路的兵勇等自 12 月 25 日以後，凡官報局發往車站的報紙，站務們務必從速收報並愼重收存，不得延誤或丟失。

1903 年 7 月，經袁世凱批示，北洋官報局與天津郵政總局簽訂合同，約定郵政局免費郵遞北洋官報局各報。且各個郵政分局代理處也受命免費銷售官報。在行政力量的控制下，官報的發行確實受益頗多，能夠很快流通全省乃至全國。但郵政局同官報並不所屬同一個部門，它們之間的配合，都是通過行政命令來實現，因此，在現實中，行政效力隨著行政系統層級下降而逐漸衰減，基層郵政分局、代理處並不能有效地執行中央的規章制度。《北洋官報》郵寄到外省的報紙就經常出現遲誤、丟失等情況。北洋大臣袁世凱不得不發布行政命令，「迅即轉飭各省郵政局，嗣後各局接遞北洋官報，隨到隨轉，再有遺失等情，照章從嚴處罰」〔註53〕。

2.3.4　廣告收入無法支撐官報發展

《北洋官報》刊登廣告，廣告頁安排在報紙最後。初期報紙只有一版或兩版廣告，後來 8 版 4 頁廣告成爲報紙常態。廣告的類別不斷擴展，各類洋行廣告、醫藥廣告、書局廣告是主要的。最後一版廣告都會刊登第二天的船期信息。

但是，《北洋官報》的盈利並不依賴廣告。雖然並沒有詳細的資料說明官報廣告利潤幾何，但從官報所刊載的各種通告、公文之類來看，官報局經營尤其到後期經費緊縮，財政困難，雖然廣告版面看起來很繁榮，但顯然廣告收入無法支撐報紙的發展，更不可能養活整個北洋官報局。《北洋官報》的運行要靠賣報收入來維持。開辦之初，「本省以一個月爲限，外省以十日爲限，概由本局捐送，不收報價」。〔註54〕之後，《北洋官報》規定，「每冊零售價洋

〔註53〕北洋大臣答行總稅務司公文〔N〕，北洋官報，1903 年 6 月 5 日。
〔註54〕《北洋官報》章程，戈公振，中國報學史〔N〕，北京：中國新聞出版社，

伍分，每月價洋柒角，外埠概不零售；外府州縣遵督憲派定數目照寄，每份
每月收足銀伍錢，如各府縣於柴派定數外另行函購，本局於函到次日照寄，
惟報價概須先惠空函，恕不奉覆；各埠代派處均須有妥實鋪保，報價按月清
算，如繳不足數，由保人賠補；……外省定閱全年先付報資者，亦按八折計
算，惟每冊一寄者，報價全年外加郵費壹元，五冊一寄者全年加郵費三角；
各府州縣派定各報統核銀價以歸一律，此外各代派處及各州縣自行函購者銀
洋兩便，每洋壹元合庫平銀七錢二分，小洋進出一律帖水……。」〔註55〕

2.4　本章小結

　　就外觀來說，除了1906年那不到一個月的短暫西式裝訂外，《北洋官報》
的確還是延續了古代邸報書冊式裝訂的樣貌。這也使得諸多研究者對《北洋
官報》的定性依然不脫於古代報紙之列。著名的新聞學家戈公振在其中國新
聞史上的開山之作《中國報學史》中，就把《北洋官報》與古代邸報並列放
到同一章節中展開評述，並認為：「我國現代報紙之產生，均出自外人之手。」
〔註56〕美國社會學家帕克說：「報紙是什麼，或者它看起來像什麼，有著許多
的回答。因為我們任何一個人在任何時候，都是以我們各自的觀點為轉移的。」
〔註57〕那《北洋官報》看起來「更像」古代報紙呢，還是「更像」現代報紙
呢？說它是新式官報，那麼它「新」在哪裏呢？

　　第一，新在其報紙構成要素上。細究其形式，《北洋官報》已初步具備了
現代報紙的四要素：新聞、評論、副刊和廣告。古代的邸報、京報只刊載新
聞，沒有評論、副刊，更沒有廣告。而《北洋官報》四要素俱全。特別值得
一提的是，《北洋官報》作為直隸省的喉舌，出版發行接受政府撥款，但它努
力經營廣告，廣告收入雖遠不能沖抵報紙成本，卻在頭版發文賣力吆喝售賣
廣告版面，精心設計和印製廣告插圖，每期8版廣告，實屬不易。

　　第二，新在其版面設計上。《北洋官報》有報頭，標識度強，而古代邸報、

　　　1985：（48）。
〔註55〕北洋官報發行凡例〔N〕，北洋官報，第3期，1902年12月29日。
〔註56〕戈公振，中國報學史〔M〕，北京：中國新聞出版社，1985：（55）。
〔註57〕帕克，報紙形成的歷史，陳建國、白雲山譯，宋峻嶺校，載　帕克、伯吉斯、
　　　麥肯齊，城市社會學，宋俊嶺，吳建華譯，華夏出版社，1987：（78～95）。
　　　引見81頁；轉引自：黃旦，「報紙」的迷思——功能主義路徑中的中國報刊
　　　史書寫之反思〔J〕，新聞大學，2012（2）。

京報從產生到消亡 1000 多年從未有過報頭，導致世人及後人對其稱呼繁多，不盡相同。《北洋官報》欄目豐富，標題與正文區分字體字號，有圖片、花紋等版面裝飾設計。

第三，新在其組織架構上。《北洋官報》隸屬於北洋官報局，從採編到發行，部門設置分工明確，組織嚴密。古代邸報的編寫抄傳工作由進奏官等各級官員完成，並且只是各級官員的行政職責之一。各級官員隸屬於不同的行政機構，因此發行報紙沒有專屬、獨立的部門完成，只是政務工作的一部分。《北洋官報》的採編發行機構獨立，組織有保障。

第四，新在其發行體制上。《北洋官報》主要採取行政派銷的方式發行報紙，依靠直隸總督的行政命令從上至下按照行政區劃攤派報紙。這一發行方式深刻地影響了後世的報紙發行，甚至綿延至今，形成了具有中國特色的黨報發行體制。當然，《北洋官報》並沒有依賴於行政派銷而高枕無憂，尤其是在清末各地財政千瘡百孔入不敷出的時期，官報為了提高發行量，進而實現其「傳播新知開風氣」的宏圖大志，非常主動地拓寬市場，拓展發行渠道，通過支持閱報社建設等活動提高民眾文化水平，進而提高報紙的閱讀率和發行量。這符合《北洋官報》的辦報宗旨。《北洋官報》的辦報宗旨順應了時代發展大潮，因此，報紙的創辦得到了社會的認可，具備了生存發展的空間和可能性。

綜上，從外在形態上來看，《北洋官報》高度接近現代化報刊，屬於現代化報刊的範疇。

第 3 章　《北洋官報》的內容分析——「通上下，開民智」

對《北洋官報》的內容分析是本書的研究重點。通過考察官報的內容，我們可以看到《北洋官報》作爲官方新政的喉舌，不遺餘力地宣傳新政，充當直隸乃至全國新政的吹鼓手。它作爲官方輿論宣傳工具，傳播政治信息是其基本職能。除此之外，它還刊載國內外新聞及新學內容。豐富的內容，樹立了官報的權威性和示範性。

3.1　《聖諭廣訓》與邸報的摘抄

3.1.1　篇首刊載《聖諭廣訓》表達對清朝皇權道統的尊崇

《北洋官報》前期都有封面，當然形式上更像一份雜誌。因爲年代久遠，官報封面殘損、遺失較多，所以，無法推斷，從什麼時候起，報紙就不再專設封面。目前保存下來有封面的《北洋官報》到第 460 期。《北洋官報》的封面可以說很「華麗」，以超過一釐米寬的、複雜的花邊裝飾。花邊裝飾定期改變樣式，給人以隆重的美感。最初，封面只刊載一個內容《聖諭廣訓》，後來，又把排在二版的目錄放在了封面上。《聖諭廣訓》在上，目錄在下。《聖諭廣訓》的刊載別有深意。

　　清政府入關後，用了近四十年的時間統一全國，大力推行儒家倫理，以其作爲統治的手段，對民眾進行道德教化。順治帝時期，大力提倡「尊孔崇儒」，於順治九年，即 1652 年，將朱元璋「聖諭六言」欽定爲「六諭文」，作爲教化士民的準則，並要求在各地宣講。這六條諭文是：「孝順父母、恭敬長上、和睦鄉里、教訓子孫、各安生理、無作非爲」。康熙帝繼承先輩的傳統，平定三藩更讓他認識到孝、忠對於統治者的意義，於是開始大張旗鼓地實行以「尊孔崇儒」爲核心的「漢化」政策。康熙九年，即 1670 年，康熙將「六諭文」擴充爲「聖諭十六條」，內容爲：「敦孝悌以重人倫，篤宗族以昭雍睦，和鄉黨以息爭訟，重農桑以足衣食，尚節儉以惜財用，隆學校以端士習，黜異端以崇正學，講法律以儆愚頑，明禮讓以厚風俗，務本業以定民志，訓子弟以禁非爲，息誣告以全良善，戒窩逃以免株連，完錢糧以省催科，聯保甲以彌盜賊，解仇忿以重身命。」雍正即位以後，「登宸極迪光繼述，衍《聖諭廣訓》之書，於敦孝悌、重人倫反覆開明，唯恐人之弗知，知之弗行，而行之弗切。以此見我皇清聖聖相承，莫不以孝治天下，依人性之本，然以成淳美之俗」。〔註 1〕雍正二年，即 1724 年，頒佈《聖諭廣訓》，作爲清朝道德教化的重要文獻之一發行全國。

　　《聖諭廣訓》是以中國儒家倫理文化爲基礎，以「移孝做忠」爲核心的道德教化文獻。廣訓分爲兩個部分，「第 1 至 8 條爲第一部分，主要以忠孝爲中心展開，其中包括個人修養、農本思想以及教化等幾個方面；第 9 至 16 條爲第二部分，以禮爲首，同孝相對，同時又講到了逃人、錢糧、保甲以及重視生命的價値等幾個方面」。這幾個方面對於建立以儒家倫理學說爲中心的社會道德規範與社會倫理機制來說迫切而具有實際操作意義。在毛禮銳主編的《中國教育通史》第三卷中進一步指出：《聖諭廣訓》是「清朝的聖經，爲郡縣學訓練士子的標準，教化全國人民的法典」。〔註 2〕這部「法典」對於維護中國古代社會以家族、宗族爲核心的農業社會組織結構具有不可替代的重要作用。

　　《聖諭廣訓》從上至下要求大量刊印，於各地廣爲頒發。爲了能夠使鄉野間不識字的老百姓也都能得以瞭解和接受，民間還逐步出現了對《聖

〔註 1〕趙忠仲，重構與創新：明清聖諭口頭傳播形式及特點——以《聖諭六條》《聖諭十六條》《聖諭廣訓》爲例〔J〕，新聞戰線，2016（12）下。
〔註 2〕雷偉平，《聖諭廣訓》傳播研究〔D〕，武漢：華東師範大學，2007。

論廣訓》進行二次解讀或再衍釋的版本，即白話解釋版。自康熙以來，《聖諭十六條》與《聖諭廣訓》的傳播還與鄉約制度相結合，定期開展宣講活動。清廷規定各級官員都必須每月兩次舉行集會，朔望或者初二、十六，對百姓宣講、解釋《聖諭》。除了鄉約宣講，《聖諭廣訓》還通過學校教育和科舉考試等形式進行傳播。從康熙三十九年在學宮宣講上諭十六條始，聖諭進入學校，從雍正三年始，《聖諭廣訓》被列爲科舉考試的必考內容。各級科舉考試中，考生都要默寫《聖諭廣訓》的內容。有學者認爲清朝政府對於《聖諭廣訓》的傳播頗具有「儀式性」，有著虛實結合的政治意義。「『實』的一面，是借助於整個行政權力系統的延伸，將皇家所理解的儒家倫理秩序，播之於天下，以收政治教化的實效。」〔註 3〕在封建中國，君主對臣民負有「教化」的責任，臣民是君主教化的對象。世俗政權越發專制，教化之權越發膨脹，頒佈「聖諭廣訓」便顯示了君主對臣民的政治教化責任和權力。「『虛』的一面，則是借助《聖諭廣訓》這一特殊的文本，通過『儀式性』的宣講和日積月累的重複，在地方上建立起一種『皇權』在場的威嚴秩序感。」〔註 4〕

　　《北洋官報》篇首的「恭錄聖諭廣訓」，應爲《聖諭廣訓直解》，直解有多個版本，一般都是地方官刊刻頒行，「地方官刊刻有一定的優勢，他可以根據當地的實際情況，或張貼，或輔之以律例，更能利用地方特色，並將這些特色同傳播《聖諭廣訓》結合起來。書坊刻書進一步擴大了《聖諭廣訓》的傳播。」〔註 5〕

　　官報刊載「聖諭廣訓」首先是一條文言模式的《聖諭十六條》中的內容，之後是白話文通俗解釋，再其後是雍正皇帝對該條內容的詳細解釋。通常，一條聖諭，要多期連載對其詳加闡釋，分多期將雍正皇帝的文言文聖訓翻譯成通俗白話。如第 132 期，封面刊載《聖諭廣訓》「息誣告以全善良」：

　　　　息誣告以全善良（第十二條）。

〔註 3〕姜海龍，從文牘到新聞：早期《北洋官報》中的新政展示〔J〕，中國社會歷史評論，2014（15）。

〔註 4〕姜海龍，從文牘到新聞：早期《北洋官報》中的新政展示〔J〕，中國社會歷史評論，2014（15）。

〔註 5〕雷偉平，《聖諭廣訓》傳播研究〔D〕，武漢：華東師範大學，2007。

> 誣是誣賴，告是告狀，善良是好人。誣告不息必定要冤賴好人。若能息了誣告，這好人自然是安生的了。

> 國家之立法所以懲不善而儆無良，豈反爲奸民開訐告之路而令善良受傾陷之害哉。夫人必有切膚之冤，非可以理，遣情恕者於是鳴於官，以求申理，此告之所由來也。〔註6〕

此後，《北洋官報》又連載多期，直到將本條聖諭的相關聖訓全部刊載完畢，闡釋完畢。

《北洋官報》之所以篇首「恭載」聖諭廣訓，在其《序三》中有提到：「恭載聖諭廣訓直解則遠法春秋王周正月之文。」〔註7〕「王正月」是春秋公羊學的一個重要的經典命題。《春秋公羊傳》開篇就說：「元年，春，王正月」。新王改制，首當其衝的大事就是建正朔。司馬遷在《史記·曆書》中說：「王者易姓受命，必愼始初。改正朔，易服色，推本天元，順承厥意。」班固在《白虎通·三正》中也這樣說到：「王者受命必改朔，何？明易姓，示不相襲也；明受之於天，不受之於人。所以變易民心，革其耳目，以助化也。」也就是說新王當政之所以首先要改正朔是因爲要昭告天下，王權並非沿襲前朝或靠人爲爭奪來的，而是從上天那裡獲得授權，成爲天下人之主，這是天意。臣民不得違拗天意，只可順承。爲了區別於舊王、舊政權，新王爲政、治民就必須造就一個嶄新的歷史起點，正本清源，擁有一個嶄新的開端。新王只有把自己的主導意識形態有機地融入天下百姓的日常生活中去，才能使自己的政治統御名正言順，獲得一個良好的初始狀態，讓民眾完全無條件地順承王者與天意，耳濡目染於王道教化。只有如此，臣民才更容易被引導和馴服。「而實際上，建正朔應該只與紀年月份相關，其引申意義也不過是新王受天之命而應當擁有嶄新的開端。」〔註8〕新王受命，必奉天、地，《春秋繁露·三代改制質文》曰：「王者受命而王，制此月以應變，故作科以奉天、地，故謂之王正月也。」「王周正月」君權神授，寓意深刻，弘揚王道的作用非常重大。

《北洋官報》篇首「恭載聖諭廣訓直解」，其用意明顯，在於借《春秋》

〔註6〕北洋官報，第132期，1903年9月25日。
〔註7〕序三〔N〕，北洋官報，第2期，1902年12月27日。
〔註8〕余治平，「王正月」與《春秋》新王」論——董仲舒《春秋》思想略論〔J〕，河北學刊，2014（1）。

「王周正月」之典故，以表達對清朝皇權道統的尊崇，說明官報維護皇權秩序的立場。

3.1.2　刊載上諭維護官場權力秩序

　　《北洋官報》「次以敬錄上諭」。「聖諭廣訓」之後是「宮門抄」、「上諭」及「轅門抄」。「宮門抄」、「上諭」和「轅門抄」的內容全部節選自中國古老的官方媒介，邸報。中國古代的邸報，有 1200 年左右的歷史。受中國君主專制制度以及封建自然經濟的制約，邸報發展不快，千年以來變化不大。發展到晚清時代，從形式到內容完全僵化。以逐日發行為主，內容基本上是宮門抄、上諭和章奏三大部分。直到封建王朝覆滅，邸報才最終消失。邸報之所以能夠苟延殘喘，畢竟還有它的特點：「諭旨、題奏一律照登原文，官場的信息比較集中，查閱比較方便等等。這些，對熱衷於仕途經濟的封建官紳們來說，還是十分需要的。因此，即便受到了新報的衝擊，它仍然能夠存於一時」。〔註9〕

　　「宮門抄」「上諭」和「轅門抄」被《北洋官報》放在「頭條」位置，其用意同封面刊載「聖諭廣訓」一樣。宮門抄是清代內閣發抄的關於宮廷動態、官員升除等簡短的政治情報。〔註10〕主要是報導皇帝起居、大臣陛見陛辭以及禮賓祭祀賞賜等朝廷動態消息。轅門抄是清代總督或巡撫官署中發抄的分寄所屬各府、州、縣的官文書和政治情報。有的由報房抄印發售。這些官署的大門叫轅門，因由轅門抄出，故名。〔註11〕報紙發行前期，每期宮門抄多到 10 條以上，中期改版後，每期宮門抄大大縮減，有時候僅刊載 1、2 條，但直至中華民國成立，《北洋官報》改旗易幟，宮門抄、上諭和轅門抄始終刊載在頭條。形式上，宮門抄、上諭和轅門抄的字號要比其他新聞字號都大；宮門抄和上諭首字提上一格；正文內容保持諭旨原貌，上諭文末還留有「欽此」等表明皇帝態度，以示崇高和尊敬的慣常詔書用語；而且在《目錄》中「宮門抄」和「上諭」都要首字提上一格，以示突出。

〔註9〕方漢奇，中國新聞事業通史（第一卷）〔M〕，北京：中國人民大學出版社，1992：（238）。
〔註10〕程曼麗，喬雲霞，新聞傳播學辭典〔M〕，北京：新華出版社，2012：（67）。
〔註11〕程曼麗，喬雲霞，新聞傳播學辭典〔M〕，北京：新華出版社，2012：（67）。

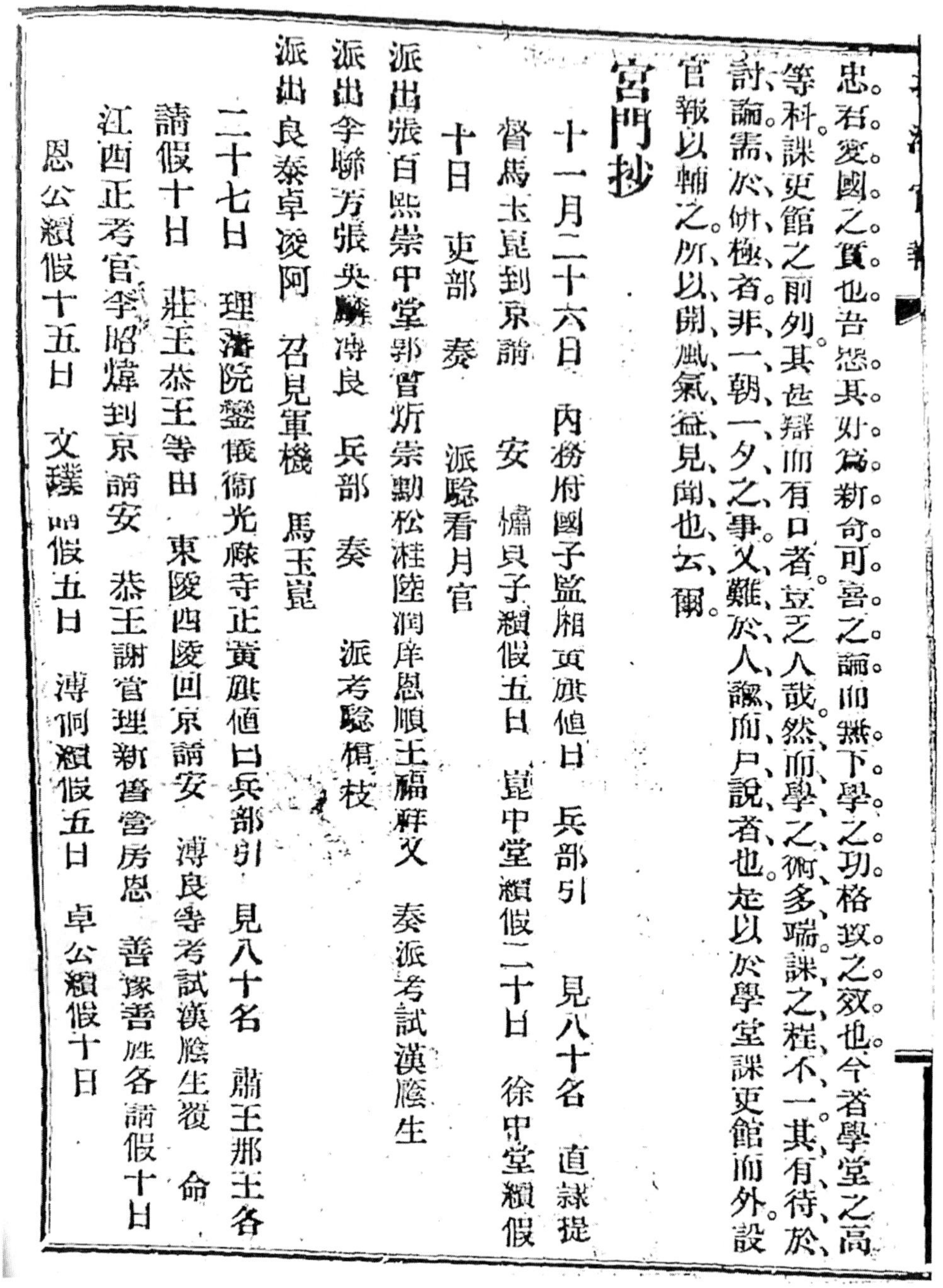

忠君愛國之質也告感其好篇新奇可喜之論而然下學之功格致之效也今者學堂之高

等科課吏館之前列其世鐸而有口者豈乏人哉然而學之術多端課之程不一其有待於

討論需於仦極者非一朝一夕之事又難於人諉而尸說者也定以於學堂課吏館而外設

官報以輔之所以開風氣益見聞也云爾。

宮門抄

十一月二十六日　內務府國子監相頁旗值日　兵部引　見八十名　直隸提

督馬玉崑到京請　安　惲貝子續假五日　崑中堂續假二十日　徐中堂續假

十日　吏部　奏　派驗看月官　派考聡倀枝

派出張百熙崇中堂郭曾炘崇勤松桂陸潤庠恩順王福祥文　奏派考試漢蔭生

派出李疄方張　央麟溥良　兵部　奏　派考試漢蔭生

派出良泰卓凌阿　召見軍機　馬玉崑

二十七日　理瀋院鑾儀衛光祿寺正黃旗值曰兵部引　見八十名　蕭王郡王各

請假十日　莊王恭王等出　東陵西陵回京請安　溥良等考試漢蔭生覆　命

江西正考官李昭煒到京請安　恭王謝管理新督營房恩　善豫善姓各請假十日

恩公續假十五日　文礫　假五日　溥侗續假五日　卓公續假十日

圖3-1　《北洋官報》第三期，1902年12月29日

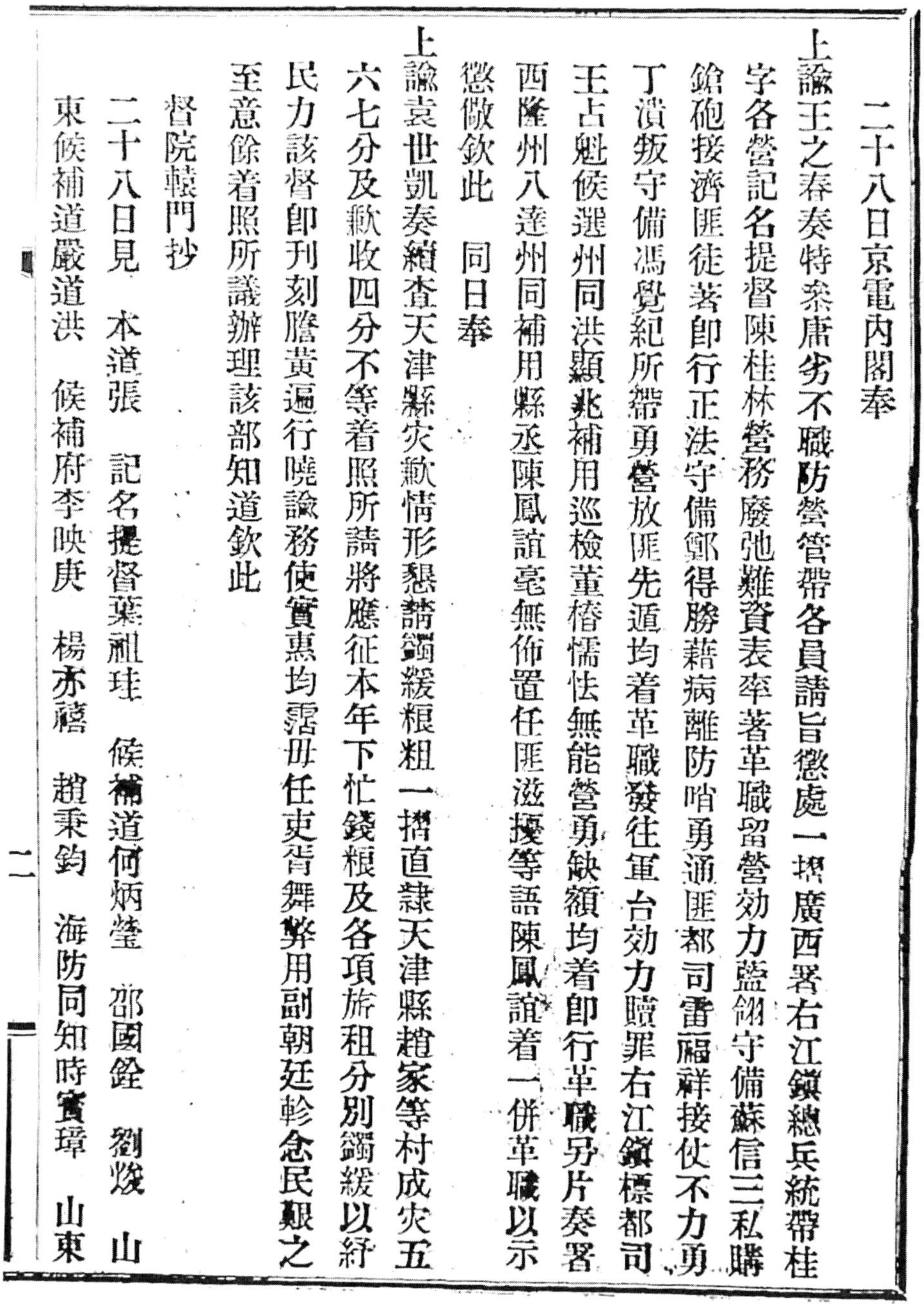

二十八日京電內閣奉

上諭王之春奏特荼唐劣不職防營管帶各員請旨懲處一摺廣西署右江鎮總兵統帶桂

字各營記名提督陳桂林營務廢弛難資表著革職留營効力藍翎守備蘇信三私購

鎗砲接濟匪徒著即行正法守備鄭得勝藉病離防咱通匪都司雷福祥接仗不力勇

丁潰叛守備馮覺紀所帶勇營放匪均著革職發往軍台効力贖罪右江鎮標都司

王占魁候選州同洪顯兆補用巡檢董椿懦怯無能營勇缺額均著即行革職另片奏署

西隆州八達州同補用縣丞陳鳳誼毫無佈置任匪滋擾等語陳鳳誼著一併革職以示

懲儆欽此　同日奉

上諭袁世凱奏續查天津縣災歉情形懇請蠲緩糧粗一摺直隸天津縣趙家等村成災五

六七分及歉收四分不等著照所請將應征本年下忙錢粮及各項旗租分別蠲緩以紓

民力該督即刊刻謄黃遍行曉諭務使實惠均霑毋任吏胥舞弊用副朝廷軫念民艱之

至意餘着照所議辦理該部知道欽此

督院轅門抄

二十八日見　本道張　記名提督葉祖珪　候補道何炳瑩　邵國銓　劉焌　山

東候補道嚴道洪　候補府李映庚　楊亦禧　趙秉鈞　海防同知時寶璋　山東

二

圖 3-2　《北洋官報》第三期，1902 年 12 月 29 日

同一時期創辦的《大公報》也選登邸報的內容，但與《北洋官報》不

同的是，形式上，《大公報》對「上諭」沒有那麼畢恭畢敬，「上諭電傳」、「宮門邸抄」僅僅作為欄目的名稱同其他欄目一樣正常排版，沒有特殊的格式。內容上《大公報》也不是每期必有「上諭電傳」、「宮門邸抄」，而是根據新聞需求，有新聞價值的就轉載選登，沒有就不刊登。同樣是「私家之報」的《申報》，每期也刊登「京報全錄」，內容不少，能佔到一個版的容量，但並不放在重要的位置，通常前四五版都是國內外各類新聞，「京報全錄」在第四版或更後的位置。在當時閉塞的新聞環境中，《大公報》、《申報》摘錄邸報、京報的有關朝廷的政治新聞，也是對其新聞報導的一個補充。

　　《北洋官報》刊載「宮門抄」、「上諭」和「轅門抄」，其形式意義大於其實際意義，充分反映了《北洋官報》聽命於清政府，對於皇權秩序的維護和尊崇。報紙雖是新政的一部分，但卻是舊有體制的維護者。而一切新政都是在神聖的皇權之下開展，以不侵犯皇權為重要前提。

　　《北洋官報》刊載邸報內容，還因為它「官報」的身份。「官報」這個詞匯在晚清大量使用，民國以後便很少使用。清末官報，是各級政府和中樞各部門主辦的機關報。既為機關報，常帶有明顯的政治傾向，用以發布消息，代表政府機關的立場，宣傳政府的主張、政策，影響社會輿論。《北洋官報》作為直隸總督署的機關報，其喉舌功能在其章程總則中第一條便明確指出：「官報專以宣德通情啟發民智為要義」。〔註12〕「宣德」即宣揚盛德，首要任務便是刊載傳報皇帝詔旨，讓普天下臣民知道皇帝為天下殫精竭慮。因此，頭條刊載「宮門抄」、「上諭」不僅是尊崇道統的表現，還是宣揚盛德的必要內容，是官場權力秩序的等級所在。

　　除此之外，邸報是當時人們獲知皇帝動向、朝廷內事、人事任免等信息的主要來源。「私家之報」轉載邸報內容要通過官方發行的《邸報》以及民間報房刊刻印行的《京報》，但《北洋官報》則可以直接從提塘和督署衙門獲取官場內部流通的邸報，信息相對更加權威。清代的提塘分京塘、省塘兩種，京塘駐首都，省塘駐地方，他們的活動受中央和地方封建政府的雙重功能領導。在提塘的各項日常工作中，抄傳發行官報佔有重要地位。清代邸報以逐日發行為主。《北洋官報》每日從官場內部渠道得到邸報，也顯示了其自我標榜的「優越」於「私家之報」的方面。

〔註12〕《北洋官報》章程，戈公振，中國報學〔N〕，北京：中國新聞出版社，1985：（48）。

3.2　官方文牘的刊載

　　緊跟頭條之後，《北洋官報》次頭條的位置刊載的是《奏議錄要》、《公牘錄要》和《文告錄要》。奏議是臣子向皇帝上書言事，條議是非的文字。〔註13〕公牘即公文，機關相互往來聯繫事物的文件。〔註14〕文告則是機關或團體發布的文件。〔註15〕《奏議錄要》、《公牘錄要》和《文告錄要》是《北洋官報》的重要內容，每期要佔 3 到 5 個版面，且不僅刊載本省督憲袁世凱及其他重要官員的奏議及本省各部門公文和文告，還大量選登中樞各機關及各省各部門的重要奏議、公文及文告。一方面說明《北洋官報》雖為直隸一省之官報，但其視野和格局早已突破了地域的限制，它關注上至中央，下至全國各地的政治新聞。另一方面，奏議、公牘、文告屬於清政府的行政工作內容，大量政務信息的公開報導，也反映了清政府向現代政治文明的轉型。

3.2.1　《北洋官報》比邸報、京報刊載更多的政務信息

　　中國從唐玄宗開元年間出現世界上最早的報紙「開元雜報」即邸報以來，歷朝歷代對邸報的封建統治者都要對邸報進行嚴厲的控制。無論是官方的邸報，還是後來出現的民辦的小報和京報，它們的性質是「封建地主階級及其政治代表佔統治地位的封建自然經濟通過新聞手段的反映」〔註16〕。因此，在整個漫長的封建社會時期，邸報、小報、京報等都必然受封建統治階級的制約，在封建階級的控制下活動，不能越雷池一步。為了加強對邸報傳報活動的管理，使有關傳報的禁令得到貫徹，宋代實行「定本」制度。所謂「定本」，「指的是根據進奏官們採錄來的各種發報材料，經本院監官編好，送請樞密院或當權的宰相們審查通過後，產生的邸報樣本。」〔註17〕進奏官們必須根據這一樣本，進行發報。定本制度的制定和執行，加強了當局對邸報的控制，迫使進奏官們只能按照當局允許發布的內容進行傳報活動。明代皇權高度集中，言論出版之禁歷來很嚴。對邸報，明代的封建統治者主要抓的是抄傳這一環節。由於臣僚

〔註13〕百度百科，https://baike.baidu.com/item/奏議/10996527？fr=aladdin，2018/1/20。
〔註14〕現代漢語詞典（第 6 版）〔Z〕，北京：商務印書館，2012：（452）。
〔註15〕現代漢語詞典（第 6 版）〔Z〕，北京：商務印書館，2012：（1363）。
〔註16〕方漢奇，中國新聞事業通史（第一卷）〔M〕，北京：中國人民大學出版社，1992：（241）。
〔註17〕方漢奇，中國新聞事業通史（第一卷）〔M〕，北京：中國人民大學出版社，1992：（241）。

章奏在邸報中佔有很大的比重，控制了這個環節，也就基本上控制住了邸報的內容。與宋代不同的是，明代邸報的傳報活動中，沒有給事判報，樞密院審查這些環節，也沒有「定本」制度，刊發大權集中於皇帝一人手上。一般章奏，只要皇帝認可，批紅後交由邸報抄傳。對邸報抄傳稿件的限制，有些是從國家的利益考慮的。特別是那些涉及軍機、刑獄、機密等內容的稿件限制抄傳發布，對當政者來說是必要的。「但多數情況下，限制邸報稿件的抄傳，往往出於皇帝或當權大臣太監們的個人考慮，和他們的個人好惡。目的在於維護皇帝和他們的個人的權威，維護封建的治體，鞏固封建王朝的統治秩序。」〔註18〕《明史》中就有關於邸報抄傳秘密情報洩露機密致使相關人士被追查並受到嚴懲的記載。嚴厲限制邸報抄傳活動，導致很多章奏都不能發抄，使依靠邸報獲知朝政和國家大事的官員們閉目塞聽。清代邸報的內容，基本上是宮門抄、上諭和臣僚章奏等三大部分。「臣僚章奏部分，限於篇幅，只選刊少量摺件原文，大部分摺件只刊出目錄，供閱者參考。」〔註19〕

歷代統治者對民間報房出版的小報、京報管控都非常嚴厲。目的都是為了防止朝廷機密外洩和維護封建治體。因此，民間小報上臣僚章奏等內容大都抄錄於官方邸報，很少有新的信息。

對比清代邸報，《北洋官報》刊載「奏議錄要」、「公牘錄要」和「文告錄要」等政府工作信息，內容豐富，數量眾多，顯示出清廷對政務信息管控政策的調整。來看《北洋官報》中後期欄目較為固定以後，所刊載的政務信息統計：

表 3-1　第 2332 期（1910 年 2 月 1 日）《北洋官報》內容統計

內容	宮門抄上諭	奏議錄要	摺片摘要	公牘錄要	文告錄要	畿輔近事各省近事各國新聞	廣告
條數（條）		1	10	2	6		
版數（個）	3	5				6	6

〔註18〕 方漢奇，中國新聞事業通史（第一卷）〔M〕，北京：中國人民大學出版社，1992：（177）。

〔註19〕 方漢奇，中國新聞事業通史（第一卷）〔M〕，北京：中國人民大學出版社，1992：（241）。

　　第 2332 期《北洋官報》一共 20 個版，其中廣告佔 6 個版面。在剩下的 14 個版面中，《奏議錄要》、《摺片摘要》、《公牘錄要》和《文告錄要》加起來一共佔 5 個版面。《奏議錄要》選登了一條奏章《農工商部奏請就產茶省分設立茶務講習所摺》，比較長，大約 600 字，佔三分之一版；《摺片摘要》選登了 10 條奏章，全部一句話摘要；《公牘錄要》選登了 2 條公文，《督憲陳準度支部諮令將銀元各廠機器造冊報部以備開鑄新幣之用筋造幣分廠查照辦理文》和《江南製造局張道士珩稟煉銅成效已著情形文並批》，後一條公文很長，佔 2 個版又 1／3 版；《文告錄要》選登了 6 組，分別是督憲批示錄要、藩臺牌示、臬臺批示、津海關道批示、天津高等審判分廳批示和天津地方審判廳批示，每組批示公文中又包含 1 至 3 條不等。

　　通過以上分析可以看出，政務信息在《北洋官報》上所佔的比例較大。也因為如此，有學者認為：「這表明，新式官報實際上還只是朝廷『喉舌』，是各級政府傳達政策法令的機構，與邸報『宣達皇命，傳達政令』的功能差別不大。」〔註 20〕作者並不同意這種觀點。《北洋官報》既為「官報」，其重要的功能之一就是充當政府機關的喉舌。前文論述，《北洋官報》創辦的年代恰值晚清統治氣數殆盡，試圖用新政來挽救大廈將傾。在這個時候，官報不遺餘力地宣傳政府的各項法令、政策，報導官僚機構的各種活動，反映當前社會的整個局勢，哪怕是營造新政紅火的假象，以引導輿論朝著有利於清政府統治的方向發展。當好「喉舌」，做好推行新政的吹鼓手，這是《北洋官報》的職責所在。

3.2.2　刊載大量政務信息是清政府政務有限公開的表現

　　近些年來，對清末新政的研究越來越豐富，對清末新政的評價也越發趨向全面和客觀。學界一般認為雖然清政府實施新政的初衷是極力維護封建統治秩序，在燈盡油枯、走投無路的國際國內格局中謀求一線生機，但新政十年，清末政治、經濟、教育、司法、軍事等各方面發生翻天覆地的變化。清末新政「實際上是一次比較成功的變法」〔註 21〕，開啟了中國的現代化歷程，促使中國社會開始大規模地從傳統農業專制社會向現代工業民主社會轉變。經濟上，中國歷史上出現第一次工業化高潮；政治上，中

〔註 20〕吳廷俊，中國新聞史新修〔M〕，上海：復旦大學出版社，2008：（92）。
〔註 21〕張鳴，重說中國近代史〔M〕，北京：中國致公出版社，2012：（205），

國的民主化得到一定程度的發展；傳統社會全面解體，現代社會嶄露頭角。
新政中，清政府試行民主政治制度改革，政治改革呈現出現代化色彩，大
力推行中央官制改革，先後設外務部、商部、巡警部、學部、民政部、度
支部、陸軍部、法部、吏部、郵傳部、理藩部等十一部，並且設立了與內
閣各部平行的四院一府：資政院、審計院、都察院、大理院和軍諮府，政
治機構趨於分化和專門化，大大提高了國家的社會管理職能，「使政府不再
只是爲封建帝王服務的一家一姓的朝廷，而成爲開始關心國計民生具有現
代意義的機關」〔註22〕。各省諮議局和資政院的設立，是新興工商資產階
級、知識分子和士紳階層參政議政，表達其利益和要求的場所，在一定程
度上增強了清政府的政治輸入功能。1908 年，清政府頒佈了《憲法大綱》，
這是中國歷史上第一部憲法性文件，它以根本大法的形式，確立了具有資
本主義特色的君主立憲制度和三權分立原則，它雖然帶有濃厚的封建性，
但卻是國家政治開始向民主化邁進的重要一步。其他一系列行政法典和一
系列單項行政法規的頒佈，試圖保障人民的一些基本權利，依法規範行政
行爲，君主也依法行事，政治生活向法制化發展。總之，清末政治改革開
啓了我國政治現代化的帷幕，是我國政治現代化的重要開端。

　　《北洋官報》花大量篇幅刊載政務信息，也是清政府政務公開的一種表
現。新政期間，無論是保皇守舊的政府官員、舊知識分子，還是公開反清的
新知識分子，希望參與政權的從舊紳士階層分化出來的新紳士，以及要求分
享政治權益的商人階層，社會各階層都有獲知朝政信息的迫切需求。通曉國
家大事，獲知新政進展是他們參政議政的前提。而當時中國古老的邸報、京
報又無法滿足這種需求。早在中法戰爭時期，《申報》就有記載：「都中人因
邸抄中並無安南近事，故爭欲購觀華字新聞紙，以知消息。」〔註23〕「法事
肇興，京報局中大爲虧累，……斷爛朝報竟至問鼎無人。」〔註24〕「斷爛朝
報」指的就是京報，「華字新聞紙」泛指當時新出現的近代化華文新報。讀者
都被新式近代化報紙所吸引，看邸報、京報的人越來越少。但是新式近代化
報紙也就是「私家之報」刊載朝廷政事也還是要轉載邸報、京報，且此類內

〔註22〕姚順東，清末新政和中國近代政治現代化〔J〕，邵陽學院學報（社會科學），
　　　　2003（3）。
〔註23〕1883 年 6 月 28 日《申報》譯載《字林西報》所刊「北京西人來信」。
〔註24〕營口魚箋〔N〕，申報，1884 年 9 月 17 日。

容所佔比例較少，「私家之報」更偏重刊登社會新聞。也無法滿足讀者對於政治信息的饑渴。因此，新式官報《北洋官報》的創辦，大量刊載政務信息在一定程度上便彌補了這方面信息的缺失。同時，雖然只是一定限度的政務信息公開，卻也能反映出清政府在政治改革中勇敢地邁出了一小步。

3.2.3 清政府借助新式官報刊載政務信息營造新政有序開展的表象

新政實施，各項措施和工作要正常運轉，需要讓百姓瞭解必要的公共信息，尤其是讓那些新興的階級、反對皇權的資產階級革命派，甚至是步步緊逼的帝國主義列強瞭解到大清帝國在改變，正在各個方面進行一系列系統性改革。這至少是一種政治姿態。大量政務信息的刊登營造出清政府各部門在新政中各司其職，有序工作的一派景象。清政府試圖樹立一個正在朝著現代化改革的、自我恢復活力的積極的執政集團的形象。光緒二十九年，辦理商約大臣呂海寰、伍廷芳在奏陳近期要務的摺子中，有推廣《北洋官報》之請。之後，外務部議覆，「推廣《官報》，實為轉移整頓之要議。……南洋現尚無官報，應令仿照北洋章程妥酌開辦，一體發交各屬，銷售各學堂閱看。南北洋官報如能暢行，各省亦可逐漸推廣。」隨著《北洋官報》的成功開辦，越來越多的新式官報創刊，「於是有兩日刊，如《南洋官報》；有五日刊，如《江西日日官報》；有官督商辦者，如《豫省中外官報》；有始官辦而終歸商辦者，有始商辦而終歸官辦者，如《漢口日報》等。體力大率相同，而辦法至不一律。蓋各省政務繁簡，財政豐嗇異也。」〔註 25〕通過各省官報對中央及各地方政務新聞的報導，清政府希冀重塑權威形象和政府公信力。

3.3 國內新聞的報導

3.3.1 重視新聞報導，重點報導新政

「頭條」、「次頭條」之後，《北洋官報》大量刊載國內新聞，設《畿輔近事》和《各省近事》；1907 年後，改設《京師近事》和《各省近事》。在國內新聞之後報導國外新聞，這樣安排內容，符合新聞接近性原則。《北洋官報》

〔註 25〕戈公振，中國報學史〔M〕，北京：中國新聞出版社，1985：（41）。

對於新聞的大量報導，是同傳統舊官報邸報的最大區別。從現有資料來看，北洋官報局不設採訪部，沒有專職新聞記者，其國內新聞由所設各部門在各自工作範圍內收集消息，或聘請官員兼任「訪事」。所報導新聞雖不全都是報紙出刊前一日剛剛發生的新聞，卻也是「新近發生的事實的報導」。《北洋官報》兩百期以後就改成日刊，但是新聞少部分是當天報導昨天的新聞，大部分是前天或更早的新聞。大部分國內新聞沒有明確表達新聞發生時間，有的話，常用「近日」、「日前」來表達。

《北洋官報》刊載新聞數量較多，實現了新聞紙的基本傳播功能。現代化的報紙有四大要素：新聞、評論、廣告、副刊。中國古代傳統官報邸報沒有評論、廣告和副刊。在新式官報出現之前，外國人在中國辦的現代化報刊四大要素逐漸齊全。新式官報開辦以後，借鑒私營報紙辦刊模式，首先重視新聞的報導。相對傳統邸報，其新聞報導做了大量改進。

新聞有標題，且標題製作已接近現代新聞標題的基本要求：精練、鮮明、準確。標題是新聞的重要組成部分，它是揭示、評價和組織新聞內容的高度概括的文字。儘管《北洋官報》的新聞標題還達不到更高的要求如生動、新穎、個性化等，但作為新式官報，現代化官報發展之初期，新聞不僅有標題，且標題能起到「畫龍點睛」的作用，這是一個巨大的進步。舉例來看：「湘省籌議改良警察」、「遊學預備科開運動會」、「外交部儲才館開辦」、「馬路電燈請改歸官辦」、「天津官紳商會續募江北賑捐」、「箚飭保護鐵路城站」、「實習工廠開縱覽會」。這些標題大多數是「主謂賓」結構或「動賓」短語形式，直截了當表明新聞內容，高度概括，惜字如金，清晰明確。在排版的時候，標題右側都用圓點（著重號）點出，以起到醒目的作用。標題與新聞正文不分段，以圓圈〇分隔開。一般新聞在幾十字到幾百字不等，百字以內的短新聞多一些。新聞標題首字上提，從視覺上來說眉清目楚，方便閱讀。

以下分別選取 1903 年 10 月的《北洋官報》和 1907 年 5 月的《北洋官報》，對其國內新聞刊載內容做統計，進行分析。選取這兩個年份兩個月份的《北洋官報》是因為 1903 年 10 月《北洋官報》創辦近一年，各欄目較為固定和成熟，不再頻繁調整。選取 1907 年 5 月是因為清廷宣布「預備立憲」之後，《北洋官報》發生一些變化，欄目等做了調整，有代表性。另外 10 月和 5 月兩個月份避開了年初歲尾官場消極怠工的時期，避開了報紙春節例行年假的時期，報紙內容及編採發行工作是較為正常和穩定的。

表 3-2 1903 年 10 月《北洋官報》內容統計

類別 期數	政治	經濟	軍事 警務	文化 教育	社會	農業	法律	科技	新政	新政佔比
136	4	6	0	3	3	0	0	1	6	35.3%
137	1	5	0	1	1	1	0	0	4	44.4%
138	2	2	1	0	0	1	0	1	0	0%
139	2	0	1	1	0	1	0	0	2	50%
140	1	3	2	1	2	1	0	0	4	40%
141	3	2	2	2	2	1	0	0	4	33.3%
142	1	3	0	3	2	0	0	0	6	66.7%
143	4	4	3	2	4	0	0	0	7	41.2%
144	3	4	0	0	3	0	0	0	2	20%
145	0	0	2	4	1	0	0	0	4	57.1%
146	0	2	0	4	2	1	0	0	6	66.7%
147	1	1	2	1	1	1	0	0	2	28.6%
148	1	4	1	3	3	0	0	0	6	50%
149	3	3	1	2	1	0	0	0	6	60%
150	3	0	0	0	0	1	0	0	4	100%
151	4	9	2	7	6	0	2	0	13	43.3%
152	3	6	1	4	3	1	0	0	7	38.9%
153	4	5	3	7	3	1	0	1	10	41.7%
154	3	4	4	5	3	1	3	0	9	39.1%
155	3	0	2	3	4	0	1	0	5	38.5%
156	5	6	2	1	4	0	0	0	9	50%
157	1	5	2	7	2	0	0	0	10	58.8%
158	2	7	3	2	1	1	2	1	6	31.6%
159	2	6	4	2	3	0	0	0	8	47.1%
160	4	7	2	4	3	0	0	0	6	30%
161	1	8	2	4	4	0	0	0	6	30%
162	3	4	2	4	4	0	1	0	7	35%
163	3	1	4	4	1	0	0	0	7	53.8%
164	1	2	1	6	6	1	0	1	5	27.8%
165	7	1	3	3	4	0	0	0	6	33.3%
總計	75	110	52	90	76	14	9	5	177	41.1%

　　需要說明的是由於年代久遠，現存的《北洋官報》有許多沒有封面，而報紙的出版日期都在封面標注。因此以其標注的期數為準。選擇了第 136 期到 165 期共 30 期做內容統計。這 30 期《北洋官報》在《奏議錄要》、《公牘錄要》和《文告錄要》之後，有一個欄目叫《時政匯紀》，同現代的「時政新聞」不一樣，《北洋官報》的《時政匯紀》實際上是吏戶禮工刑兵等各部門工作紀要。因為隨著新政的開展，政治改革中各機構相繼調整，或合併，或新設，所以每期按工作部門如「吏政」、「戶政」或者「商政」、「學務」、「墾務」等來分類刊載 1 至多條不等的工作動態。因此，統計時該數據沒有算在內。另外，從第 151 期起，《北洋官報》在《時政紀聞》之後，《各省新聞之前》又增加了《畿輔近事》專欄，主要刊載北京、天津、保定地區的新聞。因此，每日所載新聞量又增加。表頭「類別」中最後一項「新政」指的是所有新聞中與新政有關的內容條數。

表 3-3　1907 年 5 月《北洋官報》內容統計

類別 \ 期號	政治	外交	學務	軍政	實業	郵電	民事	財政	路況	商務	雜記	新政	新政佔比
1347	3	4	4	4	3	2	3	0	0	0	0	12	60%
1348	5	0	2	0	0	0	3	3	2	0	3	7	38.9%
1349	4	4	3	3	4	0	0	0	2	4	0	12	50%
1350	4	4	0	3	4	0	2	0	2	4	0	13	52%
1351	3	0	3	0	0	4	0	4	0	0	0	8	57.1%
1352	2	2	2	3	2	0	0	0	2	0	0	6	46.1%
1353	4	0	2	0	0	0	0	0	2	3	3	5	35.7%
1354	3	4	2	0	3	3	2	3	0	0	0	11	55%
1355	3	4	3	0	0	0	0	0	2	3	0	7	41.2%
1356	3	0	3	4	4	0	0	3	4	0	0	19	90.5%
1357	4	4	0	0	2	0	3	0	0	3	3	7	46.7%
1358	3	0	4	4	0	0	0	3	2	0	0	11	68.8%
1359	3	3	3	0	3	3	1	0	0	0	0	5	31.3%
1360	3	5	3	2	0	0	0	0	0	0	0	9	45%
1361	4	0	3	4	0	0	0	2	6	0	0	11	52.4%
1362	4	4	3	0	4	0	0	0	0	0	0	9	47.4%
1363	3	3	3	0	2	2	2	0	0	0	0	11	73.3%

1364	3	0	3	3	2	2	4	2	0	2	0	21	100%
1365	4	2	3	0	0	2	0	0	2	0	0	13	100%
1366	3	0	3	2	2	2	2	3	0	0	0	17	100%
1367	0	3	4	0	0	3	0	3	0	0	0	13	100%
1368	4	0	4	2	2	2	0	2	0	0	0	16	100%
1369	5	3	0	3	0	0	0	0	0	0	0	16	100%
1370	3	3	0	0	4	0	4	2	0	0	0	18	100%
1371	3	0	4	4	0	4	0	0	0	3	0	21	100%
1372	3	3	3	2	3	0	0	0	3	0	0	17	100%
1373	2	2	1	0	0	0	6	0	0	3	0	14	100%
1374	4	0	4	0	3	0	0	2	3	0	3	17	89.5%
1375	4	0	3	5	3	0	2	0	3	0	0	20	100%
1376	4	0	2	0	0	3	0	2	4	0	3	18	100%
1377	3	0	3	3	4	0	0	0	0	0	3	20	100%
總計	103	57	83	51	56	27	42	37	44	29	17	412	74.5%

　　1907 年 5 月份的《北洋官報》保存相對較爲完整，一共 31 期，從 1347 期到 1377 期。這個月份的《北洋官報》欄目設置同上一個抽樣期内不一樣，在《奏議錄要》、《公牘錄要》、《文告錄要》等政務信息之後是《電報錄要》，刊載國外新聞。國外新聞之後是《新聞錄要》，刊載國内新聞。《北洋官報》將國内新聞又細分爲政治、外交、學務、軍政、實業、郵電、民事、財政、路況、社會、商務、雜記等很多小類別。每期每個小類別當中刊載 0 到多條新聞不等。從 5 月 18 日 1364 期開始，《新聞錄要》變成了《新政紀聞》，也就是說《北洋官報》把報導新政放在很重要的位置，明確了報導新政是當前報紙的主要任務。在做統計的時候，從 1364 期開始，國内新聞幾乎全部統計爲「新政」類別。但有幾期新聞中有「雜記」一項，雜記中有的新聞是關於新政的，也有的不屬於，並且還有國外新聞居然也都歸屬在雜記中，統計時，自然不再算在「新政」之列。表頭「類別」中最後一項「新政」依舊指的是所有新聞中與新政有關的内容條數。

　　從已統計的兩組數據中可以看出以下幾點：

　　《北洋官報》雖是直隸地方報紙，但關注的新聞卻覆蓋全國。新聞的種類涉及方方面面，比較豐富。作爲一份官報，政治、經濟、外交、軍事等方面是其關注的主要内容。除此之外，官報也刊載社會新聞，社會新聞後來統

一放在「雜記」類別裏。有少數國外社會新聞也放到了雜記中，比如「太平洋屬島風災」、「智利國火山崩裂」、「德人預算巴拿馬工費」、「法醫士恤款議妥」、「英國輪船遇風情形」等。國內社會新聞比如「譯學館組織音樂會」、「鄂省開工增闢城門」、「諮送動物院陳列物」、「上海大風雨爲災」等。官報刊載社會新聞始於明代。在此之前，邸報刊載的主要內容大致爲皇帝召旨、臣僚章奏和官吏任免。明人記載邸報上刊載社會新聞，社會新聞多爲里巷瑣聞，奇聞異事，比如盜竊案件破獲，男女性徵變異，人畜胎生畸形等。官報刊載這類社會新聞，我認爲是一種媒體的進步。同時說明受眾對於信息需求越來越大，對於信息的多樣性有需求。邸報看到了受眾的信息需求，在嚴肅的政治信息之後主動刊載輕鬆的社會新聞，甚至有些可能是鄰里傳聞，雖然在今天看來價值不大，但這是官報注重新聞趣味性的開始，新聞價值多元化的覺醒。到了清末，新式官報不僅將社會新聞作爲日常新聞報導的一部分，而且社會新聞的「品位」大大提高，新聞價值大大增加。

從統計數據中可以看到，每期《北洋官報》國內新聞中關於新政的報導比例最低佔到 20%，但報導比例在三分之一以上是常態。而且，後期的《北洋官報》加強報導新政的力度，設置專欄，專門報導新政。有關新政的新聞數量大幅度提高。這說明新政是《北洋官報》的報導重點。這符合《北洋官報》的定位和辦報宗旨。

1904 年 1 月，慈禧在西安發布上諭，提出「切實整頓一切事務」，要求各級官員「各就現在情弊，參酌中西政治。舉凡朝章國政、吏治民生、學校科舉、軍制財政，當革則革，當省當並，……各舉所知，各抒所見」〔註 26〕袁世凱在清末新政期間，非常積極，其「新政」活動，在整個清末新政中都可以稱得上是一個典型的範例。他作爲直隸總督兼北洋大臣，對《北洋官報》的立場和宣傳活動的影響無疑是巨大的。

3.3.2 對「學務新政」的報導數量最多，涉及問題深入

「學務新政」是清末新政的重要內容。《北洋官報》對「學務新政」進行了大量報導，且明顯比其他新政項目報導得要多。每期官報的《奏議錄要》、《公牘錄要》、《時政匯記》、《各省新聞》等欄目中均有關於本省和全國各地

〔註26〕朱壽朋，光緒朝東華錄（第四卷）〔Z〕，北京：中華書局，1958：（4601—4602）。

的「學務新政」報導。直隸的教育改革措施在當時全國各省份當中都較有特色和成效，作爲直隸的官報，自然更加關注直隸的新政。

3.3.2.1　對於教育行政體制改革的報導

清朝地方教育行政機構稱之爲提督學政，簡稱學政。《北洋官報》幾乎每期《各省新聞》中都會有一個類題「學政」，歸納刊登學務信息。發展新式教育的前提是設立專門的教育行政機構。清末新政中，由於各地風氣開化程度不同，地方官員對學務工作的重視程度的不同，各地學務舉措不盡相同。當時的督學機構分爲三級：省級督學機構、縣級督學機構——勸學所、教育團體——教育會。

省級督學機構以直隸省爲例，袁世凱繼任直隸總督後即籌謀設立了一個專門負責辦理學務的新機構——學校司，學務新政走在全國前列。學校司設督辦執掌全省學校事務，包括三處即專門教育處、普通教育處和翻譯處；兩所即支發所和稽查所。光緒二十九年十一月即 1903 年 12 月，清政府開始實施學務新政，頒佈《奏定學堂章程》，在各省城設立學務處，統管全省學務，如辦理各地小學堂、中學堂、大學堂的教員名數，學生入學及畢業人數、就學費用等事項。第二年五月，直隸學校司遵照章程規定改爲學務處，督辦改稱總理。學務處沿襲原學校司三處職掌改爲下設七課，分別是總務課、普通課、專門課、實業課、圖書課、會計課和遊學課。學務處的人員編制和職能權限有所擴充，督學機構不斷完善。在這個學務新政伊始階段，《北洋官報》多刊載中央及各省，尤其是直隸省學務革新的綱領性公牘，如學校司編譯處的編譯改良規則，各學堂開課名目及學院限額的規定等；還有各種新設學堂的章程、條規等；入學、畢業的學生名單。

光緒三十一年八月，即 1906 年，清政府頒佈上諭，宣布廢止科舉制度。美國普林斯頓大學社會學家羅茲曼主編的《中國的現代化》一書中對此大加讚歎道：「科舉制度的廢除，代表著中國已與過去一刀兩斷，其意義大致相當於 1861 年沙俄廢奴和 1868 年明治維新後不久的廢藩。」〔註27〕這雖是清政府的學務發展的重要事件，也是學務新政的第三個階段的開始，但清末社會波瀾不驚，並沒有因爲科舉制度的廢除而產生較大反響。同樣，對於《北洋官報》的報導來說，也沒有大的變動。

清政府飭令各省學政擔當新式學堂的創建及管理的重任。爲適應新政的

〔註27〕〔美〕吉爾伯特・羅茲曼，中國的現代化〔M〕，上海，上海人民出版社，1989：（49）。

發展，包括直隸省在內的各省學務處遵章裁撤，改設提學使司，原學務處改
爲學務公所，下設七課改爲六課，原遊學課裁撤歸併到其他部門專門負責。《北
洋官報》的相關報導中類題「學務處牌示、批示」改爲「學臺牌示、批示」。
因督憲職權中關於學務的內容有所變動，所以在「督憲批示錄要」的報導中，
也增加了與學務新政有關的內容。

通過《北洋官報》關於省級督學機構的相關報導，可以看出，在學務新
政中，省級教育行政機構基本形成較爲完備的系統，其內部各部門分工明確，
權力歸督憲統轄。由於袁世凱對直隸學務新政始終採取支持態度，經常發文
督查學務，比如《督憲袁箚學務處通飭各屬不准示禁私塾文》、《督憲袁箚學
務處詳查官私小學堂功效文》等，〔註28〕對直隸開風氣，興學堂的進步活動
起到了積極促進作用。中央教育行政機構對省級教育行政機構進行業務指
導，省級教育行政機構直接指導各地學堂的學務工作，制度在不斷完備，執
行力度較大，也比較嚴格。提學使司成立以後，還建立了有效的監督、指導
學務活動的視學制度。《學部奏遵議各省學務詳細官制暨辦事權限章程摺》中
明確規定：「提學使以下設省視學六人，承擔學使之命令，巡視各府廳州縣學
務。各省省視學由提學使詳請督撫箚派曾習師範或出洋遊學並曾充當學堂管
理員、教員、積有勞績者充任。」〔註29〕視學人員要調查各學堂的學生人數、
教員素質、經費收支、學堂管理、教學設備、衛生狀況等，以及各省所屬勸
學所和教育會的開辦情況，將全面、眞實的信息資料呈報給學務處和提學使
司，一定程度上保證了學務處和提學使司對各地學務指導的正確性和有序性。

勸學所是清末興學熱潮中，州縣出現的一個半官方半民間的辦學機構——
勸學所。之所以說勸學所是一個半官方半民間的機構，是因爲：「由於當時地方
自治並未成立，勸學所更多的是秉承提學使指令，並在地方官的監督下開展工
作，所以只是一個半官治半自治的機構。隨著勸學所的出現，州縣社會中出現
了一個勸學紳董群體，他們的權力直接來源於官府的箚委，職責範圍涉及官辦
學務和自治學務兩個方面。雖然他們並沒有被納入正式官員的行列，但卻具有
正式權力，成爲半官半紳、亦官亦紳的雙面人物。勸學所的這一特點充分反映
了清末地方機構改革中新舊交替的內在矛盾和基本特徵。」〔註30〕勸學所是直

〔註28〕北洋官報，第 941 期，1906 年 3 月 11 日。
〔註29〕北洋官報，第 1028 期，1906 年 6 月 6 日。
〔註30〕劉偉，官治與自治之間——清末州縣勸學所述評〔J〕，近代史研究，2012（4）。

隸省首創，發起者是近代著名的教育理論家和實踐家嚴修。嚴修（1860～1929），字範孫，直隸天津人，在近代中國教育改革中，首創之舉頗多，為中國尤其是直隸近代教育事業的興起與發展做出了傑出的貢獻。他是最早呼籲廢止科舉的有識之士之一，最早奏請開設經濟特科，在我國北方最早創辦私人女子小學、養蒙園（即幼兒園），創設保姆（幼兒師資）講習所，籌設大學分科等等。嚴修終其一生，將大部分時間和精力奉獻在新式教育的實踐上，其教育思想和實踐在清末民初全國新式教育的興辦運動中獨樹一幟。1906 年，嚴修任學部左侍郎，首次明定我國教育宗旨。《北洋官報》上給予連載。嚴修認為，東西各國「無論貧富貴賤、男女長幼，皆能知書通大義，究其所以，亦曰明定宗旨，極力推行而已。今中國振興學務，固宜注重普通之學，令全國之人，無人不學，尤以明定宗旨，宣示天下為扼要之圖」。〔註31〕

　　1905 年，嚴修任學務處督辦，提倡小學教育。因直隸省地處內地，民風固陋，興學規模和速度不盡如人意，於是向袁世凱建議，廣設勸學所。袁世凱欣然接納。光緒三十一年八月，即公元 1905 年 9 月，袁世凱頒佈飭學命令，督飭學務處「於各府、直隸州特設勸學所，以次至所屬城坊村鎮勸諭設學」〔註32〕。勸學所初創時期，《北洋官報》刊載了有關勸學所的告白、通告等內容。學務處擬定了《直隸學務處各屬勸學所章程》。該章程共十條，明確了勸學所為各府、直隸州、廳、州、縣的「全境學務總匯機構」〔註33〕，設勸學員若干名，規定了勸學員的任職資格及責任。該章程公布實施後，直隸各地興學風氣大為改善，廣設勸學所。「據直隸學務處光緒三十二年十二月的調查，直隸除張家口廳等十七處廳州縣外，已設有勸學所一百三十九處。也就是說，絕大部分廳州縣都設立了勸學所。」〔註34〕《北洋官報》對各地勸學所的活動及其取得的成績做了相應的報導。勸學所所擔之責，所參與的興學事務比較廣泛，一言以概之，就是以教育普及為職志。為了勸導興學，勸學所總董、勸學員參與改良私塾，組織小學堂年級會考，考察各地私塾、小學堂開辦，

〔註31〕 學部奏學部初立請將教育宗旨宣示天下折〔N〕，北洋官報，第 958 冊，1906
　　　　年 3 月 28 日。
〔註32〕 督憲袁飭學務處條議各府直隸州特設勸學所章程箚〔N〕，北洋官報，第 764
　　　　期，1905 年 9 月 15 日。
〔註33〕 學務處奏定勸學所章程〔N〕，北洋官報，第 984 期，1906 年 4 月 23 日。
〔註34〕 張豔麗，清末直隸新政中的督學機構與興學措施〔D〕，石家莊：河北師範大
　　　　學，2002。

師資情況，學生招收等。從《北洋官報》刊載的天津勸學所奉提學使開辦識字學塾時的一段告白可以看出，勸學員苦口婆心，爲興學開風氣祛愚蠻兢兢業業。這段公告是勸說不識字的人或者識字少的人來上學，於是特地在公告後用了白話文寫了一段廣告：

> （不識字人快來識字），中國人民，年老的、年少的，不識字的很多，現在所立的簡易識字學塾，係專教不識字的人。不論年老年少的，皆可去，所立區處，一在倉厫街民立第一小學堂，一在雙廟街太陽宮官立小學堂，一在堤頭村官立小學堂，一在陳家溝官立小學堂，一在梁家嘴放生院官立小學堂，共計五處。教授的時候，是夜班，每晚由七點半起，至九點半止，共兩個鐘點。於人甚爲便當，凡無力入學，或年長失學，以及小貿營生的人，晚間必有閒工夫來此認識幾字，分文不花，又不耽誤工夫，豈不好嗎？奉勸不識字的人，快到各處去報名罷，指日就要開學了。〔註35〕

光緒三十一年，即公元 1905 年，嚴修調任學部，任學部左侍郎，在其主持下，直隸辦勸學所興學的經驗推廣到全國。《北洋官報》開始報導全國各地勸學所開展勸學活動的新聞。這些報導對學務新政的推廣起到了積極的作用。

光緒三十二年，即公元 1906 年，爲彌補官方興學、辦學力量的不足，學部奏請在各省設立教育會，以輔助官辦教育。學部擬定了《教育會章程》，規定各州縣議紳、視學，各學堂監督、堂長及學界中享有聲譽的或者對本地教育做出貢獻，都有發起各級教育會的責任。從《北洋官報》的報導來看，教育會承辦的事務很多，籌設師範教育研究會、師範傳習所、圖書館、教育品陳列館及教育製造所等；調查境內官立私立各種學堂的教學管理、學生行爲、教學設備等情況；向提學司及地方官提出教育方面的建議等。

如此一來，清末新政中清政府建立了從中央到地方較完備的三級教育行政體制，這些教育行政職能皆是傳統教育行政部門所不具備的。可以說這是我國第一套結構完整、職權明確的教育行政體制，打破了傳統的教育管理模式，開啓了中國教育管理現代化之先河。這些從《北洋官報》的報導中可以窺見一斑。

3.3.2.2　對於興學措施的報導

除了對教育行政體制改革、教育行政機構設置進行大量報導以外，《北

〔註35〕天津勸學所公告〔N〕，北洋官報，第 2153 期，1909 年 8 月 6 日。

洋官報》還大量報導各地興學措施。有關興學措施的新聞報導主要集中在
幾個方面：

　　最多的是報導各類、各式學堂的開辦及各類招生考試新聞。受到西學的
衝擊，清末包括直隸省在內的各地政府陸續改建和興辦了各種新式學堂。從
《北洋官報》的報導來看，直隸地區以及全國各地湧現出大批新式學堂，包
括蒙養院（幼兒園）、幼稚園、初等學堂、中等學堂、高等學堂等基礎教育學
堂；也有師範學堂、警務學堂、實業學堂（商學堂、蠶學堂、農學堂等）、外
語學堂、女學堂等專業學堂；還有私立學堂、盲啞學堂、客籍學堂、半日學
堂藏語學堂等為滿足特殊人群特殊需求的學堂。如：

　　第 142 期《各省新聞》中刊載：

　　　　中學開辦

　　　　濟南府中學堂已於本月初六日開學。中學教習二人，一爲在籍
　　　　戶部主事蕭君樹升，一爲湖北拔貢劉君培，均西學教習由高等學堂
　　　　之王學曾盧毓英二君兼辦。學生六十人，坐辦一人，爲候選訓導李
　　　　君鍾霖。每年經費以籌款、局撥款爲大宗。此外，各憲皆有助款。
　　　　該學堂係濟南府書院改造，所有堂舍現皆修葺整齊。〔註36〕

　　第 155 期《各省新聞》刊載：

　　　　師范開學

　　　　湘省明德學堂添設速成師範一班，專爲養成蒙小學堂教員起
　　　　見，定期九月初旬開學。除年假以外，六個月卒業，合格者給予學
　　　　堂文憑並冊報學務處存案，已備各府廳州縣教習之用。現在擬定資
　　　　格，招選學生，每名預繳學費錢三十串文。〔註37〕

　　第 172 期《畿輔近事》刊載：

　　　　京師學務聊志

　　　　大學堂派赴歐美日本之留學生中有二十七人定於十一月初十
　　　　日前往日本。其赴歐美之八人須明年啓行。聞有師範生一人，名廣
　　　　源者，雖經考取不願出洋云。大學堂附設之醫學實業館定於明正遷
　　　　至前孫公園醫學堂內。俟明正即在彼處開學。〔註38〕

〔註36〕北洋官報，第 142 期，1903 年 10 月 16 日。
〔註37〕北洋官報，第 155 期，1903 年 11 月 11 日。
〔註38〕北洋官報，第 172 期，1903 年 12 月 15 日。

《北洋官報》持續報導這些學堂的章程、開辦費用、師資概況、考試時間、考試題目、教學內容、教學活動（比如運動會等）以及畢業生去向等。如第 58 期官報在《時政紀要》中還報導了保定大學堂平日教學嚴格，不准學生輕視操規，對學生進行體操測試，還公布了名次以激勵學生日有進步。第 998 期官報在《本省近事》中則報導了直隸省豐潤縣屬各鄉多所小學堂先後兩次舉辦合操，後一次合操「其步伐之正氣，規模之整肅，較上次合操精神百倍，觀者無不嘖嘖讚賞。故補錄之。」為此，在文末筆者還做了簡短而積極的評價：「以見尚武精神之日有進步，而本省教育之普及亦可略見一斑矣。」〔註39〕《北洋官報》豐富的報導反應出新式學堂雨後春筍般發展之勢，這是符合時代情形的。「據清政府統計，至 1909 年，全國有小學堂 51678 所，中學堂 460 所，高等學堂 127 所，師範學堂 514 所，各種實業學堂 254 所。」〔註40〕從新聞報導看，新式學堂體現了現代教育的特徵，客觀上促進了中國教育的現代化。

其次，籌資辦學、興建校舍等問題也是《北洋官報》在學務方面關注較多的內容。清政府大廈將傾，實行新政，財政卻捉襟見肘，瀕臨崩潰。中央將辦學權力下放到各省督撫，沒有任何專項撥款。因此，各省教育經費都要自籌。但儘管如此，各省新式教育還是在艱難而蓬勃地向前推進。在《北洋官報》的報導中，可以看到捐稅是各地廣泛採取的一種教育籌款方式。以直隸省為例，為了開辦學堂，各州縣根據各地情況，向百姓加徵田房契稅、畝捐、戶捐等各種各樣名目繁多的稅捐。一年又一年，新學堂不斷開辦，賦稅不斷增加。加上本來清末老百姓苛捐雜稅就多得不堪重負，因此各地抗捐事件時有發生，《北洋官報》就報導過百姓聚眾打砸毀壞學堂事件。

除了向百姓徵收稅款以外，各地政府也千方百計籌集教育經費。例如提收廟產、戲捐。舊時寺廟眾多，廟產自然可觀。清政府曾下旨命令各地將民間不入祀典的寺廟充為公用，改為學堂。清政府還竭力提倡將演戲、賽會的費用抽提辦學。演戲賽會是清朝民間為酬報神祇而舉辦的一種封建迷信活動。舉辦方挨家挨戶斂錢，收取一筆鉅資。雖為陋習，但一是傳統習俗不容易改，一是演戲賽會對本地經濟也有一定的促進作用。因此，官方將籌辦戲會的鉅資提留用以興學。這樣的新聞也經常見諸報端，如：

〔註39〕北洋官報，第 998 期，1906 年 5 月 7 日。
〔註40〕張汝，清末新政的新式學堂與教育近代化〔J〕，樂山師範學院學報，2002（17）第 1 期。

學校司詳磁州牧稟妥籌各學堂經費並創設蒙學由並批

　　為詳報事案據磁州知州李牧兆珍稟，妥酬各學堂經費，暨創設蒙養學堂，現均一律開學。查州境大小四百廿三村各村向好演戲。擬請嚴行禁止，即以各村免戲之資作為各村蒙養學堂常年經費。凡幼童自七歲至十四歲皆令入學。教習暫聘品行端正之廩貢生員充當。現在各村均已遵照辦理。計設立蒙養學堂共三百九十二村等情稟報到司。查該州所稟實為崇正禁邪，挽回風氣起見，且舉地方無益之費作學堂有用之款，因時制宜，殊堪嘉尚理合，據情轉詳，憲臺通飭各府廳州縣凡唱戲賽會一切無益之事嚴行禁止，並頒發告示，貼各集鎮村莊，庶使鄉民一體周知以期力挽頹風而崇正學，實為公便批。

　　據詳已悉仰即通飭各屬一體，出示曉瑜並將此項演戲錢文作為各村蒙養學堂經費以挽頹風而廣早就此繳。〔註41〕

個人捐資助學的也常有所聞。捐資者既有親身參與興學活動的地方學董，也有士紳，商人，甚至普通百姓。他們或直接創辦新式學堂，或捐錢、捐地、捐房舍以供辦學之用。個人捐資助學盛舉尤以直隸省最積極。「據統計，民國以前直隸捐資興學經費高達 18852 兩。」〔註42〕從《北洋官報》上經常能看到相關的報導，有提倡捐款的，有獎勵捐款的等等。如第 68 期《本省公牘》刊載一條《新河縣知縣傳令澄源稟學堂勸捐出力員紳請分別給獎由並批》，在《時政紀要》中有學務新聞報導：

　　直隸袁宮保遵旨，飭令各府州縣設立中學小學暨萌樣學堂。因經費無著，根據各地方官吏稟請籌捐，各紳民多自願捐辦。宮保遇有幾近滋擾者或立予批駁或飭司核議。自籌辦以來訪查各屬均尚相安，仍飭學校司隨時派員認真考察，務期各就地方清醒妥慎辦理，嚴禁官紳藉端勒索以免擾累。已將籌辦情形附片具奏。〔註43〕

第 1001 期《本省近事》亦有報導：

　　鄉民捐產興學

　　津邑沙嶺子村，地瘠民貧，現今創辦學堂正難酬款。適有村人

〔註41〕北洋官報，第 52 期，1903 年 4 月 16 日。

〔註42〕王建華，崔恒秀，晚清社會辦學述評〔J〕，蘇州大學學報，1998（4）。

〔註43〕北洋官報，第 68 期，1903 年 5 月 18 日。

楊壽仁君熱心興學，慨捐自置園田七十畝，爲起造學堂之費。日前已
由村正戴某等據情赴縣，稟請立案，並擬請學務處酌予嘉獎。〔註44〕

從《北洋官報》的報導來看，籌資興學的方式還有很多，比如民間入股的形
式，提撥其他局司款項挪作學堂經費，借用舊有書院館舍開辦新式學堂等等。
總之，在財政入不敷出的艱難窘迫境地中，清政府多種渠道集資籌款，取得
了較大的成效，在一定階段內一定程度上解決了興學經費缺乏的困難，使新
學改革得以向前推進。

新式學堂的大規模擴展，需要大量師資以支持教學的正常開展。一部分
傳統士子分流到新式學堂教學，卻因爲對新學知之甚少而不能完全勝任。於
是對於師資的培養便顯得必要而急迫。清政府對於師資隊伍的建設很是重
視，設置了各種師範學堂，規定師範生畢業後都有義務效力於國家教育事業。
派員出國遊學或考察，聘請洋教習，通常是日本教習，也是建設師資的重要
途徑。對此，《北洋官報》有大量的報導。隨手翻閱報紙都能看到相關報導：

第995期《各省新聞》中，報導，

「電詢師範學堂辦法

蘇垣學務處近奉撫院行知學部來電，飭議推廣示範辦法。迭經會同商議，
僉以兩江師範規模宏遠，尤足爲取法之資。因即電致江寧，詢以向章每級幾
科額。貴處奉學部效電後，現擬添額若干，並初級簡科優級選課，如何分配
名額，以備仿辦。」〔註45〕

第997期，《各省新聞》中，報導，

「電聘農學教習回滇

滇省學務處現欲開辦農學，苦乏教員，因於月前電達雲南日本留學生監督，
代爲聘請日本農科教授並調二班卒業學生熊朝鼎同時回滇以資臂助云。」〔註46〕

從《北洋官報》上對學務新政的各類密集報導，能夠感受到晚清教育體
制改革力度很大，新式教育蓬勃興起，發展迅速，取得了一定的成效。直隸
總督袁世凱在光緒三十二年五月上奏朝廷，具陳自其光緒二十八年到任以
來，大興教育，「五年中苦心焦思以圖進步」，大刀闊斧改革整頓，「入手之初
人不知學堂爲何事，編制無法，教授無方，錯謬雜糅」「官紳之視學堂與書院

〔註44〕北洋官報，第1001期，1906年5月10日。
〔註45〕北洋官報，第995期，1906年5月4日。
〔註46〕北洋官報，第997期，1906年5月6日。

等敷衍苟且，幾成具文，甚者造作謠言橫生」，直隸省克服各種困難和阻力，袁世凱更是抱著「進者教育之道無智無愚必使人人有普通之道德、智識、技能，而後國民之程度增高，國力亦與之俱進」的高尚理想興建教育事業，「官紳協力，風氣漸移」，共興建「北洋大學堂一所，高等學堂一所，北洋醫學堂一所，高等工業學堂一所，高等農業學堂一所，初等農工業學堂暨工藝局附設藝徒學堂二十一所，優級師範學堂一所，初級師範學堂及傳習所八十九所，中學堂二十七所，高等小學堂一百八十二所，初等小學堂四千一百六十二所，女師範學堂一所，女學堂四十所，吏胥學堂十八所，此外，尚有客籍學堂、圖算學堂、電報學堂各一所。凡已見冊報者入學人數共八萬六千六百五十三人。而半日半夜等學堂不計焉。合武備巡警等學堂以及冊報未齊，總數不下十萬人。」〔註47〕這份成績單還真是讓人鼓舞振奮。

總的說來，《北洋官報》對於學務新政的報導按照新聞類型劃分有事件性報導、工作性報導和述評性報導。這些報導，內容豐富，數量眾多，涉及面寬廣，報導地域廣泛，觸及問題深入。《北洋官報》緊緊圍繞其辦報宗旨，「交通上下之志，使人人知新政新學」，大力倡導新學改革，通過學務報導希圖引領社會風氣的轉變，革除固陋積習，引導社會輿論興學重教，中體西用，崇實尚武，為建設新式教育鼓與呼。

3.3.3　對「經濟新政」的報導引導社會興工振商

清末新政中，對經濟的改革打開了封閉壓抑的中國資本主義發展的閘門，推動了自由經濟的發展，新政中建立起來的經濟自由制度甚至對民國以後經濟的持續發展都奠定了基礎，促進了中國經濟體制向現代化發展邁出了一大步。

《北洋官報》作為直隸省官方喉舌，乃至一個時期內中央政府的宣傳機構，對經濟新政的改革進行了積極主動的報導。

3.3.3.1　關注經濟熱點，報導迅速及時

《北洋官報》創辦之時，正值國門大開，帝國主義列強爭先恐後搶佔中國市場，向中國輸入大量資本，並搜刮民膏，攫取巨額利潤，極大地衝擊了中國金融市場。加上晚清時期，中央政府為解決越來越龐大的軍費開支和越來越嚴重的財政困難，幣制改革次次不成功。國際上白銀價格波動，銅價上

〔註47〕直督袁奏縷陳直隸學務情形摺〔N〕，北洋官報，第 1058 期，1906 年 7 月 6 日。

漲。反映在國內金融混亂的直接表現就是,市面現銀的嚴重缺乏,奸商私鑄
劣質錢幣,銅價飛漲,制錢短缺,沙錢滿市。直隸總督袁世凱高度重視金融
市場,他較早地認識到金融事業是國民經濟的命脈,是國家發展的根本大計。
於是,上任直隸總督之初,袁世凱便整頓私錢,開鑄銅元,改革幣制。天津
是北方巨埠,袁世凱接收天津時,天津市場猶如廢墟,金融商情異常嚴峻,
袁世凱改革發展直隸經濟的第一步就是拯救天津市場。《北洋官報》從創辦的
第一天,就在每期廣告頁最後一版,刊載《天津平市官錢局銀錢行市》。例如:
1902 年 12 月 31 日,第 4 期刊載:

> 十一月二十九日,天津平市官錢局銀錢行市。公砝平足銀每兩
> 合九六津錢貳千貳百文。公砝平化寶銀每兩合九六津錢貳千壹百捌
> 拾文。銀洋每元合九六津錢壹千伍百二拾文。〔註48〕

1903 年 1 月 2 日,第 5 期刊載:

> 十二月初四日,天津平市官錢局銀錢行市。公砝平足銀每兩合
> 九六津錢貳千貳百文。公砝平化寶銀每兩合九六津錢貳千壹百捌拾
> 文。銀洋每元合九六津錢壹千伍百二拾文。〔註49〕

看來,十一月二十九日到十二月初四日內,銀價沒有變動。此處需注意的是,
光緒年十二月初四日,正是 1903 年 1 月 2 日,即報紙刊發當日。說明報紙對
銀價時效性的關注與重視。

　　1903 年 6 月 13 日,第 81 期刊載的是前一天 6 月 12 日的銀價信息:

> 赤金化寶銀四十二兩。公砝平足銀二千七百一十化寶銀二千五
> 百八十文,合帖九七六錢。一千八百八銀元換錢一千七百文,合帖
> 九七六。一千八百八十洋合銀七錢一分三釐。〔註50〕

通常,《北洋官報》刊載的銀價信息都是報紙刊發前一天的,這在當時報界,
已是迅速而高效。官報還在《奏議錄要》、《本省公牘》中經常刊載政府對於
整頓天津市場舉措的公文。袁世凱多次上奏中央挽救天津市面,如《奏議錄
要》中報導:《直隸總督袁奏天津市面枯竭懇撥部款周轉折》〔註51〕、《北洋
大臣箚飭銀元局加工添造銅元發給商務公所購領公文》等。中央政府也意識

〔註48〕北洋官報,第 4 期,1903 年 1 月 2 日。
〔註49〕北洋官報,第 5 期,1903 年 1 月 4 日。
〔註50〕北洋官報,第 81 期,1903 年 6 月 13 日。
〔註51〕北洋官報,第 64 期,1903 年 5 月 10 日。

到天津市場的重要性，「天津市面敗壞牽動京城，亟宜設法維持挽回商局」。〔註52〕由於袁世凱整頓天津乃至直隸錢市，設北洋銀元局鑄幣見成效，全國各省紛紛學習直隸鑄幣，購買機器，自鑄銅元。對此，《北洋官報》都有持續關注。

通用銅元

杭垣尚未通用銅元。自三月初一日始，各市面公議均須通用銅元。錢儈知自此小錢可以不廢而自廢，故近日洋價甚漲，每英洋可兌錢一千一百餘文，以冀小錢藉此銷售，然各市面已公禁甚嚴。〔註53〕

蘇局鑄錢

蘇省銅元局前已擇地盤，門內梅家橋地方，箚委陸印根太守赴滬向瑞生洋行訂定機器。一俟到蘇，即擬開工鼓鑄。陸方伯擬名裕蘇官銀錢局，即委陸太守為總辦藍錦綵大令為駐局坐辦。〔註54〕

偽銀貽害

近日小銀元行駛日多，真偽難出。廣東福建等省，偽者尚易辨識，惟近有一種奸徒私鑄江南省偽小銀元，有辛丑二字用白銅鑄成，外用銀皮銀水一分四釐包鍍平色。一律字畫光色竟能亂真。用藥水久浸，銀皮全褪，餘銅底一錢三分，本色現出，聲音立辨，凡行用小銀元有辛丑二字者收兌宜慎之又慎也。〔註55〕

除了協助整頓錢市之外，官報還跟進報導袁世凱開辦銀行、進行幣制改革的理念和實踐。袁世凱是晚清較早接受現代銀行理念的代表人物，他認為：「國之本計，財政為先，財之管樞，銀行為要。臣統觀東西洋各國，莫不設立國家銀行，有行鈔鑄幣之權，上則利益公家，下以扶植商業，內足運輸國計，外足馳逐諸邦，洵善制也。」〔註56〕他上奏中央政府請設中央銀行，管控全國金融；鼓勵建設地方銀行，提倡吸納外國資本開辦中外合資銀行。同時推行紙幣，有序開展幣制改革。對此，《北洋官報》都緊密配合督撫的工作，密切關注並及時報導。

第 46 期《北洋官報》以「專件」的形式節譯日本大阪《朝日新聞》的《論

〔註52〕北洋大臣覆陳天津市面情形酌擬辦法摺〔N〕，北洋官報，第 87 期，1903 年 6 月 25 日。

〔註53〕北洋官報，第 49 期，1903 年 4 月 10 日。

〔註54〕北洋官報，第 53 期，1903 年 4 月 18 日。

〔註55〕北洋官報，第 54 期，1903 年 4 月 20 日。

〔註56〕廖一中，羅真容，袁世凱奏議（中冊）〔Z〕，天津：天津估計出版社，1987：（679）。

挽回銀價降賤之法》。「專件」是《北洋官報》的一個欄目，發行前期刊載於《宮門抄》之後，發行後期刊載於所有新聞之後，廣告版之前，類似於我們現在的「特稿」、「專稿」。大多數時候刊載節錄於其他報紙的稿件。內容、體裁多種多樣，無固定模式，有論說，人物傳記，國家小傳，財政金融政策分析等等。甲午戰爭後，中國對日本既畏懼又崇拜，希望向日本學習強國之策，以期壯大本國。《北洋官報》用「專件」的形式刊載日本國貨幣政策，以「權威」先例解讀本國政策，爲直隸整頓錢市搖旗吶喊，廓清輿論。

3.3.3.2 以「興工振商」爲報導中心，記錄經濟體制改革進程

發展工商經濟是清政府面對斷壁殘垣挽救危局的重要途徑。洋務運動和維新變法時期，清政府做了發展現代工商經濟的有益嘗試。軍事工業、民用企業大量創辦；民族資本加快本國企業的創辦和發展步伐。實行新政以後，清政府並沒有放棄以往的「振興商務」這一政策，「興工振商」、「獎勵實業」是其經濟新政的核心。《北洋官報》緊緊圍繞這一報導中心，展開經濟新政的報導。

首先爲了配合政府挽回利權，引導愛國輿論，提高國民愛國意識，《北洋官報》大量報導各地「工業售品所」成立及業務開辦、商品博覽會召開及盛況的新聞。中國現代史上賠款數目最龐大、主權喪失最嚴重的《辛丑條約》簽訂後，清政府完全淪爲帝國主義列強掠奪中國財富和權利的工具。侵略者們在中國大規模投資建廠，開銀行，修鐵路，完全操控著中國的經濟命脈和交通要害。爲了挽回國破家亡的局面和渙散失望的人心，清政府提倡抵制洋貨，生產國貨，購用國貨。飭令各地建立工業售品所，勸業鐵工廠、實習工廠等。這些機構制定章程，開辦廠礦企業，明確規定，「惟不代售洋貨，致失勸業本旨」；「爲挽回利權而設」，「只招華股，不招洋股」〔註57〕等。從《北洋官報》的大量報導來看，各地紛紛成立商會等機構：《飭辦商業勸工會》（第1176期）、《奉天勘定商埠界址》（第1180期）、《湘省商會籌議改良》（第1180期）、《商會定期選舉總協理》（第1191期）等都是這類消息。

當時在各地方當局的支持和推動下，各商會、公司、工藝總局等部門、機構紛紛開設商品陳列館，舉辦博覽會，甚至官方和民間還不惜貼補鉅資支持工商界人士出洋參加國際博覽會或賽會。在國內設商品陳列館也好，開博

〔註57〕工藝總局勸辦織染縫紉公司請派員督理詳文並批，北洋公牘類纂（卷十八）工藝三，〔Z〕，天津：天津古籍出版社，2013：〔17〕。

覽會也好，舉辦方赴全省甚至全國各地徵集各種各類工業製品。五光十色的商品吸引大量工商界人士積極參觀學習，同時也吸引大量民眾前來參觀。絕大部分商品陳列館和博覽會、展覽會都是各地運來的「土貨」，即中國人自行製造的物品。「陳列貨品並非誇奇鬥博，不過爲振興本國工藝，故外國貨物暫不列入其中。國貨物不拘何省何縣，均可販運入場，以便互相考較。」〔註58〕

　　參展的土貨包括各種布匹、綢緞、木器、瓷器、文化用品等種類繁多。雖然大部分爲手工製品、還有少部分輕工業產品，從一個側面反映出中國工商企業的不發達，但卻能起到啓發和激勵民眾的作用。展會向民眾展示了中國人的商品生產能力與生產工藝，不乏精湛的技藝和精美的產品，大大增強了中國人的民族自信心和民族感情。

　　其次，《北洋官報》大量報導輕工業發展狀態，從一個側面反映出清末工業發展的不平衡，重工業缺乏的現實。

　　《北洋官報》曾在《時論採新》中節錄《商務官報》的論說《論中國宜求爲工業國》。文中講到中國自古以來是一個重農主義的國家。昔日中國處於閉關自守時代，「所患者飢饉耳，內亂耳，苟求民食不缺，內亂不興，則上下已相與安之，而可目爲太平之世」。但現在今非昔比，舉國上下實行新政，舉辦各種新的事業，於是出現了很多尷尬之事，「練兵則槍炮等物購諸他國矣；以言造路則鐵軌等件又須購諸他國矣；以言興教育則學校內必用之標本品；又有人儲之以待吾用矣。甚而至於日用必需之物、陳列好玩之類亦一一惟洋貨之是求」。作者擔心長此以往，「隱憂之所伏實有萬倍於飢饉與內亂者」，因此一定要早做計議。文章接著分析了西洋國家尤其提到美國由農業大國崛起，自近年來不斷發展其工業，在二十世紀將由農業時代前進爲工業時代。相比之下，我國重視農業無可厚非，但將來必定要成爲工業國才可以像美國一樣富強。文章認爲中國有成爲工業國的資格，首先，「蓋工業所需者原料，中國則地大物博，物產豐富；西北羊毛不減於澳洲；江浙之生斯綾駕乎法意」，如果我們掌握了製作工藝，就可避免讓洋貨充斥中國市場。其次，工業需要的勞動力，中國人口日增，用工價格低廉，且中國人具有吃苦耐勞的品質，是世界各國公認的；第三，工業所需動力「中國則東南水利環球稱之，全國礦屬甲於五洲」；第四，工業所需的能工巧匠，以中國人之聰明材力，一旦專利發明等條例頒佈，則「新出之器必有足與歐美人鬥奇競巧」。面對今日夕陽

───────────────

〔註58〕勸工展覽會章程〔N〕，北洋官報，第1182期，1906年11月6日。

各國在工業方面各有所長，「我若不急起直追，與之角逐，其將何所待也」〔註59〕！不過，作者舉例說明中國工業之所長的時候，也僅僅舉出絲織業、製瓷業等等，作者也認為中國格致之學差一些，因此，導致中國電器工業、化學工業、機械工業皆不能興。

上述文章有一定道理，《北洋官報》上關於工業的報導也多見於輕工業的開辦與發展，如《嘉應籌辦織造公司》（第1181期）、《農工商部批示：江蘇候補道朱錕擬辦北京及其麵粉公司請准立案由》（第1186期）、《創辦織造實業公司》（第1197期）、《順豐磚茶廠之發達》（第1200期）等等，除了礦山開採之外，幾乎都是有關滿足日常生活消費的輕工業發展的內容，如紡織業、麵粉業、製瓷業、火柴業、油料加工業等。

第三，關注鐵路勘察與修築進展，記錄中國鐵路發展的歷史。

甲午海戰之後，清政府就意識到鐵路對於國防的重要性，一改過去的迂腐之見，變「拆鐵路反列強」為「建鐵路圖自強」，開始多方籌資自辦鐵路。清政府實行新政以後，高度重視修築鐵路，將其作為振興商務的重要舉措。統治階級認識到鐵路的經濟帶動功能非常巨大。

《北洋官報》曾刊登一篇新聞《商務與鐵路之關係》，用數據證明了鐵路對對外貿易的促進作用。

「商務與鐵路之關係

奉天新民屯自鐵路開通以來，新民府市日益繁盛，現核計該屯戶數八千，人口約有二萬餘。村落日廣，街衢漸大，蓋該處為奉新鐵路與關外鐵路之接續處，且為蒙古貨物之集散場，故近來該處輸運各地貨物日益加多，查奉新鐵路未通以前，每日馬車運貨計有二千八百餘輛，其價值約計三百七十三萬零八百餘元。既開以後未及一月即增至五百九十萬餘元，十月又增八百一萬餘元。其商務之發達於此可見一斑云。」〔註60〕

鐵路沿線礦產資源也得以開發利用，促進了地方經濟的發展。《北洋官報》有報導《川路附設煤礦公司》：

川路附設煤礦公司

川省與鄂省合辦川漢鐵路，現因鐵路附近地方必有煤礦以濟之方能推行盡利。前已諮明商部擬在鐵路路線附近數里中開辦煤礦。

〔註59〕北洋官報，第1235期，1906年12月30日。
〔註60〕北洋官報，第1210期，1906年12月5日。

　　　　聞已由部核准立案。現川省已先在夔州設立民益，設立煤礦公司矣。
鐵路對內拉動經濟的效益也明顯，《北洋官報》的報導《籌議開闢商埠工程》
就有提到：「湖北漢口自鐵道開通後商貨輻輳日形繁盛，土地之價二十倍於
前。」

　　　　1903 年商部成立以後，在清政府鐵路政策的鼓勵和支持下，各省鐵路公
司如雨後春筍般湧現出來，鐵路如火如荼地開辦起來。《北洋官報》對各地開
辦鐵路的報導非常多，《浙江鐵路續勘路線》、《廣廈鐵路派員測繪》等。僅 1906
年 11 月至 12 月兩月間，《北洋官報》上就有 37 條關於鐵路的新聞。在諸多關
於鐵路建設的新聞中，政府多方籌款辦鐵路的新聞較多。甲午海戰之後，清
廷國庫緊張，而一般紳商並沒有認識到修建鐵路帶來的政治與經濟利益不願
捐資集股，清政府不得不向資本主義列強借款官辦鐵路。然而資本主義列強
借機訛詐，與清政府簽訂苛刻的借款築路合同，借合同從中國攫取巨額經濟
利潤，並積極搶佔中國築路權，以鐵路為中心形成各自的勢力範圍，嚴重侵
害了中國主權。直至庚子之變後，清政府痛定思痛，民間反侵略呼聲高漲，
清政府實行「幹路國有，支線商辦」的政策，鼓勵民間籌資入股組建鐵路公
司承辦鐵路。《川漢鐵路籌款情形》（第 1197 期）、《廣浦鐵路招股辦法》（第
1209 期）、《再紀蕪廣鐵路近事》（第 1216 期）、《湘省紳商會議路事》（第 1218
期）都是報導籌資修建鐵路的新聞。

　　　　清政府一方面向民間集股籌資，一方面也加大各種稅收力度，不斷增加
的稅負讓人民苦不堪言，加上修建鐵路必定要向人民徵地拆遷，令苦難中的
中國人民流離失所，陷入更深的困境當中。因此，鐵路沿線人民被逼無奈多
有抗議，毀鐵路，偷工料等。為了安撫人民，政府也想了一些辦法應對。廣
東粵漢鐵路公司照會鐵路沿線各縣，希望各縣遍發張貼告示，曉諭民眾，「嗣
後公司應用地畝凡係民間產業即飭業戶檢齊契據呈送公司，用官弓丈量按照
時價分別上中下三等酌中平購。其有墳塋、房屋、果木、池塘等項應由周坐
辦會商。貴縣酌給遷費、植費仍請遵照。現奉督憲告示不准民間抬價居奇，
嚴謹棍徒阻撓滋擾以維公益」〔註61〕。《北洋官報》還曾報導，山東、河南、
安徽、江蘇四省饑民齊湧向江北清江一代，為數甚多，當地官紳「擬籌築江
北鐵路冀寓以工代賑之意」〔註62〕。

〔註61〕照請各州縣保護路事〔N〕，北洋官報，第1196期，1906年11月21日。
〔註62〕籌築鐵路以工代賑〔N〕，北洋官報，第1233期，1906年12月28日。

第四，報導各社團開會演說，號召企業自強，同外洋展開商戰。

現代以降，尤其是 1842 年《南京條約》的簽訂，五口通商，中國被迫實施「自由貿易」，淪落爲西方列強的商品傾銷地。外國商品洶湧而來，中國本土商品無力與國外先進商品相抗衡，致使中國在國際貿易中的地位被迫由出超變爲入超。劇烈的變化，巨大的衝擊給中國的有識之士帶來了前所未有的危機感，激發了中國人急切地抵制意識。民族危機導致利權外溢，利權外溢又牽涉到清末新政的諸多層面。從中央到地方，從官員到社會精英，商人、知識分子、報人都倍感憂慮，呼喚國人振興中國產業，維護民族利益。

對於利權外溢的危機，《北洋官報》密切關注。其中，報導各類商業團體成立、定期開會的新聞時，甚至全文發表與會官員或嘉賓的演說，借其富有感染力的演說辭號召企業自強，舉國振商，與外洋開展商戰。例如，1909 年 12 月 16 日，發表《直隸出品協贊會總協理演說》，演說辭中提到：

> 今日之世界，農工商交戰之世界也，一或失敗，立足無地。我國物產富饒，而民智彙篝不讓歐美。乃借矛攻盾倚困待盡不其殆哉！……天下萬事不進則退，不行則止，無中立者，愈比較愈競爭，愈競爭愈進步。〔註63〕

演說辭分析世界商戰大勢，鼓舞協贊會積極參與世界商品競爭。

《北洋官報》連續刊載了護督憲、提學使兼總協理的演說辭。1909 年 12 月 18 日，《北洋官報》繼續刊載直隸出品協贊會開辦展覽會的新聞，其中，刊載《展覽會演說補紀》一文，報導展覽會開幕當天商務總會三位議員的演說，都提到了「今時代爲商務競爭之時代也，優勝劣敗」的世界大勢，危機意識濃重，「世界進化進於實業」，正因爲此，官方鼓勵和支持南洋、北洋各省各開出品協會，並鼓勵各省之間開展商品競爭。直隸省出品協贊會舉辦的展覽會以「人人競爭，物物比賽，優勝劣敗」爲方針，一直「爲二十餘省之冠，豈可任他人再著先鞭」。直隸省出品協贊會都樹立了競爭意識，「日益進步則前歲劣者今歲憂矣，前歲敗者今茲勝矣」，在商界形成「兢兢業業」的氛圍，「惟願以此再加進步，密亦增密，精益求精」，日後「更加精進，從此振起精神，全占優勝」〔註64〕。

演說辭積極向上，鼓舞人心，讀來讓人倍感振奮，拼勁十足。

〔註63〕直隸出品協贊會總協理演說〔N〕，北洋官報，第 2285 期，1909 年 12 月 16 日。
〔註64〕展覽會演說補記〔N〕，北洋官報，第 2287 期，1909 年 12 月 18 日。

3.3.3.3　引導社會「重商主義」思潮，改變「重農抑商」的傳統思想觀念

晚清時期，當閉關自守惰性十足還在傳統農業社會中沉浸的中國與充滿活力野心勃勃的資本主義國家激烈碰撞之後，「重商」思想終於逐漸引入中國社會。最初是那些洞察時世、思想敏銳的知識精英面對苦難和危機深刻反思中國固有的生產方式和經濟模式，再後來這些思想被清政府高層慢慢接受，促進了制度的艱難轉型和蛻變。然而從傳統的「重農抑商」向「興工振商」思想轉變，觀念的改變，制度的建設，社會的變遷是需要一個艱難的過程的。

爲了引導社會認識到「商」的發展同國家命運密切相連，促進新政中「興工振商」政策的順利推進，《北洋官報》曾發表論說「吾今敢告天下曰：從純正經濟學上言之，農工商三者。可以譬之於鼎鼎必有三足而鼎始平；國亦必有農工商三者而國始富。」（《論中國宜求爲工業國》，《北洋官報》，第 1235 期）

在另一篇評論《論投機商業》中，作者對「投機」這個含有貶義的詞匯做了新解，「投機云者，辭意甚晦。且因所用之時地而義以互殊，故以廣義釋之：凡一切有希望之事業皆可稱爲投機。小則工商業，大則政治、教育、武備，莫不包容與此範圍之中。以狹義釋之，凡買賣取引不以直接之消費或使用爲目的，亦不以直接利益爲目的而其意在於投將來之機會博意外之大利者謂之投機，以最狹義而言，凡藉取引所爲商業機關而取引乎是者謂之投機。」接下來作者從商業的緣起講到「投機」的由來，再講到商人「投機」的精神，表明自己的觀點：「由是以觀，投機商業爲經濟發達所必致之結果。殆成於天然而非人力所能抵制。今人目睹其弊輒思所以殄滅之者愚也，背乎商業發展之大勢者也。」〔註 65〕就此呼籲社會摒除商業投機的弊端，大力發展商業，學習日本、英國等國的商業經驗，以聯通世界大勢。

《北洋官報》大量的關於商業發展的報導，對社會起到了示範引導的作用。如《籌議論開闢商埠工程》中報導湖北漢口鐵路沿線商業日益繁盛，但鎮中因道路交通不靈捷，除租界外，街巷極其污穢狹隘，商業不發達。於是鄂督張宮保「更擬自龍王廟起，開馬路一條，直達租界，又自沉家磯起，開河一條，直包漢口全鎮以達漢水（俗稱襄河）。兩旁均建市房，其河以能行輪船爲度」〔註66〕，修路開河以促進鎮中商業發展。「浙江寧波府紳士擬將買就

〔註 65〕北洋官報，第 1228 期，1906 年 12 月 23 日。
〔註 66〕北洋官報，第 1205 期，1906 年 11 月 30 日。

試院基地，改造街道名曰鼎新街，藉以振興商務，近奉寧府諭著，趕速雇工繪圖，即日動工云。」〔註67〕《北洋官報》還經常報導，政府派員赴國外考察商務，如《派員調查澳洲商務》中報導，政府接澳洲華商請設領事電，囑粵督岑宮保先派人前往調查商務然後再議設立領事，粵督派湖北候補同知先往澳洲查看情形。各省還相互派員調查學習舉辦商務經驗。如，「粵督周玉帥以廣東商務素稱繁盛，現當商界競爭之際，亟應力圖進步，上海為華洋商賈薈聚之處，因特派員駐滬悉心調查隨時報告以資考證云。」〔註68〕

3.3.3.4 報導形式豐富，突破官報新聞樣式

《北洋官報》的經濟報導以事件性短新聞為主，兼有一事一議的述評式新聞、連續性報導等，突破官報新聞樣式；還有言論表達官報立場。

與報導學務新政不同的是，《北洋官報》在報導商業新聞時，多種新聞樣式兼用。最常見的還是事件性短新聞。通常五十到一百字不等，簡潔明瞭。

「嘉應籌辦織造公司

粵東嘉應商會董事集股創辦織造公司，當經開具章程稟請商務局立案。奉批該商董等創辦織造公司，著集股份改良制機織布，果能辦有成效，洵足以興工藝而挽利權。察閱章程尚屬妥洽，所請撥借培風書院以為工場及專利年限應否照准，候箚飭嘉應州，分別查明妥議稟覆察奪章程繪圖存案。」〔註69〕

該條新聞缺乏發生時間，除此之外，地點、事件的發展過程都做了簡明報導。

「批准撥款興辦火柴

四川重慶擬設火柴公司一事已紀本報。茲聞省垣勸工總局督辦沈又嵐觀察，又具稟督轅請撥官款開設火柴廠。現奉錫清帥批示，云火柴一物以代取燧流用甚廣。重慶辦有成效，足以抵制外來之品。今擬於省城設廠，工作既眾，婦稚亦能為之，興藝拯貧，洵為要舉，現在興辦習藝所，撥交成都府之款內撥銀一萬兩，火柴廠成本獲有餘利，仍充習藝經費，其餘應由何處籌撥即由該局酌量辦理。開縣鄭令係重慶火柴廠創辦之員，茲願赴廠自盡義務。得此熟手，開辦更為周妥。仰即飭委速行建廠購料，並擬定章程詳後核奪。」〔註70〕

這條新聞依舊沒有交代時間，但新聞第一句類似現代新聞的導語，事件

〔註67〕北洋官報，第 1203 期，1906 年 11 月 28 日。
〔註68〕北洋官報，第 1215 期，1906 年 12 月 10 日。
〔註69〕北洋官報，第 1181 期，1906 年 11 月 6 日。
〔註70〕北洋官報，第 1187 期，1906 年 11 月 12 日。

發生地點，主要內容，幾個字高度概括出來。接下來圍繞火柴廠的創建，前因後果，撥款籌款、審批、人員、利潤等都有說明，報導很全面、很清晰。

也有一事一議的述評式新聞。《北洋官報》上的述評式新聞，一般是在新聞結尾做一兩句話點睛評論，或對新情況、新問題、新經驗進行點評，表達官報立場和主張，發揮引導輿論的作用；或指明經濟發展趨勢，引起民眾注意，幫助民眾提高認識等。

「閩磁改良

廈門道延觀察向重商務。昨見外江磁茶運往外洋賽會，因思德化亦出磁器，只以商人不知改良致難行遠獲利，特派員往磁窯查探情形。意欲立一公司，大加整頓，惟查成案德化所造之磁不能用金邊施五彩，只准作白色緣。江西磁窯曾與德化與訟江西磁器進貢，謂之官窯。閩磁未能進貢，不能稱官窯，加金邊繪五彩。戶部定案，永以為例。觀察以現在中外互市，為環球大開商戰之日，中國各貨亟須改良，以求抵制，何能更循舊例✕擬俟查明後妥立章程，詳請閩督出奏，將部定舊例注銷。俾閩磁諸式得以改良，亦用金邊繪五彩，並仿造外洋各式，務便西人之用以冀挽回利源。」〔註71〕

這篇報導，在敘述事實之中，以廈門道延觀察的話作為議論：「觀察以現在中外互市，為環球大開商戰之日，中國各貨亟須改良，以求抵制，何能更循舊例？」評價閩磁應該適應國際商戰大趨勢，努力改進。最後表明觀點：「俾閩磁諸式得以改良，亦用金邊繪五彩，並仿造外洋各式，務便西人之用以冀挽回利源。」改進閩磁，參與國際商戰，挽回利源。

「京師陳列所開辦紀盛

農工商部奏辦之勸工陳列所已於萬壽日開辦。是日農工商部各堂憲預備請各部院人員於未刻到所觀覽，贈以優待入場券，特派本部司員接待所中，陳列各品列類分門，無美不備，入其中者真有目不暇之勢云。」〔註72〕

從新聞內容來看，這條新聞是《北洋官報》派員親赴新聞現場採寫的新聞。最後一句「入其中者真有目不暇之勢云」，是作者所發感慨和主觀評價，表達對陳列所陳列的商品的讚美之情。

《北洋官報》發行十年間，總體上相對所發新聞來說，所刊載的評論比

〔註71〕北洋官報，第 92 冊，1903 年 7 月 5 日，筆者注：文中✕號代表影印版無法識別的字。
〔註72〕北洋官報，第 1206 冊，1906 年 12 月 1 日。

較少。但是特定時期，針對特定問題，《北洋官報》也用評論來表達立場和觀點。關於經濟問題，《北洋官報》的評論有多種形式，第一種是以「專件」的形式，專門刊登評論，或者開設時政專欄專載評論。比如第 1203 期，在《宮門抄》、《奏議錄要》、《文牘錄要》之後，設立《時論採新》欄目，刊載節錄於《商務官報》汪有齡的評論《中國宜爲內國博覽會準備議》，一期沒有刊載完，以後還連載，對開博覽會的意義、國外博覽會對經濟的促進作用、博覽會的組織形式等展開論述。

以「專件」的形式刊登的論說，比如《通商時代之新語》（節錄《萬國公報》）等。

第二種是以節錄報導各種演說的形式，對某類問題進行評論。新政中，爲了建設興工振商的格局，營造重視商業、獎勵實業的輿論氛圍，政府、商會、學校等機構經常定期舉辦演說，人人可隨便進入聽講，《北洋官報》還有當時的天津商務總會開辦的《商務官報》等，各機構報紙也都會刊載演說的廣告，廣而告之演說的時間、地點，吸引人們去聽。演說通常是在聽眾面前就某一問題或某一現象表達觀點闡明事理。演說稿本身就是一篇評論。《北洋官報》報導某團體舉辦演說時，會擇要節錄演說辭，以這樣的形式來表達對於興工振商的支持立場和態度。

「崇實商學開紀念會

上海崇實商學會於本月初五日舉行設立週年紀念會。來賓二百於人，首唱歌，次而告，次演說，頗極一時之盛。茲將呂鏡宇尙書頌詞錄下。……」〔註73〕

這條新聞中，尙書呂鏡宇出席商會週年紀念會，並發表頌詞，頌詞中除了表達對上海崇實商會週年的慶賀之意以外，還闡明了朝廷振興商業之心，支持商會工作之意，以及政府聯合商界振興大清經濟與外洋爭勝之志。

還有一種形式是以新聞的方式出現，實則爲評論的意圖。比如《商務與鐵路之關係》這篇新聞，從題目來看，就有評論的性質。正文中列舉大量數據，最後一句話「其商務之發達於此可見一斑云。」對主題進行評論。雖然簡單但是切題。整篇短文事實上用列數據的方法說明商務與鐵路的關係密切。

有的新聞就是夾敘夾議，比如《提議廣設商學會》，報導「京師農工商部會議各省設立商會」，一則百字短消息，最後一句「俾得日有進步實於商業大有裨益云」便是對新聞內容的議論。

〔註73〕北洋官報，第 1181 期，1906 年 11 月 6 日。

　　《北洋官報》還會用連續報導的形式報導經濟新聞，雖不常用，但用起來嫻熟而隆重。直隸出品協會為赴南洋勸業會在天津河北公園舉辦展覽會，《北洋官報》就對此事做了連續報導，引人注目。展覽會原定於宣統元年十一月初一，即 1909 年 12 月 13 日開辦，後來「因學會處考職，抵制不能騰讓，當經議定展緩改於十一月初七日午刻十二鐘在河北公園勸工陳列所及學會處兩處開辦展覽進行會。嗣因學會處考職日期於本月二十七日即可考竣，因又改回於十一月初一日開辦」〔註74〕展覽會開辦之前，《北洋官報》就開始頻發廣告進行宣傳，之後，展覽會開幕及展覽盛況，官報每天做報導，連續關注。以下是對此次展覽會的廣告與各類報導做的一個統計。

表 3-4　《北洋官報》對直隸出品協會開辦展覽會的各類宣傳報導的統計

形式 期數	廣告	公牘與廣告	特別要件	新聞	總計
2263	0	0	0	1	1
2264	0	0	0	0	0
2265	0	0	0	0	0
2266	0	0	0	0	0
2267	1	0	0	0	1
2268	1	0	0	0	1
2269	1	0	0	0	1
2270	1	0	0	0	1
2271	1	0	0	0	1
2272	1	0	0	0	1
2273	0	0	0	0	0
2274	1	0	0	0	1
2275	0	2	0	0	2
2276	0	0	0	0	0
2277	1	0	0	0	1
2278	1	0	0	0	1
2279	1	0	0	0	1

〔註74〕南洋勸業直隸出品展覽進行會開幕廣告〔N〕，北洋官報，第 2274 期，1909 年 11 月 5 日。

2280	1	0	0	0	1
2281	1	0	0	0	1
2282	1	1	0	0	2
2283	1	0	0	0	1
2284	1	0	1	1	3
2285	0	0	1	0	1
2286	0	1	0	2	3
2287	0	0	0	2	2
2288	0	0	0	1	1
2289	0	0	0	2	2
2290	0	1	0	4	5
2291	0	1	0	1	2
2292	0	0	0	4	4
2293	0	0	0	3	3
2294	0	1	0	0	1
2295	0	1	0	4	5
2296	0	1	0	2	3
2297	0	3	0	0	3
2298	0	2	0	1	3
2299	0	0	0	3	3
2300	0	1	0	0	1
2301	0	0	0	0	0
2302	0	0	0	1	1
2303	0	0	0	1	1
2304	0	0	0	1	1
2305	0	0	0	0	0
2306	0	0	0	1	1
2307	0	0	0	1	1
2308	0	0	0	0	0
2309	0	0	0	1	1
2310	0	0	0	1	1
2311	0	0	0	0	0
2312	0	0	0	2	2
總計（條）	15	16	2	40	73

　　展覽會於 1909 年 12 月 13 日開幕，那一天，《北洋官報》出至第 2282 期。報紙於展覽會開辦前 16 天，即第 2267 期開始刊載廣告，展覽會開辦前 6 天開始連續不間斷地密集刊載廣告，一直持續刊載至展覽會開辦三天後才停止廣而告之。這時候，新聞報導繼而跟上，每天在《新政紀聞》或者《京畿近事》中展開報導。事實上，在展覽會正式開辦前 20 天，即第 2263 期《北洋官報》上就刊載了第一條關於直隸出品協會籌辦展覽會的新聞。展覽會開幕以後，《北洋官報》給予高度關注，每天《新政紀聞》專欄中「實業」分類下，幾乎全部是關於展覽會的新聞，1 條到 4 條不等。報紙欄目調整後，設立《京畿近事》，該欄目中也是幾乎每天都有展覽會的新聞。一直持續到 2312 期，刊登了展覽會即將閉幕的新聞，關於此次展覽會的連續報導才截止。

　　分析此次連續報導的內容，從嘉賓開幕致辭到閉幕現場頒獎，從入場觀覽人數的統計到現場展品的盛況，從展覽會出現的問題到官方的主動應對，甚至還有遊人的觀後感，《北洋官報》給予了全方面報導。第 2312 期官報上刊載了兩條相關新聞，一條新聞對展覽會的門票數做了一個階段總結；另一條新聞對為期一個月的展覽會閉幕情況做了報導，並對展覽會取得的成績和效果，展覽會的意義和價值做了點評。大規模連續報導既助力展覽會順利開辦，又廣泛宣傳了重視商業發展經濟的新政。

　　總之，《北洋官報》對經濟新政的宣傳和報導，發揮了媒介的「吹鼓手」作用，引導社會重商主義思潮，對民眾進行興工振商的政策教育。隨著西方列強資本主義侵略的變本加厲，中國的有識之士逐漸認識到發展現代工商經濟是救國救民的方策。從早期的啟蒙思想家鄭觀應、王韜等人，到維新運動中的代表人物梁啟超等人，都提出在不忽略以農為本的前提下，發展實業，發展現代機器工業，提高商業競爭力，以促進國家經濟的發展和提升的思想。重農亦重工的思潮逐漸在晚清興起，並愈發走向成熟，獲得社會的認可。對清政府經濟改革產生重要影響。《北洋官報》的經濟報導在報導思想、報導總量、和報導形式上都體現了對清政府興工重商的改革措施的高度重視和大力助推。官報的報導記錄了直隸省乃至全國經濟改革的進程。

3.3.4　對「警務新政」的報導協助直隸警政的建設

　　警政改革是清末新政中的重要部分。「辦理新政，莫要於巡警一事；巡警

設，則不特保安之效可彰，亦於自治之基已立」〔註75〕。警察作為現代國家機器的一部分，承擔著維持社會秩序，維護社會安全，革除地方積弊的職能。庚子之役導致京師的治安極度混亂，匪徒猖獗，原有的治安機構幾近癱瘓，形同虛設。加之，為逃避戰亂，民眾大量遷徙，輾轉各地謀生，致使中國歷代王朝維持社會治安秩序的統治手段保甲制度日趨廢弛。面對動盪不安，危機四伏的現實，清廷統治者終於將警政建設納入新政改革之中。

1901 年 6 月，八國聯軍將依照合約撤離京城，為收回警權，裁撤公所，整頓社會秩序，清政府開始籌劃和醞釀舉辦警政，7 月，設立了京師善後協巡總局。然而由於協巡總局所轄事務龐雜，巡緝不力，短時間內沒能改變京城地區糟糕的治安狀況，8 月，清政府設立北京警務學堂，聘日本人為監督，希冀快速培訓警務人員。9 月，清廷諭令各省將軍督撫，將原有綠營精選若干營，編為常備、續備、巡警等軍士。清末辦警序幕就此拉開。1902 年 5 月，京師工巡局創設，標誌著清政府正式舉辦警政。

直隸省創設巡警的直接原因是從八國聯軍手中接收天津。1902 年，袁世凱到天津任直隸總督。根據合約所訂，八國聯軍即將撤離，袁世凱考慮到「匪徒乘間思逞，情形較內地尤為緊要」〔註76〕，於是奏請舉辦巡警。依照《辛丑條約》規定，八國聯軍交還天津以後，中國政府不得在距離天津租界 20 公里範圍以內駐紮軍隊。袁世凱在奏陳中提出，仿照西方各國設立現代意義上的警察，職能與軍隊分開，既避免違約，又解決現實問題。「練兵所以防外，巡警所以治內。跡似相近，功用迥殊。故巡警之設。不曰營而曰局也。」〔註77〕光緒二十八年九月十六日清廷發布上諭，贊許袁世凱辦理警政奏摺，並諭令各省督撫學習直隸省的辦法，盡快舉辦。自此，袁世凱開始在直隸省大張旗鼓辦理警政。

對於直隸省乃至全國的警政建設，《北洋官報》多有關注，並表現出以下特點：

3.3.4.1 報導充分反映出袁世凱的警政思想

學人劉錦濤把袁世凱的警政思想概括為「政治重警、法制建警、基層設警、

〔註75〕 曾榮汾，中國近代警察史料初編〔M〕，臺北：中央警官學校印行，1989；轉引自：
　　　　王香蓮，論清末警政建設的進程與政治改革〔J〕，蘭臺世界，2012（12）下旬。
〔註76〕 天津圖書館，天津社會科學院，袁世凱奏議（下冊）〔Z〕，天津：天津古籍出
　　　　版社，1987：（1055）。
〔註77〕 天津圖書館，天津社會科學院，袁世凱奏議（中冊）〔Z〕，天津：天津古籍出
　　　　版社，1987：（605）。

教育興警」，認為其「適時而務實，傚仿西方，首開中國地方創建警政之先河」，「促進了中國警政近代化的進程，對當代警政建設仍有借鑒意義」〔註78〕。「政治重警、法制建警、基層設警、教育興警」概括得是很準確的。

　　「政治重警」是指袁世凱認識到，警察是國家政治權力不可或缺的組成部分，是維護國內穩定的公共秩序，推進變法圖強，實施階級專政的強制性力量。《北洋官報》曾經以「專件」的形式連載節錄於《政法學報》的《警察精義》長文。文章開篇即論述「警察」於國家的重要性。「內務行政……由其行事觀之，不外四端，曰警察曰權利生滅之關行政行為者，曰行政行為之須公認證明者，曰精進改善之事。四者之中，警察為要。國之於行政，多由警察而進於法制。……國家與外交內政並重不悖。警察乃得獨立分科成國家事業之一部，為行政權之基礎。於是行政之地位以定。……國之安危者實惟警察居內政一大部分主旨以維持治安，手段以防止危害形式，以限制自由實質，以增進國運事業，雖多而條理畢備。」〔註79〕之後，《警察精義》文章中，對比東西各國互古以來治國方策，追溯各國警察制度的淵源，尤其詳細闡明日本明治維新以後傚仿西制頒行行政警察制度的過程與成效。在回顧中國自古以來保甲制度與警察舊制的行之有效的歷史之後，擺出現實問題：「二年來，游民日多，盜賊加增，匪會不解，災病常見者何也。法久弊生，不知因時制宜，吏治不清又乏警務人才，上下相朦，敷衍廢事，故也可勝惜哉。夫治法與之人不可偏廢，宜不可偏重。有治法無治人，雖聖人之法不見效；有治人無治法，雖聖人出不為功。（中國有治人無治法一語即是此意，而讀者往往誤會之殊不可解。）以不治之人而行不治之法，國未有能治者也。孟子曰：賊民興，喪無日，此治天下者之憂也。」〔註80〕由此論述，創設警政具有極大的必要性。

　　《北洋官報》時有刊載社會治安狀況的新聞，如第 138 期《文牘錄要》中載《深州黃直牧本慶武強江令宗瀚曾稟武邑縣趙橋一帶土匪盤踞緝獲訊供情形由奉》，報導「武邑縣匪徒距擾已非一日」。第 140 期《各省新聞》載《招撫西匪述聞》，報導中提到粵西匪徒被大量招撫。第 141 期《文牘錄要》載《張鎮稟獲匪王富材等訊供請示由奉》，報導張家口赤城縣、宣化鎮等一帶匪徒強搶姦淫作惡多端被抓獲。從這些報導可窺視晚清社會治安實在令人堪憂。第

〔註78〕劉錦濤，袁世凱警政思想初探〔J〕，歷史檔案，2008（11）。
〔註79〕警察精義〔N〕，北洋官報，第 166 期，1903 年 11 月 30 日。
〔註80〕警察精義〔N〕，北洋官報，第 167 期，1903 年 12 月 1 日。

144 期載《委辦清鄉》，報導中提到「惠州土匪猖獗」。除了匪徒滋擾，因爲民不聊生，苛捐雜稅多如牛毛，官逼民反，各地大小起義或抗議活動頻繁，《北洋官報》也有報導，如第 138 期《各省新聞》中有一條《抗捐斥革》報導，廣東省江甘兩縣綢緞、繡貨、油坊、藥材四業抗捐，已被嚴懲。這些新聞報導客觀上爲警政建設做了注腳，說明實施警政建設的必要性。

《北洋官報》的新政報導中關於警政的報導所佔比例較高。其中，早期報導中各地興辦警察的報導經常出現，鎮江擬改造南洋轉運軍械局，裁撤保甲總局，籌備警察局（《籌辦警察》，第 143 期）、兩淮運使擬裁撤保甲創辦巡警（《創辦巡警》，第 144 期）、皖省擬辦警察，計劃江定安營勇三百名，保甲局勇三百名統編爲警察（《警察開辦》，第 159 期）、豫省諭令將安定營勇、保甲總局一律改爲警察（《改設警察》，第 175 期）等。

警察興辦起來後，還需要法律來規範化、制度化，方能保障警察機關和警務人員的活動在法律規定的範圍內盡職盡責，利國利民。袁世凱對警察立法極爲看重，這便是他的「法制建警」思想。《北洋官報》連載長文《警察精義》中也有關於法制建警的論述。文中說「中國沿用舊制，法成於數百年前，事增於數百年後。……周官僅具法之大綱至細目缺而無存。歷代亦無相傳之法。幸而泰東西各國規制完備。數典忘祖，禮失求野，取彼之長，補我之短，事半功倍，何恥之有。……不妨按吾國風尚所宜，廣布律令，嚴繩婉導，俾有遵循，庶可以救世道定治安增文化，實爲今日立法行政統治之第一要圖也。欲求警察當先定法令。」對於警察法應如何制定，《警察精義》中提出建議：「夫法令廣義也，事有關乎一國者，政府定之關乎一地方者。地方定之，警察之事，如前所述，區域分國家與地方事業，分保安司法行政。中國辦警察當因其事業，由政府先定警察法令作爲通則頒行全國以固統治之基。然後各省按其地方情形再定分則。總期各省一律可以微調，通用不宜太有參差，復導今轍。」對各門各類警察法的具體制定注意事項，文章也提出了建議，並在文末表達對舉辦警政的美好願望：「治理五年之內，地方不靜，民度不高，我不信也。願當局者勿其忽之。」〔註81〕

袁世凱在直隸舉辦警政，主張仿傚各國法律規章，並刊載於《北洋官報》上。如《北洋官報》的《文牘錄要》就曾連載《直督飭天津道會同巡警局議覆改良監獄事宜箚》，對監獄管理制度開展詳細論證。《北洋官報》還時常報導包括直隸省

〔註81〕警察精義〔N〕，北洋官報，第 168 期，1903 年 12 月 2 日。

在內的全國各地警察建規改制的新聞。如《江蘇蘇州府警察局重訂巡捕規則十六條》（第 137 期）；《警局新章》（第 171 期）報導南段巡警各局各隊操練日期的規定；《警察大綱》（第 191 期）報導鎮江議辦警察並訂立完備章程等。

「教育興警」是袁世凱在直隸舉辦警政時的重要貢獻之一。中國傳統社會有承擔警察功能的衙役、兵士和保甲長等，但卻沒有警察專業人才。所以，當現代警察制度建立起來之初，立馬出現警員工作沒有效率，素養低下，警學知識知之甚少，無法滿足現代警政的需求的瓶頸。基於現實的迫切需要，清政府在 1901 年 8 月 14 日，開辦我國第一所警察學校，京師警務學堂，聘請日本人川島浪味監督，訓練巡警，以備警察建制之用。袁世凱深刻認識到「學堂實爲全省警務基礎」〔註82〕，上奏朝廷，請設警務學堂。得到皇帝首肯後，袁世凱先後在直隸創辦了保定警務學堂、天津警務學堂、北洋巡警學堂和通省巡警學堂，除此之外，還在各州縣舉辦巡警傳習所和各種形式的補習教育，彌補了正規學堂教育的不足。袁世凱還派遣大批官費和自費留學生出國學習警務，尤其派往日本留學的較多。同時，還派遣了一批官員到日本遊學，考察和學習警務。袁世凱在直隸大力舉辦並推廣現代意義的警察教育，開創了多種形式的警察教育之先河，培養了大批警政人才，取得了較爲矚目的成就，使直隸成爲新政時期全國警政的楷模。

對於直隸和全國警察教育的發展態勢，《北洋官報》都時刻關注。如，《北洋官報》第 136 期「時政匯紀」中「學務」分類下記載山西官員游歷日本期間，聘定日本警署署長等爲太原府警務學堂教習；第 146 期「各省新聞」中《紀警察學堂》報導鎮江創辦警察的同時擇地撥款創辦警察學堂；第 152 期「畿輔近事」中刊載了《警務試題》，詳細登出京師警務學堂當月高中初等學生各科考試的試題；第 186 期「畿輔近事」一條新聞「警學畢業」報導京師警務學堂高等科學生畢業發給執照並送至巡警局各部門充任職務。

3.3.4.2　刊發告示、傳單、示諭等，協助警政宣傳

《北洋官報》時常刊載警政部門發布的告示、傳單、示諭等，協助警政做好宣傳工作。這也充分體現了報紙作爲官方喉舌的角色。雖然《北洋官報》面向全國各地發行，但其宣傳影響範圍還是具有地域性的。所發告示、傳單等主要涉及保定、天津兩地。告示和示諭很相似，主要是各巡警機構針對當地民眾所發的通告。傳單，與現代意義上的傳單不同，它是上一級巡警機構對下一級巡警機構所

〔註82〕廖一中，羅眞容整理，袁世凱奏議（中冊）〔Z〕，天津：天津古籍出版社，
　　　　1987：（604）。

發的工作性通知。巡警機構的告示、示諭和傳單等經常刊載在《北洋官報》上。

以下摘錄一份保定工巡總局的白話告示。光緒二十八年四月，即1902年5月，袁世凱在直隸省城保定設立警務總局。不久以後，警務局與工程局合併，組成了保定工巡總局。工巡總局下轄民事三所、探訪局、工程局、警務分局。以下這段白話告示很有特色：

> 為明白曉諭事，照得經商事業，誰不是將本求利呢！斷沒有個賠著本兒賣的。要知你們商家為的事生利起見，那個用貨的人家難道說就不管好歹含混用去麼？就拿這個麵鋪說吧。現時白麵每斤賣至一百三十四文，價值也不算大咧。這個行情漲落在那用主固是爭論不起，不過你們也該講個實在斤兩，務要准稱貨物，更宜真摯，萬不可討便宜，用那摻和的手段才是呢！不料，近日有人從西山一帶運來一種石粉，色白光滑，皓似白麵一般。價值最小每斤不過六十文。那些賣白麵之家貪著便宜率多慣買石粉摻入白麵。仔細考驗有摻十分之一的，有摻十分之二三的，摻入最多的是那包子火燒等麵。怎麼說呢，這個麵內已經麵鋪把那石粉摻過一次咧，到了包子火燒鋪又要討個巧，能不又把石粉再摻點麼？像那醬園用的黑麵，小戶家吃的雜麵，可想沒有不摻和的，不過人不知覺。就是現在這種石粉，經局試驗，確係有那礦物性質。無論水煮不能黏糊，就是經火燒至一鐘時分，尚且不溶化不變色。人要吃的日久了不能消化，有個不生病的麼？本總局職司治安既經查驗明確，可是不能姑息呀！除明商務總會轉飭你們大家知道並傳諭各分局長警隨時訪察外，合行出示曉瑜為此示。仰城關糧店人等知悉。務要安分營業，勿將石粉摻入麵內有害衛生。如敢故違，要叫巡警查出或經人試驗告發定要拘送商會罰辦的決不寬饒。現經本總局用化學考求確有的據，並將試驗之法開列於後。你們大家如買麵食，亦不妨如法試驗辨個真假，豈不好麼？切切特示。

> 白面試驗法：先用涼水漂洗，去過浮上一層，次加溫水，次加滾水，約十鐘時把那黏糊的挑去，那不甚黏糊沉澱器底的便是石粉。

> 火燒試驗法：先把淨麵火燒一斤用火燒成麵，約重不過二錢，再拿那市上賣的火燒也用一斤燒成灰，如重二三兩或四五兩，這就是有那礦物的考證。包子試驗法同。〔註83〕

〔註83〕北洋官報，第2044期，1909年4月19日。

這段白話告示，語氣詞豐富，甚至還有保定當地方言，使得全文既富有警示意義，又充滿了人情味兒，百姓容易接受。

再來看一份天津巡警總局的傳單。袁世凱在保定設立巡警初見成效後，即以保定為基地為天津招募訓練巡警。光緒二十八年七月十二日，清政府收回天津後，袁世凱在天津設立南北段巡警總局。天津市治安工作由南段巡警總局負責，下設五個局，每個局劃分為四個區，機構健全，人數眾多。

「為通傳事茲擬章改做警官服章及整頓路燈各辦法通傳一體遵照：

各區隊所有新哈幾單軍衣軍帽及青布新軍衣並草帽均繳回總局。遵照奉章改做以期劃一而崇體制。

近查各局區除原有路燈參差不齊，若二局二區四局四區路燈雖不甚好，惟皆有木牌注得某局某區某胡同第幾號路燈字樣，令人一目了然。四局一區路燈雖謂潔淨，玻璃上有四局一區字樣遮掩燈光，似不如二局二區四局四區之書於號牌以上，於燈光毫無妨礙。而原有燈，僅以洋鐵四匡鑲用，玻璃上頂用洋鐵飾以藍油，如五局三區新發明之新式改良路燈，其頂蓋四面均用玻璃光線格外光亮，實為舊式路燈所不及。舍短取長，燈式以五局三區為法，號牌以二局二區四局四區為法，似宜略加變通。此項號牌用總局所存長圓形洋鐵號牌以白色油，局區寫紅字，燈寫黑字，橫釘，燈下一望而知。嗣後，各局區務須陸續改良以期整齊而壯觀瞻云。」〔註84〕

此傳單將工作內容敘述詳盡明確，使各局區接到指示後，工作有的放矢。

再摘錄一篇「示諭」，《警察局清查戶口》：

江蘇鎮江清查戶口一事於去年春間，經警察總局派員會同各區巡官認真調查戶口，年齡、事業詳細造冊，呈報在案。茲該局以人民或有遷徙婚嫁死亡等事，該戶均須到局報告以覈其實，恐未周知。

昨復出示曉喻矣。〔註85〕

這個傳單是江蘇鎮江的警察總局所發傳單，《北洋官報》既當作新聞報導，又將示諭廣而告之。當然，《北洋官報》上登載的最多的還是保定工巡總局、天津南段巡警總局、保定警務第二局、保定警務第五局、天津巡警總局等警政機構的告示、傳單和示諭。廣而告之的內容最多的是關於整頓社會治安方面的通告，如禁止在街道上嬉戲打鬧、踢球、賭錢等遊戲，妨礙人車行路，妨害人身安全；冬季

〔註84〕北洋官報，第 2043 期，1909 年 4 月 18 日。
〔註85〕北洋官報，第 2029 期，1909 年 4 月 4 日。

河面結冰，防範孩童踏冰玩耍發生危險；春節期間，禁止隨意燃放鞭炮等；其次還有關於移風易俗方面的告示，如禁止吸食、售賣土膏，禁止售賣煙泡、煙珠；禁止私設暗娼；禁止私售春宮圖，禁止演唱淫詞邪曲等；還有一些關於公共衛生方面的，如禁止髒水潑街，禁止往排泄雨水的溝渠裏傾倒髒水等。

3.3.4.3 不迴避警政建設中的問題，有針對性地進行報導

清末警察制度的建設分爲前後兩個階段，初步嘗試階段和普遍成熟時期。每一個階段的發展都有需要克服的困難，也不斷暴露出各種亟待改善的問題。對此，《北洋官報》始終保持密切關注，不迴避現實中警政建設出現的問題，而是給予如實反映和報導。在警政建設的初步嘗試階段，從《北洋官報》的報導來看，關於警政的報導主要集中在各地紛紛舉辦警察局以及興辦警察學堂等方面。中國現代警察興起後，出現的最大問題便是警察人才的嚴重匱乏和警員、警官素質低下。於是興辦警察學堂，培養專業警務人才便是當務之急。《北洋官報》上關於警政的報導可以看出，警察局和警察學堂在全國各地遍地開花。《浙江省警察近情》〔註86〕中寫道：「浙江省警察開辦以來，曾通飭各屬一律仿行。現均照辦，以防軍爲警兵。惟以經費難籌，且乏熟悉警務之人，恐仍難收實效。」報導了舉辦警政的難點所在。

清政府預備立憲期間，民政部的設立、權利文化和法制主義的勃興爲警政建設的進一步發展帶來積極的影響。警察制度進一步完善，警察機構、警察職權不斷擴展，警察學校、巡警教練所在全國各大城市普遍建立，蔚爲大觀。然而，在警政蓬勃發展之時，也有越來越多的警政問題逐漸顯露出來。從《北洋官報》上看，這一階段警政舉辦中出現的問題主要集中在：

警政建設經費匱乏導致警政機構搜刮百姓，加重百姓負擔。清政府舉辦警政之初採用袁世凱在直隸「就地抽捐」建警的辦法，「所需經費，以地方本有之青苗會（費），支更費及賽會演戲一切無益有餘之款，酌提沖用，月餉由村董定支給，官不經手。」〔註87〕然而不僅建警抽捐，各種新政舉措都需要經費支持，捉襟見肘的清政府財政哪來的錢，基本都是採用抽捐，致使加在百姓身上的捐稅多如牛毛，百姓不堪重負。甚至有些地方的巡警訓練所也「因經費無出，暫行停止」〔註88〕。爲籌備經費，警務員都要排除萬難，到民間積極收取。警務處還要獎勵

〔註86〕北洋官報，第 140 期，1903 年 10 月 9 日。

〔註87〕轉引自：梁翠，論清末政府的警政建設及其得失〔J〕，遼寧警專學報，2010（3）第 2 期。

〔註88〕懷來縣稟設立教練所日期並添設副教員呈請查核文並批〔N〕，北洋官報，第

出力籌備經費的稽查員。即使如此，經費困難一直困擾著晚清警政的發展。湖北省在光緒二十八年開辦警察，初創之時，各衙署捐款及原存保甲經費尚能勉強支撐，「繼由省城推及漢口，則就地籌款其多數皆捐自商民，嗣因推廣漢口警政並經畫租界附近官地商捐力有未逮，」致使「武漢警政逐漸擴充，武昌經費不敷甚巨」。湖廣總督張之洞多方籌措，然而「月支總數以捐撥之數相抵實在不敷過半。其不敷之款由管錢局暫時撥借或向商號息借。積累日重，籌還愈難。」〔註89〕經費不足還導致巡警道員缺乏。

　　另外，從《北洋官報》的報導來看，清末警察權力過於寬泛，警察權與軍權不分，導致軍警之間權責不明晰，產生矛盾；警察權與司法權不分，導致公民權利被侵害，警察權濫用，導致警察腐敗，卻無約束機制等。

　　這些問題各省都有存在，陸續展開整頓工作。安徽省「除將已有巡警實力整頓外，並於高等巡警學堂添辦紳班簡易科分校，招生三百人」，「省內現充差務人員另設補習科」，「又以警察行政尚屬幼稚，乃聯絡全省關於警務官紳並捐廉俸百金，創辦警察協會，研究警察上一切事宜，現已草定章程」。〔註90〕

　　「河南巡警道蔣觀察自蒞任以來，力加整頓，豫省巡警煥然改觀。前因各區副巡官教練員等員名為部章所無，均經裁改，又以巡官既經分等，應將巡長巡警一律分等，以資遞陞。」這是河南省在對巡警自身部章進行改革。

　　奉天民政司認為「全省吏治警務事務既繁責任尤重，對於省城係處於監督地位，不便再兼執行。凡所中一切用人行政理財均歸所長主持。其對於各衙署局所亦應用所長名義。」這是對警務公所的職權進行釐定，警政與民政各有所重，對各自權責明確劃分。

　　江北則在劃清陸軍警察權限，「江北陸軍警察隊自開辦以來分駐西×，兼管地方巡警事務，現清河縣章令心培，因該處已辦巡警，著有成效，地方事務應歸警察專管，已稟奉提臺，箚飭陸軍隊嗣後毋再干預地方事件以清界限而免齟齬。」〔註91〕

　　全國各地暴露出來的各種警政問題真是不少，為此，「民政部以各省警務

2773 期，1911 年 5 月 8 日。

〔註89〕湖廣總督陳夔龍奏武昌警政經費不敷懇由司關兩庫撥款摺〔N〕，北洋官報，第 2190 期，1909 年 9 月 12 日。

〔註90〕皖省整頓警察辦法〔N〕，北洋官報，第 2447 期，1910 年 6 月 6 日。

〔註91〕劃清陸軍警察權限〔N〕，北洋官報，第 2184 期，1909 年 9 月 7 日，筆者注：文中×表示影印版中無法識別的字。

開辦日久，功效未見大著，擬飭各省將警務人員甄別一次，凡於警務不甚熟悉者一律更換，以重警務而免濫竽。」〔註92〕

　　總之，《北洋官報》對晚清警政發展的報導與關注是全面而又有針對性的。尤其對直隸省警政建設的報導充分反映了袁世凱的警政建設思想和成就。直隸省警政建設成就通過《北洋官報》的報導推而廣之，成為中國現代警察建設的典範和開端。而官報經常刊載天津工巡局、保定工巡局針對廣大民眾的告示，也從一定程度上說明官報在社會上具有一定的傳播效果，能夠發揮媒介廣而告之的作用，這與它的「上傳下達」、「開民智」的宗旨定位是相吻合的。另外，《北洋官報》對警政建設中出現的問題的持續報導，一方面反映出官報對官方意旨的執行和維護，另一方面也反映出官報對客觀事實的尊重，不迴避，顯示出媒介報導應有的基本原則和本質要求。

3.3.5　對「預備立憲」的報導聲勢浩大

　　「預備立憲」是清末統治者面對國際國內形勢和朝野上下的呼聲，認真權衡自身利害之後作出的一個決定晚清政治走向的重要決策。清末憲政運動成為中國現代憲政史的開端。

　　1905 年日俄戰爭之後，張謇在《致袁世凱函》中說：日俄之勝負，立憲專制之勝負也。」〔註93〕發軔於戊戌變法的立憲主義再次躍登歷史舞臺，成為社會意識。向日本學習也成為社會共識。因為日本在明治十五年曾經派官員到歐洲考察憲政，因此，清廷在 1905 年派載澤、端方等五大臣出洋考察。1906 年，五大臣先後回國，上奏朝廷指出，立憲可行，直言立憲有三大利：「一曰皇位永固，二曰外患漸輕，三曰內亂可弭。」〔註94〕1906 年 9 月 1 日，即光緒三十二年七月十三日，清廷頒佈《宣示預備立憲諭》。

　　《北洋官報》對清政府預備立憲的工作自始至終十分關注。

3.3.5.1　集中宣傳報導「預備立憲」的每一個階段性工作，議題設置明確

　　從宣布「預備立憲」到頒佈《欽定憲法大綱》，再到資政局開院，清政府的

〔註92〕整頓警政之計劃〔N〕，北洋官報，第 2186 期，1909 年 9 月 9 日。
〔註93〕劉軍寧，共和‧民主‧憲政──自由主義思想研究〔M〕，上海：三聯書店，1998：（115）。
〔註94〕載澤，奏請宣布立憲密摺，http：//blog.sina.com.cn/s/blog_4e30b94d01017o0w. html.2018/2/23。

立憲工作由宣傳階段進入到實質性階段。晚清的立憲運動有幾個關鍵節點：1906
年 9 月，宣布「預備立憲」；1908 年 8 月頒佈《欽定憲法大綱》，同年籌辦諮議局；
1909 年舉辦諮議局選舉，並籌辦城鎮鄉地方自治等。對每一個關鍵措施的實行，
《北洋官報》都給予集中宣傳與報導，為立憲工作的推行鳴鑼開道。

　　光緒三十二年七月十三日，即 1906 年 9 月 1 日，清政府宣布「預備立憲」，
《北洋官報》對此先後連續四次報導該消息：

　　光緒三十二年七月十一日報導：

　　　　特派重臣會議憲政

　　　　此次出洋考查政治大臣回京，先後條陳立憲事件。兩宮以滋事重
　　　大，特旨派醇親王、軍機處、政務處各王大臣，外務部、學部、巡警
　　　部各堂憲，暨北洋大臣袁宮保會同出洋大臣等，於初八日起在頤和園
　　　特開會議，以決定立憲宗旨、辦法，分別先後緩急，請旨遵行。〔註95〕

　　光緒三十二年七月十四日報導：

　　　　續紀會議憲政情形

　　　　連日慶邸、醇邸率同軍機、政務大臣、考查政治大臣及北洋大
　　　臣袁宮保在頤和園會議改良政治大綱。兩邸及各大臣均仰承兩宮聖
　　　意，和衷會議，並連日講會議情形詳細陳奏，頗蒙兩宮嘉納。傳聞
　　　已酌訂三年後頒行憲法，使內外大小臣工於此三年內將政治竭力改
　　　良為憲政。種種之預備大約不日當可頒發明諭云。〔註96〕

　　光緒三十二年七月十六日報導：

　　　　恭紀宣布立憲

　　　　明詔　本月十三四日兩次明降諭旨約期立憲並改編內外官
　　　制，中外士民視線咸集，大慰輿情，歡聲雷動，茲聞此次政策實由
　　　兩宮銳意改革，睿謀獨斷。而慶醇兩邸及各大臣贊成之力亦巨，故
　　　如此決然宣布以明告天下。〔註97〕

　　光緒三十二年七月十八日報導：

　　　　再紀頒示立憲

　　　　明詔　探聞各王大臣今日會議改革政務，宣布立憲事宜，原擬
　　　將改革各事定有端倪再行宣布立憲。明詔只以近日京外人心盼望立

〔註95〕北洋官報，第 1113 期，1906 年 8 月 30 日。
〔註96〕北洋官報，第 1116 期，1906 年 9 月 2 日。
〔註97〕北洋官報，第 1118 期，1906 年 9 月 4 日。

憲過急，若不先爲通諭不足以安慰人心，故十三日下午即先頒佈預備立憲之上諭云。〔註98〕

先後四條新聞，圍繞「預備立憲」，選擇時機，顧及輿情，逐步明確。光緒三十二年七月十一日、十四日的報導既是表明朝廷重臣會議憲政的新聞，又是對朝廷即將憲政的輿情鋪墊。朝野上下密切關注立憲，作爲官方喉舌的《北洋官報》，官方消息的重要來源，必須要滿足受眾的新聞需求。十六日新聞報導連用多個極具讚美褒揚之詞，「視線咸集」、「大慰輿情」、「歡聲雷動」、「銳意改革」，「睿謀獨斷」等，表達官報對立憲的熱烈擁護立場。十八日的新聞報導不僅是再次強調頒佈立憲的重要性，更是對朝廷遲遲沒有公布預備立憲決定，官報自身沒有及時報導朝廷立憲的動態新聞作出合理的解釋。

緊接著，在七月二十一日，《北洋官報》特別製作了「恭賀立憲」的封面，營造出立憲的喜慶氛圍（見圖3-3）。之後近一個月的時間，《北洋官報》經常刊發全國各地、官方機構及各社團組織慶賀立憲組織活動的新聞或者慶賀立憲的演講詞。

光緒三十二年七月二十一日，報紙刊載三條新聞，報導社會各界慶賀立憲。

《議開慶賀立憲大會》，報導京師學報兩界發傳單定於當日午前在閱報社開會商議慶賀立憲以鼓舞人民進步之心。

《學生恭祝立憲志盛》，報導京師公立學堂、×新學堂等在朝廷宣布立憲當日令全班學生列隊而出，前有奏樂唱愛國歌，後有高執「恭祝立憲」之白色旗於各街巷遊行。

《商學兩界歡祝立憲》，報導天津商務總會致電督憲，請示仿照上海學界懸掛旗幟慶賀立憲，督憲回覆准予懸掛旗幟歡祝但宜安靜爲是。〔註99〕

七月二十二日，報紙刊載兩條新聞，繼續報導社會各界慶祝立憲。

短新聞《閭埠士商歡祝立憲》，報導天津商學兩界前一天齊集河北學會舉行慶賀立憲儀式，各學堂均放假一日，各局廠亦一律停公以志慶賀。

還有一篇近600字的新聞，對於《北洋官報》來說，已屬長新聞：《模範學堂開會慶祝》。該新聞報導天津商學兩界在慶祝立憲的過程中，模範學堂組織最爲完美，秩序最爲整齊。該報導不惜花費500多字詳細記述當時慶祝現場的二十五項活動。〔註100〕

〔註98〕北洋官報，第1120期，1906年9月6日。

〔註99〕北洋官報，第1123期，1906年9月9日，筆者注：文中×表示影印版中無法識別的字。

〔註100〕北洋官報，第1125期，1906年9月11日。

圖3-3　《北洋官報》第1123期（1906年9月9日）頭版「恭賀立憲」
　　　　設計

　　《北洋官報》除大量報導直隸省各界慶祝立憲活動的新聞之外，還報導
上海商界、學界、報界；寧波學界；兩江學務處等全國各地社會各界人士紛
紛舉辦各種形式的慶賀立憲活動。對上海報館公會和兩江學務處的慶祝活動
以及嘉賓演說辭，以「專件」的形式給予詳細報導。另外還發表《南洋華商
電賀立憲》的簡訊：

　　　　探聞政府近日接到南洋各埠華商慶賀立憲之電，聯名者有數
　　十萬人。〔註101〕
「數十萬人」不知眞假，無從考證，略有誇大之嫌，表現出官報對「預備立
憲」這件具有歷史性意義的重要舉措的支持、贊同和憲政改革聲勢的渲染。

─────────────────

〔註101〕北洋官報，第1132期，1906年9月18日。

　　1908 年 8 月 27 日，清政府憲政編查館頒佈《欽定憲法大綱》，同時頒佈《九年預備立憲逐年籌備事宜清單》。這份清單是清廷籌備立憲的總體規劃方案，規定了清廷在「預備」程序期限裏的作爲，注明了主辦單位、進度要求、責任目標、完成時間等。《九年預備立憲逐年籌備事宜清單》公布以後，清政府的立憲籌備工作的開展不再「摸著石頭過河」，從盲目變得有章可循，各級官員執行起來心中有數，有步驟、有次序。《北洋官報》的宣傳報導也依此清單有計劃展開。官報上關於「預備立憲」的政治新聞異常豐富，但每一階段，議題設置明確。如清單中規定 1908 年籌備各省諮議局，次年開辦選舉。《北洋官報》在 1908 年前後圍繞「各省籌備諮議局，開辦選舉」這個主題，集中、持續、大量報導，既能使各地籌備立憲機構及社會各界掌握諮議局和選舉開辦工作的進程，又能表明清政府「預備立憲」期間這個宏大計劃中的各項措施在按部就班的執行中，並且取得的成效是顯著的。這一點很重要。因爲當時雖然經歷千呼萬喚，清廷終於宣布「預備立憲」，但自「預備立憲」以來，時局頗不平靜。尤其在《欽定憲法大綱》和《九年預備立憲逐年籌備事宜清單》公布以後，社會各界甚至不同省份反應不一。有對政府表態和作爲表示滿意者，如當時《北京時報》報導：「明詔宣示欽定憲法及召集議員的年限，實在是我大清帝國雄飛宇宙第一的大紀念日期，化我全國各地方官及全國國民，全應當懸燈結綵，開會慶賀才是。」〔註102〕該文言過其實的報導一定程度上反應了北京士人或許較爲滿意的態度。而東三省人民則認爲：「東三省形勢與各省不同，久爲強國所垂涎，主權雖存，然爲外人勢力所包括，國會一日不開，東三省之存亡問題一日不能解決，故各省可待九年，東三省則有迫不及待之勢。」〔註103〕各省立憲派掀起了如火如荼的請願運動，要求縮短開國會之年限。1907 年 6 月由官、紳、商、學四界聯合成立的預備立憲公會在 1909 年底開始，舉行了四次國會請願。最終，清廷迫於各方壓力做出讓步，於 1910 年 11 月 4 日，頒佈上諭宣布於宣統五年實行開設議院。在清廷「預備立憲」的道路上，朝野各派政治力量一直在博弈，暗流湧動，明潮澎湃。在這樣的政治格局中，《北洋官報》對直隸省，對全國各地憲政工作的持續關注和階段性密集報導，就是自覺爲政府立憲改革搖旗吶喊，造勢壯威，並營造

〔註102〕北京時報，1908 年 8 月 29 日，轉引自侯宜傑，二十世紀初中國政治改革風潮——清末立憲運動史〔M〕，北京：中國人民大學出版社，2009：（166）。
〔註103〕申報，1908 年 10 月 6 日。

出立憲工作有序開展的表象。

3.3.5.2　大力報導設立宣講政治所、識字學塾等新聞，宣傳「開民智以掃除立憲障礙」的觀點

1906 年 9 月 1 日，清政府頒佈《仿行立憲上諭》，上諭中寫到：「時處今日，惟有及時詳晰甄核，仿行憲政，大權統於朝廷，庶政公諸輿論，以立國家萬年有道之基。但目前規制未備，民智未開，若操切從事，塗飾空文，何以對國民而昭大信。故廓清積弊，明定責成，必從官制入手，亟應先將官制分別議定，次第更張，並將各項法律詳慎釐定，而又廣興教育，清理財務，整飭武備，普設巡警，使紳民明悉國政，以預備連線基礎。著內外臣工，切實振興，力求成效，俟數年後規模粗具，查看情形，參用各國成法，妥議立憲實行期限，再行宣布天下，視進步之遲速，定期限之遠近。」〔註 104〕

1908 年 8 月 27 日，清政府頒佈《欽定憲法大綱》和《九年預備立憲逐年籌備事宜清單》，限定立憲預備期是九年，把憲法的頒佈時間定為 1916 年。

關於「九年立憲預備期」，不僅現代人評價說這是一個「騙局」，暴露了清政府偽立憲的嘴臉，而且晚清立憲派人士也認為清末立憲是「一張根本不想兌現的空頭支票」，只是「妄圖以此拖延時日，磨滅革命人民的鬥志」。〔註 105〕當時掀起的一次又一次國會請願運動就是逼迫清政府縮短立憲時間，盡快立憲。

然而清政府所說當前「民智未開，若操切從事，塗飾空文」是有一定道理的。首先說，清政府立憲師從日本較多。日本在 1868 年建立明治政權，1881 年，明治天皇宣布開始籌備立憲，將在 9 年內開設國會，但實際上，直到 1898 年才頒佈憲法，1900 年正式實行。也就是說，日本從明治維新到實現明治憲法經歷了 20 年時間。清政府提出立憲的預備期限是 9 年，相比日本的 20 年預備期限來說並不長。又將 9 年縮短為 5 年。那籌備時間就更短了。早在清政府宣布立憲之前，梁啟超提出過「自下詔定政體之日始，以 20 年為實行憲法之期」的立憲規則，「中國最速亦須十年或十五年，始可以欲此」。〔註 106〕

〔註 104〕電傳上諭〔N〕，申報，1906 年 9 月 3 日。
〔註 105〕敘例，清末籌備立憲檔案史料〔Z〕，北京：中華書局，1979 年；轉引自劉篤才，關於清末憲政運動的幾個問題〔J〕，中國法學，2002（1）。
〔註 106〕梁啟超，政聞社宣言書〔A〕，梁啟超文集〔C〕，北京：北京燕山出版社，1997：（252）。

從清政府頒佈的《九年預備立憲逐年籌備事宜清單》中可以看出，9 年中，清政府要依序而做的事情紛繁複雜，頭緒甚多，「像中國這種發展極端不平衡、傳統影響深遠、人口眾多的大國，激烈的社會轉型引起的規章和觀念之間裂痕的拉大，是很難收到較好的社會效果的。」〔註 107〕9 年的預備立憲時間，對大清帝國來說，並不長。

另一方面，《仿行立憲上諭》所說的「民智未開」也有現實的依據。「在當時社會中，全國同時接受識字教育的當在 50 萬人左右，識字學塾是短期的訓練，數年的累積，當不下數百萬人，約佔當時全國人口 1%的水平。」〔註 108〕在一個教育水平相對低下的泱泱大國中，普及國家觀念，激發國民參政議政的熱情，賦予其選民的神聖權利和管理國家的權利，該是一個多麼大的難題！

綜上，清政府所說「規制未備，民智未開」是符合當時國情的，9 年預備立憲期也是合乎政治需要的。但是輿論中不贊同之聲強烈。面對社會各界的質疑，作為官方喉舌的《北洋官報》此時，充分發揮了「吹鼓手」的作用。

在《九年預備立憲逐年籌備事宜清單》中，對於「開民智」非常重視。光緒三十四年，第一年，就規定學部主辦編輯簡易識字課本、編輯國民必讀課本；光緒三十五年，第二年，規定，由學部和各省督撫同辦，頒佈簡易識字課本，創設廳州縣簡易識字學塾，由學部頒佈國民必讀課本；光緒三十六年，第三年，規定，由學部和各省督撫共同推廣廳州縣簡易識字學塾；光緒三十七年，第四年，規定，由學部和各省督撫共同創設鄉鎮簡易識字學塾；光緒三十八年，第五年，規定，由學部和各省督撫共同推廣鄉鎮簡易識字學塾；光緒四十年，第七年，設定目標，人民識字義者，須得百分之一；光緒四十一年，第八年，設定目標，人民識字義者，須得五十分之一；光緒四十二年，第九年，設定目標，人民識字義者，須得二十分之一。

《北洋官報》據此清單，認真地展開對「開民智」的報導。對開辦政治講習所、簡易識字學塾等的新聞報導貫穿對「預備立憲」報導的始終。

預備立憲的大潮中，當時各省都意識到「法政為外交內治之方針，非特官

〔註107〕龍長安，清末預備立憲程序合理性探析〔J〕，韶關學院學報（社會科學版），2004（8）。

〔註108〕張朋園，清代教育及大眾識字能力〔J〕，臺北重要研究院近代史所集刊，1980；轉引自：龍長安，清末預備立憲程序合理性探析〔J〕，韶關學院學報（社會科學版），2004（8）。

吏所當研究，即紳民亦應通曉，況訴訟法行將試辦，尤宜預備裁判之材」〔註109〕，因此，各省紛紛設立法政講習所，「選派熟悉政治之員逐日宣布各國立憲法權及中國改行立憲之宗旨，以期開通民智免致隔閡」〔註110〕。還有一種宣講形式即「立憲演說會」，向民眾演講立憲宗旨，有的演說會爲了吸引民眾來聽，還同時組織一些演出活動。如天津初級師範學堂在西馬路宣講所開特別演說會演講立憲宗旨，「並有本堂上年軍樂隊同往」〔註111〕，《北洋官報》對此做了詳細報導，將演講次序列表公布：「一，國歌合奏；二，演講立憲之宗旨；三，風琴獨奏（黃帝歌）　軍樂隊合作（同上）；四，演講公德之大意；五，風琴獨奏（中國軍歌）　軍樂隊合作（運動歌）；六，演講自治之大意；七，風琴獨奏（揚子江歌）　軍樂隊合作（揚子江歌）；八，演講立憲之利益；九，國歌合奏；十，閉會。」〔註112〕《北洋官報》詳細刊登演講活動表也是爲了廣而告之，讓更多的民眾前來參加。從報導來看，演講活動安排得是異常精心、用心。

　　除了亟需向社會大眾普及立憲常識之外，要實現立憲，還亟需專業的法政人才發揮力量。於是，從上到下都提倡設立憲政研究會，自治研究所等，吸收閱歷較多，德高望重的士紳、官員聽講座。「講習所學員畢業後，已由民政司派往各屬隨同自治研究所學員辦理選舉事宜……以資開通國民之知識」。〔註113〕袁世凱箚飭各司道：「設官所以治民，若民間練習政治，而官吏漫不加察，何以臨民需；次人員職務未膺，正仕學兼資之日，現當預備立憲，亟須研究各國憲法，知其大綱應設憲法研究所，分爲三班，逢一四七等日爲道府研究班，以提學司、運司爲總長，徐道鼎、康縣道多森爲副長；逢二五八等日爲廳州縣研究班，以天津道天津道天津府爲總長，李守映庚朱守端爲副長；逢三六九等日爲佐二研究班，以河防同知，天津縣爲總長王牧仁鐸，吳令遠基爲副長。所有候補人員自道府以次先查明在津人數，除本有要差駐局各員准其屆時請假外，其餘均按期赴所研究憲法各立畫到簿，道府班送院署標日，廳州縣班送司標日，佐二班送天津道標日均須注明出入時刻，副長均駐所辦事以專責成各員來往車馬費由所開銷」〔註114〕。

〔註109〕法政講習所成立〔N〕，北洋官報，第 1126 期，1906 年 9 月 12 日。

〔註110〕請普設宣講政治所〔N〕，北洋官報，第 1128 期，1906 年 9 月 14 日。

〔註111〕倡設立憲演說會〔N〕，北洋官報，第 1128 期，1906 年 9 月 14 日。

〔註112〕倡設立憲演說會〔N〕，北洋官報，第 1128 期，1906 年 9 月 14 日。

〔註113〕續辦短期憲政講習所〔N〕，北洋官報，第 2011 期，1909 年 3 月 17 日。

〔註114〕督憲袁爲設憲法研究所事箚飭司道文〔N〕，北洋官報，第 1462 期，1907 年 8 月 24 日。

各地「以所屬各州縣民智不甚開通，所以舉辦各項新政成效難期」，於是官方「擬飭多設宣講所延聘明達紳勳勤加演講務期宗旨純正以開風氣而重新政」。〔註115〕各類研究會也定期會舉辦各種演講活動，普及立憲需要的各種知識。如《北洋官報》就報導：

> 宣講選舉權之要旨
>
> 江蘇句容縣各紳董於日前齊集商會以諮議局選舉議員一層期限講屆，恐各鄉鎮合格議員倘未深悉投票選舉等事，時懷疑慮，特開大會召集各鄉父老由宣講員登臺演說選舉權之不可放棄與被選舉權之宜寶貴且對於地方有應盡之義務，即對於一家一身亦有密切之關係。聞者無不歡欣鼓舞云。〔註116〕

另外，官方還設立正規的法政學堂，「推廣學額並准地方紳商公立以期造就多數人才爲立憲之基礎」〔註117〕。學堂開設有正式的、全日制的經過三年學習才畢業的專業，也開設有「紳班」、「職班」這樣的速成科，通常一年半畢業。1906 年，袁世凱在天津開始籌建北洋法政學堂，1907 年 8 月，北洋法政學堂正式招生，成爲中國最早的法政學校。清政府爲了在各地試行創設法政學堂，曾於 1906 年 7 月，由學部頒佈奏定《北洋法政學堂》，通飭各省以北洋法政學堂爲樣板照辦同類學校。「現在各省舉行新政，需材甚殷，裁判課稅人員尤非專門之學不能勝任，……自應及時辦理以培有用之才，凡未經設立此項學堂之省分，應即一體設立，其業經設立者亦應酌量擴充。」〔註118〕

3.3.5.3 主動探訪新聞，滿足受眾的信息饑渴

清政府宣布預備立憲前後，遮遮掩掩，猶猶豫豫，對五大臣出洋考察回來的報告將信將疑，對待「立憲」這件輿論呼聲頗高的重大改革猶抱琵琶半遮面。每日朝廷重臣被召去開會密議，對外卻遲遲不能發布有效信息。於是民間對朝廷動向，改革走向，乃至國家興亡眾說紛紜，莫衷一是。《北洋官報》沒有專門的記者隊伍，大多數新聞來自朝廷各部門信息的匯總以及各類報刊消息的節錄。也有派本報工作人員外出獨立探訪的新聞，比如前文有提到對直隸出品協會爲赴南洋勸業會在天津河北公園舉辦展覽會的持續報導，就是

〔註115〕飭屬多設宣講所〔N〕，北洋官報，第 2014 期，1909 年 3 月 20 日。
〔註116〕北洋官報，第 2002 期，1909 年 3 月 8 日。
〔註117〕請飭推廣法政學堂〔N〕，北洋官報，第 1129 期，1906 年 9 月 15 日。
〔註118〕督憲袁准學部諮御史喬樹枏奏准各省添設法政學堂筋飭藩臬兩司查照文〔N〕，
　　　　北洋官報，第 1064 期，1906 年 7 月 12 日

《北洋官報》派員赴展覽會現場採寫的新聞。然而這類獨立採集的新聞相對
較少。在清政府預備立憲前後這一改革如火如荼開展的階段，《北洋官報》出
乎意料地派出人員主動打探新聞，報紙上經常以「爆料」的形式和口吻報導
未經朝廷正式發布的政治新聞。有時候一期報紙就有兩條甚至兩條以上的主
動採寫的新聞，如第 1150 期官報的《京師近事》欄目刊登 8 條新聞全部是本
報自行打探的新聞。

　　清政府宣布預備立憲前，朝廷重臣被召入宮中密商。外界各種猜測揣度。
《北洋官報》就有主動打探朝廷政治消息。

　　光緒三十二年七月十六日，官報第 1118 期，《京師近事》就刊載三條官報
打探來的新聞：

> 會議改良政治紀聞
>
> 　　探聞各大臣連日會議改良政治辦法，以官員有一人而兼數差或
> 數人而管轄一事者，貽誤推諉之弊在所不免，殊非整飭吏治之道，
> 嗣後應飭京外各衙門宜以一官而任一差。俾專責成所有各衙門例
> 案，亦著刪繁就簡至衣冠儀禮，文法款式均以簡易為宗旨。俟詳籌
> 妥協即當奏請逐漸施行。〔註 119〕
>
> 出使大臣電陳要政
>
> 　　據內廷消息傳聞，今日出事各國大臣均有電奏條陳實行地方
> 自治，以期民智開通，雖彼此條議不一，而宗旨相同。兩宮深為
> 嘉納云。〔註 120〕
>
> 提議調派裁判官
>
> 　　探聞外務部以邇來各省開埠日多，交涉益繁，應行諮調京外精
> 通法律熟諳外交人員，保送到部，以便派赴開埠省分充當裁判官，
> 專理交涉事件以收治外法權而昭平允。〔註 121〕

三條新聞分別以「探聞」、「據……傳聞」開頭，明顯同以往的、其他的新聞
報導寫作方式不同，為官報自採的新聞，且可以看出官方還沒有正式公布。
然而，新聞內容言之鑿鑿，有理有據有細節，加上官報的身份背景，使得探
訪的新聞充滿了可信度和權威性。

〔註 119〕北洋官報，第 1118 期，1906 年 9 月 4 日。
〔註 120〕北洋官報，第 1118 期，1906 年 9 月 4 日。
〔註 121〕北洋官報，第 1118 期，1906 年 9 月 4 日。

　　朝廷宣布預備立憲以後，社會各界反響強烈，恭賀立憲的輿論之聲高漲，但是如何開展立憲工作，朝廷暫時還未明確諭令。立憲工作紛繁複雜，牽一髮而動全身，究竟朝廷有無決斷勇氣，如何應對改革大局，坊間既有期盼又充滿傳言。各級官員階層也是人心惶惶，因為光緒皇帝在預備立憲詔書中說的明確，預備立憲基礎，「廓清積弊，明定責成，必從官制入手」〔註122〕。在信息不透明的亂世之中，無論是官紳貴冑還是販夫走卒，對信息的渴求度空前高漲。此時，《北洋官報》主動探聞的消息越來越多。探聞學部以改良政治必當以興學為先，通飭各省速推廣設立學堂，並復諭催編纂各項西法新書供學堂考鏡育人〔註123〕；傳聞各大臣當議改官制之初本擬即將各員原兼差缺，一概裁撤以專責任，現聞此事擬變通辦理，兼差各員暫仍其舊，據言須俟十年後查看情形再議裁撤〔註124〕；探聞政府各王大臣日內會議整頓一切政務，擬飭令章京調查各衙門所有文牘通盤核計，妥議應興應革事宜以收改良政治之效〔註125〕；傳聞外省官制尚未議定，蓋恐於地方有所窒凝，故須俟各省將軍督撫選派代表來京公同參議並聞將來訂定後亦須寬定年限逐漸實行雲〔註126〕；等等。

　　「探聞」、「傳聞」的消息多為政治新聞，有關官制改革的新聞最多。直到光緒三十二年八月二十八日，即 1906 年 10 月 15 日，《北洋官報》在《京師近事》中，刊發一條「更正」：

　　　　據實更正

　　　　本月十六日，本報京師近事各節誤據傳聞登錄，今奉督憲箚飭，合將箚文錄後以昭核實。為箚飭事照得官報記事，要以採取事實為主，核與尋常報紙有聞必錄之例正自不同，豈得以傳聞無據之詞率行登錄。現查該局八月十六日報載京師近事各節多失實，最足淆亂聽聞。似此人云亦云，於政界所關匪淺，極應嚴行箚飭。嗣後凡遇新聞，一切必須力求證實，速予改良，不准摭拾浮辭致惑眾聽。切切特箚。〔註127〕

〔註122〕上諭〔N〕，北洋官報，第 1117 期，1906 年 9 月 3 日。
〔註123〕諭催速編各項新書〔N〕，北洋官報，第 1140 期，1906 年 9 月 26 日。
〔註124〕酌定年限裁撤兼差〔N〕，北洋官報，第 1147 期，1906 年 10 月 3 日。
〔註125〕議飭章京調查文牘〔N〕，北洋官報，第 1150 期，1906 年 10 月 6 日。
〔註126〕會議外省官制消息〔N〕，北洋官報，第 1153 期，1906 年 10 月 9 日。
〔註127〕北洋官報，第 1159 期，1906 年 10 月 15 日。

這一條「更正」只是指出「八月十六日」《京師近事》報導的新聞有失實之處。但具體哪條新聞，失實之處在哪沒有說明。此條「更正」更多地是表明態度，聲明官報今後必據實報導，不得傳報無據之詞以免淆亂聽聞。光緒三十二年八月十六日，即，1906 年 10 月 3 日，《京師近事》中刊載 7 條新聞，其中前 5 條有關政治制度改革的新聞都是官報自行採集的新聞：《議定閣部大臣官守》、《改訂戶部官制消息》、《酌定年限裁撤兼差》、《限期預算各部經費》、《籌議選舉議員問題》。或許新聞中確有失實的地方，也或許透露了朝廷沒有公示、明諭的信息，不過從「更正」中可以看出，所犯錯誤並不嚴重，袁世凱給予了提醒。此後，《北洋官報》果然很少再刊載「探聞」、「傳聞」的消息，至少在新聞中不再使用類似詞語。作為一張報紙，一個官方媒體，主動採集信息，報導新聞是晚清官報的進步之舉。不過，講求新聞的真實性是新聞媒體應遵守的基本原則。《北洋官報》還是努力貫徹這一原則的。

　　在清政府宣布預備立憲之前，《北洋官報》就自覺為清政府做立憲宣傳動員，報導五大臣出洋考察憲政；五大臣歸國後對考察結果的總結報導，間接闡釋了立憲對中國發展的意義及價值。清政府宣布預備立憲後，《北洋官報》大張旗鼓展開立憲宣傳，每天有關「立憲」的新聞，成為報紙報導的主要任務和內容。《京師近事》中每天七八條新聞中幾乎全部是立憲動態。由於清政府遲遲沒有宣布召開國會實行君主立憲的具體年限，導致社會上主張立憲者對清政府實行立憲的誠意表示懷疑，對清政府的立憲政治滋生了失望和不滿的情緒。民辦報刊發表評論，對清政府進行質問和諷刺。《北洋官報》的積極報導，自覺維護清政府的官方立場，努力成為立憲改革的吹鼓手和宣傳者。

3.4　外國新聞的選登

3.4.1　刊載外國新聞為了看世界、學西方

　　國外新聞在《北洋官報》佔有重要的一席之地，從創刊之日起，就設有專欄，專門刊載，《譯報第一》、《譯報》、《譯電》、《各國新聞》等，欄目名稱後來固化為《各國新聞》，每期刊載少則兩三條多則十多條的國外新聞。《北洋官報》第一期中，《譯報第一》欄目下新聞之前有一段相當於「編者按」的文字：

　　　　五洋六洲廣漫漫，我國其中如彈丸。蒼鷹疾視長蛇蟠，日碻

> 牙角刷羽翰。各各遠害謀利安，騰口掉蛇辭翻瀾。吁嗟！我民可
> 以觀。〔註128〕

這段話說明了《北洋官報》刊載外國新聞的目的。鴉片戰爭對中國人來說是一個非常巨大的轉折點。鴉片戰爭前，雖然也有利瑪竇等這樣的外國人將天文地理等中國人不知道的科學知識傳入中國，但直到清代，道光皇帝問臣子們「英吉利與回疆有無旱路可通？」這樣的問題，反映出中國人面對英國人的堅船利炮一籌莫展，對世界閉塞無知的程度令人唏噓。鴉片戰爭後，中國人從上至下，終於開始主動開眼看世界。資本主義強國侵略的鷹爪逐步深入中國的內地，滲透到社會生活的方方面面。嚴峻的國破家亡的局勢強迫中國人去瞭解外國，瞭解中國以外的世界。中國人崇尚的孫子兵法中說：「知彼知己，百戰不殆；不知彼而知己，一勝一負；不知彼，不知己，每戰必殆。」變法開始，清政府也終於由被動轉向自覺主動地瞭解世界大勢。在「五洋六洲」之中，中國不過是渺小的「彈丸之地」，然而列強早已如蒼鷹長蛇撲向中國，貪婪地吞吃我們的國土、資源，各國都在千方百計「遠害謀利」，《北洋官報》何嘗不瞭解國際國內形勢，所以設《譯報第一》欄目，呼籲國民「知彼」，方能「不殆」。

不僅睜眼看世界，還要能夠向世界學習。這才是報紙刊載外國新聞的最高目的，這也符合官報「傳新知」，「開民智」的辦報宗旨。為此，《北洋官報》的國外新聞可謂包羅萬象，涉及內容包括各國政治、經濟、軍事、外交、社會等等各個方面，五花八門；涉及國家除了中國人熟悉的侵略者們如日本、俄國、英國、美國等，還有很多「名不見經傳」的小國家新聞，比如南美洲的布拉治爾國，南非洲的拿打路國等。《北洋官報》外國新聞的來源一是駐華外國通訊機構──路透社遠東分社，和國外通訊社主要是德國沃爾夫社發自柏林的電報；一是選自並翻譯外國人在華創辦的外文報紙，如《益聞西報》、《警衛西報》、《上海字林西報》、《上海文匯西報》，還有一些日文報紙等。

3.4.2 《北洋官報》的外國新聞報導分析

以下表格，是選取 1906 年 8 月一整月，從 1084 期到 1114 期共 31 天的完整《北洋官報》，對其刊載的外國新聞的數量和內容做統計。本月的《北洋官報》設有《譯電》、《各國新聞》兩個欄目刊載外國新聞，統計時兩個欄目的外國新聞都算在內。

〔註128〕北洋官報，第 1 期，1902 年 12 月 25 日。

表3-5 《北洋官報》各期刊載各國新聞數量的統計

期號	日本	俄國	美國	英國	法國	德國	意大利	土耳其	芬蘭	挪威	希臘	波蘭	智利	奧地利	匈牙利	西班牙	葡萄牙	荷蘭	韓國	印度	西印度	波斯	比利時	瑞士	菲律賓	加拿大	墨西哥	哥倫比亞	南非	摩洛哥	羅馬尼亞	拿打路	亞拉伯	布拉智爾	阿非利加	丹治爾	士加俄埠	古巴	昂而拉
1084	2	3	1	2		2															1													1					
1085	2	1	2	2	1			1								1			1			1																	
1086	4	2		4	1	1	1				1																												
1087	3	2	3	3		1			1											1																			
1088	1	2	1	1	1	2		1	1					1		1	1	1					1	1					1										
1089	4	1	1	3			1										1		1						1														
1090	2	9	2	1		1			1			1			1											1													
1091	4	4		2			1	2																															
1092	1	7	2	2				1																															
1093	1	4	3	2	1	2		1											1	1		1																	
1094	6	2	4	2		2													1																				
1095	3	4	4	2															1														1						
1096	1	1	2	1		1		1			1							1				1													1				
1097	4	1		1	1	1		2																					1										
1098	4	1		2	1	1		2								1															1								
1099	5	1		3		1		2											1																				
1100	3	1	2	1	1	4			1																		1			1							1		
1101	4	2		1	2	2			1		1		1																										
1102	7	3			3	2		1			1																				1								
1103	4	1	2	3	1	2	1	1																	1											1			
1104	4	2	2	3	1		1	1											1									1	1										

	1105	1106	1107	1108	1109	1110	1111	1112	1113	1114	總計
昂而拉						1					1
古巴					1	2					3
布爾雁				1	2			1	1	1	6
士加俄埠	1										1
丹治爾加											1
阿非利加											1
布拉智爾											2
亞拉伯											0
拿打路											1
羅馬尼亞								1			3
摩洛哥											1
南非											2
哥倫比亞											1
墨西哥											1
加拿大											1
菲律賓											1
瑞士											
比利時								1			2
波斯	2	1	2		1						11
西印度			1								2
印度				1							3
韓國					1						8
荷蘭											2
葡萄牙											1
西班牙				1							4
匈牙利											1
奧地利											1
智利	1	1	2	2							7
波蘭											1
希臘								1			7
挪威											1
芬蘭											4
土耳其	2		1				1			1	19
意大利											5
德國	1	3	3	3	2	2	2	1	1	1	44
法國	2	1	1				2	1			14
英國	2	2		2	1	1	2	1		2	50
美國	1	1	2			3	2	2	2	1	47
俄國	3		1		1	3	3	2	5	3	74
日本	3	4	6	5	4	2	2	6	4	3	107

　　晚清時期，印度是英屬殖民地；1896 年朝鮮在俄國支持下，改國號爲「韓」，自稱「大韓帝國」；日俄戰爭後，俄國戰敗，朝鮮政權被日本控制，並成爲日本的「保護國」，1910 年 8 月，日本迫使韓國簽訂《日韓合併條約》，對朝鮮半島進行殖民統治。統計表中選取的是 1906 年的《北洋官報》，所以稱「韓國」；這個時期菲律賓歸屬美國統治。在統計的時候，各個被殖民國家的新聞獨立計數，並不算在所屬殖民國家的新聞報導中。

表 3-6　外國新聞刊載數量

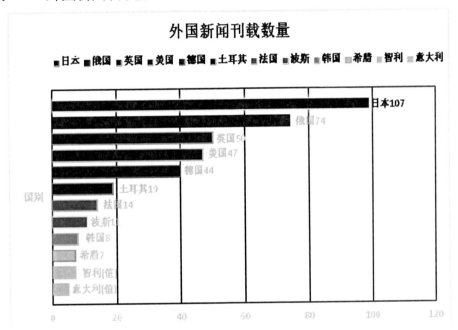

　　從統計表中可以看到，以國別論，《北洋官報》對各個國家的關注度差別較大。關注度最高的是日本。晚清時期，中日兩國關係密不可分，在政治、經濟、文化、社會和軍事方面，複雜、矛盾而對立。日俄戰爭、日本對中國的兩次侵略——甲午戰爭和八國聯軍侵華戰爭之後，中國看待日本，不再是「天朝」面對「倭寇」的傲慢想像。日本明治維新的經驗被中國大量學習和倣傚。大量留學生前往日本，在清末新政時期，留日學生經常被召回協助經濟、法律、農業等的建設工作。另外，甲午戰爭的慘敗使大清帝國喪失了對朝鮮——這最後一個傳統藩屬國的控制權。朝鮮改國號爲韓，並被日本控制，進而成爲日本的殖民地。《北洋官報》對韓國的關注度也較高，關注韓國也是間接關注日本的動態。

　　僅次於日本，《北洋官報》關注度較高的是俄國。庚子之變之前，俄國通過「三國干涉還遼」，博得清政府的感恩戴德，清政府主動與俄國結盟，簽訂《中俄條約》，俄國藉此機會，取得了通過中國東北修築鐵路的權利，不僅把侵略勢力擴展到了東北腹地，而且逐步深入中國內地，與英國爭奪在華權益，並公然把長江以北劃爲俄國的勢力範圍。中俄關係已毫無平等可言，中國是俄國宰割、侵略的對象，兩國之間是壓迫與反壓迫、侵略與反侵略的關係。庚子之變以後，隨著國際形勢的發展，中俄關係也不斷發生變化。俄國爲了攫取在華最大權益，在外交上無所不用其極。清政府還曾一度幻想「聯俄」抵制其他列強的侵略，最終落入被列強瓜分豆剖的地步。所以，政府喉舌《北洋官報》非常關注俄國的動態。

　　其他出現在《北洋官報》「各國新聞」中被關注較多的國家還有英國、美國、德國、法國、意大利等。這些國家都是 1900 年入侵中國的八國聯軍成員。庚子國難後，清政府主權徹底淪喪，受盡屈辱。八國聯軍個個如狼似虎，貪婪兇狠，爲了把中國的利益吸乾榨盡，它們相互勾結、相互傾軋，在中國的土地上反客爲主，肆無忌憚地橫行霸道。《北洋官報》對這些國家的關注，說明了大清帝國不再以「天下」、「四夷」、「宗主」、「藩屬」這樣傳統的外交思想、外交體制處理與東西方國家的關係，既是被迫轉變，也是主動調整，反映出晚清中國政府外交在對國際關係的抗拒與適應過程中，艱難地朝著現代化轉型。

　　除此之外《北洋官報》對土耳其這個國家關注也很多。奧斯曼土耳其帝國在 15、16 世紀也曾經是一個不可一世的帝國。它地跨歐亞兩大洲，是連接歐亞的十字路口，與多個國家接壤，地緣政治複雜。18 世紀末期，土耳其帝國開始沒落；相反，西方國家開始對土耳其帝國進行戰略反擊；到 19 世紀中期，俄國迅速崛起，土耳其與俄國爲了爭奪克里米亞半島爆發了規模浩大的戰爭，自此，土俄結怨，關係緊張；20 世紀初，土耳其親英，雖然繼續沒落，但野心依舊，在多邊外交關係中非常活躍，因此，《北洋官報》也時有關注。

　　波斯也是《北洋官報》經常報導的國家。文明古國波斯位於西亞，公元前 550 年，居魯士大帝建立了世界歷史上第一個領土橫跨歐亞非三洲的波斯帝國。19 世紀下半葉到 20 世紀初，隨著歐洲列強的侵入，波斯逐漸淪爲半殖民地國家。英國、俄國、法國、奧地利和美國等相繼強迫波斯簽訂不平等條約，強行在波斯劃分勢力範圍，攫取各種特權和利益，其命運和中國何其相似。

　　總的來看，歐洲、北美國家中勢力較大的資本主義強國，外交關係與中國密切，是《北洋官報》經常報導的對象；西亞、東亞、南亞地區的國家，地緣政治與中國密切的國家，其新聞也經常被官報報導。另外，官報關注的視野非常廣泛，距離中國較遠的南美洲國家、南非洲國家都有報導。

表 3-7　《北洋官報》外國新聞主要報導對象的內容統計

	政　治	經　濟	軍　事	外　交	教　育	社　會	報　界
日　本	19	25	23	19	7	14	
俄　國	34	6	23	7		5	
美　國	12	14	6	5	1	8	1
英　國	12	8	17	13	1		1
法　國	5		7	5			
德　國	15	2	9	12		5	
意大利	1	1	2	1		3	
土耳其	6	1	2	6			
波　斯	8			3			
韓　國	4	3	1	1		1	
希　臘	2		1	2		1	
智　利			1			6	
總　計	118	60	92	74	9	43	2

說明：農業、鐵路建設等，召開博覽會、商業貿易等內容歸屬到「經濟」類別中。

表 3-8　《北洋官報》外國新聞關注度概覽

外國新聞關注度概覽

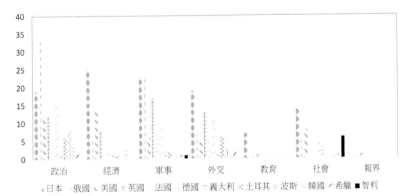

—123—

　　從內容分析上來看，《北洋官報》關注各個國家的政治新聞最多，其次分別是軍事、外交和經濟方面的新聞。這反映出晚清時期，在與外國尤其是資本主義列強的被動外交中，中國的發展動態，中國對各國的態度等，對列強的外交戰略來說無足輕重，但各國的政治、軍事動態，外交策略的變化對風中殘燭的中國來說卻是舉足輕重。所以《北洋官報》會格外關注列強的政治、軍事和外交方面的最新動態。自從中國的大門被轟開，中國的經濟建設從此和世界聯繫在一起，自給自足的時代漸行漸遠。清政府實行新政以後，派員出國考察經濟政策，鼓勵國內商品製造商參加世界博覽會，派留學生出國學習等，急切地希望通過學習外國經濟建設經驗，改革本國舊制度，舊政策，舊方式，能夠重振雄風，國富民安。於是，對於外國經濟的報導也成為《北洋官報》必然的關注重點。對於各國的社會新聞官報也有關注。例如，智利發生大地震，《北洋官報》在當年 8 月 21 日《譯電》中報導第一條「智利國伯爾巴剌臣府忽然發生地震」的新聞，此後至月末，10 天中持續關注，共刊發 6 條新聞，報導智利地震慘狀、傷亡及損失情況、救援情況等。

　　通過對 1906 年 8 月一個月的外國新聞統計與分析，可以看到，《北洋官報》對日本報導得最多，且對日本的報導涉及各個方面，這也與晚清時代背景和清政府的外交政策吻合。晚清，儘管中國不斷受到日本的欺侮與掠奪，但中國政府官員和民間知識分子都在主動學習日本的軍事、經濟、文化、教育等方面的先進之處。日本的方方面面對中國的影響都很大，因此《北洋官報》對日本的報導也涉及各個領域，關注面明顯比別的國家要寬泛得多。

　　總的來說，《北洋官報》報導的國外新聞反映了中國與各國之間、各個國家之間的雙邊或多邊關係，反映出資本主義列強在中國、在亞洲的戰略布局。

　　中國古老的官報邸報是不刊登外國新聞的。然而，中國的私家之報早有國際視野。早期國人自辦報紙開始，就刊登外國新聞。如我國第一批自辦報紙中，歷史最為悠久，影響最大的《循環日報》，1874 年 2 月 4 日創刊，第二版新聞版就設有「中外新聞」欄，刊登廣東以外的國內新聞和國外新聞。維新運動時期，國人掀起第一次辦報高潮，在「變法維新」、「開眼看世界」為宗旨指導下，大部分報刊都刊載國外新聞。如當時影響最大的《時務報》，設有「域外報譯」欄目，第二期起，又將該欄目分為「西文報譯」、「東文報譯」、「法文報譯」等，約佔每期二分之一篇幅。還有當時商業化程度比較高的私營報紙《大公報》、《申報》、《時報》等刊載外國新聞是常態。我國報紙最早

刊出的新聞電訊就是《申報》在 1874 年 1 月 30 日登載的有關英國內閣改組的消息。這條電訊是申報館根據當時外國洋行的往來電報存底採寫的。20 世紀初年，國際大勢深深影響著中國國內局勢的發展。私營報紙更是積極向外派駐通訊員，或者加強通訊電傳技術設備的建設，大量刊登外國新聞和通訊，展現了報紙的國際視野。《北洋官報》比照新式報紙創辦，作爲一份官方報紙主動摒棄封閉自鎖，盲目排外的辦報思想，關注世界動態，報導外國新聞。另一方面，要與私家之報搶奪受眾，搶佔輿論陣地，吸引受眾，重樹官報形象與威望，《北洋官報》也不得不向私家之報學習其先進辦報理念，開設外國新聞專欄。說明了晚清官方主動競爭輿論空間的努力。

3.5　圖畫的刊載

　　《北洋官報》設有專門的「繪畫處」，官報的機器設備先進，鉛印、石印及銅板寫眞、電鍍、鉛版、紙版等各種機器，並從日本特聘精良技師，從上海、廣東挑選優秀的石匠來印刷報紙。《北洋官報》是中國現代最早使用銅版印刷術的報紙。當時《大公報》等報紙也經常到北洋官報局刊刻銅版圖片。

3.5.1　新聞攝影彰顯新的報刊理念

　　從現有資料來看，《北洋官報》上的圖畫包括幾種：圖配文，攝影照片，文中裝飾圖，廣告插圖和卷尾插圖等。圖配文是指《北洋官報》經常在新聞之後做科普宣傳，介紹新機器、介紹動植物等，採用圖加文字說明的形式，單佔一頁（參見圖 3-4、圖 3-5）。

　　《北洋官報》從創刊號起，《北洋官報》採用銅版插圖技術，每期刊載攝影照片一幅，這在當時是非常先進的做法。創刊號刊載的是《大清門殿》，第二期是《天壇皇穹宇》、第三期是《祈年殿》、第四期是《國子監》、第五期是《大成殿》、第六期是《玉輝雲宇圖》、第七期是《京師內城第一圖》、第八期是《京師內城第二圖》、第十五期是《乾清門》、第十六期是《天安門》、第十七期是《太和門》、第二十期是《景山》、第二十一期是《皇城北圖》。有的還隨圖附了文字說明，比如第三期隨圖附文字介紹了祈年殿的功用，以及皇帝赴祈年殿祈禱的儀式流程。創刊初期《北洋官報》刊登的攝影圖畫多爲皇城、京師風景。後來刊登的攝影題材越來越豐富，依舊有風景圖，不再限於京師

皇城，全國各地的風景圖都有刊登，如天津河北公園後河沿、蕪湖揚子江、漢口江岸、武昌城、蘇州豫園、上海外大橋等；也有新聞時事圖，如《河南學務處派赴東洋遊學監督學生合影》（第 1275 期）、《靜海捕署育英學堂》（第 1262 期）、《昌黎縣葉任馬巡合影》（第 1285 期）、《南皮縣工藝傳習所》（第 1508 期）、《束鹿縣地方自治研究所官師職員、學員合影》（第 2210 期）、《蘇州線紗廠》（第 2214 期）、《肥鄉縣藝徒工業場之外景》（第 2789 期）等。

圖 3-4　《北洋官報》第 1238 期《罐草圖》，1907 年 1 月 2 日

鷿鷉鳥

天地間的飛禽　都是住草
木叢林裏面　做窩居多
獨有一種鷿鷉鳥　與衆鳥
不同　那做窩的法于　能
拿花藝作一筏　浮在水面
下卵也在其中　如遇著
危險的時候　能發用爪撥
水　隨意游行　任有何種
危險　都可無礙　遠觀這
鳥窩　好像一小島飄浮水
上的樣子　古時羅馬人
說魚狗烏能在水中做窩
後博物家效驗　魚狗烏不
過在水旁掘洞居住　並非
能在水面　看這鷿鷉鳥
不比羅馬所說的魚狗鳥史
布奇仔多廐

圖 3-5　　《北洋官報》第 1243 期《鷿鷉鳥》，1907 年 1 月 7 日

　　攝影技術於 19 世紀 40 年代從歐洲傳入中國。直到 19 世紀 70 年代，中國
報刊才開始採用銅版鏤刻照片，「在上海，光緒二年（1876 年）春季創刊的《格

致彙編》,是最早採用銅版雕刻照片作插圖的一個季刊。它先後刊出李鴻章、徐壽、傅蘭雅等人的相片,及各國格致新器械、新工藝等圖片。」〔註129〕《格致彙編》是上海格致書院創辦的一份科學普及刊物。上海格致書院是英國駐上海領事館與曾爲英國「聖公會」傳教士的傅蘭雅、清末科學家徐壽創辦的專門研習「格致」之學的教育機構。19世紀80年代,石印流行後,中國的畫報開始刊載畫師們根據照片繪製成的單線條的圖畫,較早採用石印照片的報紙是1884年在廣州出版的中國人自辦報刊《述報》。大約在1900年前後,照相銅版製版技術終於傳入中國。銅版照片影像逼眞,大大革新了報刊的圖片報導,新聞照片作爲新聞報導的一種手段登上歷史舞臺。在中國出版的報刊中較早採用銅版照片技術的多爲外國人創辦的報紙,如外國傳教士辦的時事刊物《萬國公報》、美國商人辦的商業性報紙《申報》等。與此同時,留日學生、保皇派等在日本創辦的大量中文報刊都有刊登攝影圖片,如留日學生創辦的《湖北學生界》、《浙江潮》、《江蘇》等,梁啓超在橫濱創辦的《新民叢報》等。

　　《北洋官報》存世的年代,中國報刊界的攝影圖片尚且處於萌芽階段。同時期許多報紙都不能制作銅版。職業化的攝影記者遠未出現,照片稿源奇缺。《北洋官報》上的攝影照片題材以風光、建築和靜態性場景居多,現場紀實性照片較少,新聞性不足。但是,《北洋官報》大量刊載攝影照片,豐富報刊內容,在新聞攝影方面,不能不說,其不僅是官報中的先進代表,而且在當時國人自辦報刊發展中也是走在前列。

3.5.2　廣告圖片突出營銷兼顧審美

　　《北洋官報》發展進入穩定期後,每期報紙廣告至少6版,多至8版,廣告多,內容豐富。因此,官報在廣告設計上也費了思量。擅用分欄,講究排版,點綴插圖。廣告插圖通常不是攝影圖片,而是由畫師刻畫了再印刷。

　　這些廣告插圖保持著中國傳統繪畫的面貌與審美情趣,兼具抽象與寫實的特徵,作爲文字信息的具體形象的補充說明,其畫面的敘事說明能力較強,具備暗示產品功效,吸引消費者購買的作用。在《北洋官報》存世的十年當中,其廣告插圖的構思、設計隨著中國廣告插圖藝術的發展而發展,藝術品位不斷提高。

〔註129〕吳群,中國攝影發展歷程〔M〕,北京:新華出版社,1986:(49)。

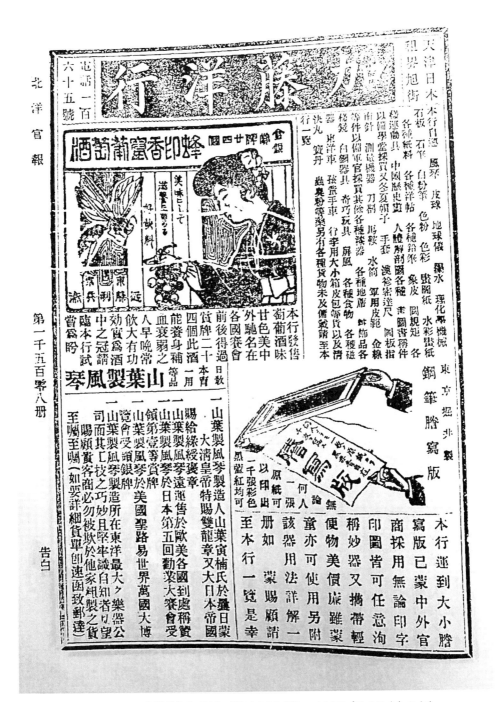

圖 3-6　《北洋官報》第 1508 期，1907 年 10 月 9 日

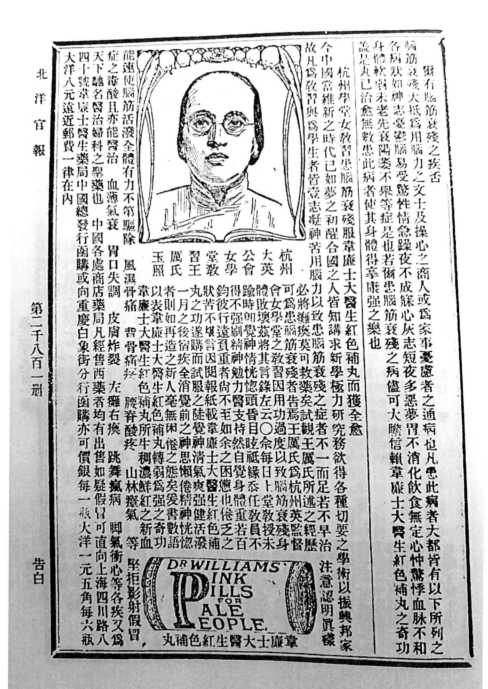

圖3-7 《北洋官報》第2801期，1911年6月5日

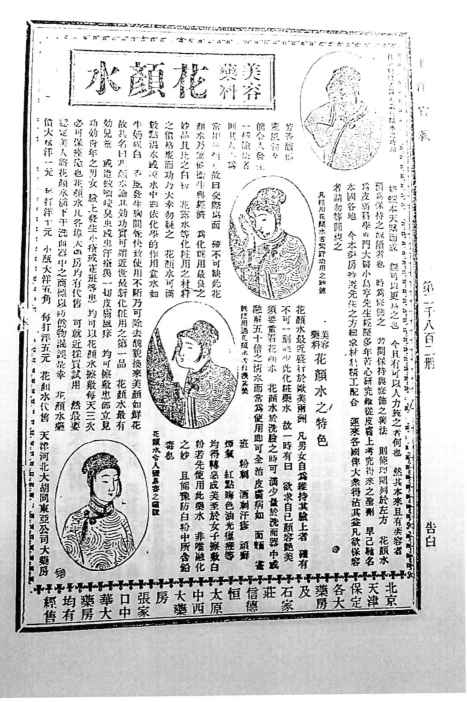

圖3-8　《北洋官報》第2802期，1911年6月5日

3.5.3　裝飾圖片增強視覺衝擊力

　　《北洋官報》時常會用插圖來補白。正刊或副刊的文字內容刊載完畢後，其較大的空白處會插上一幅小畫，有時卷尾也會以一幅插畫來佔用整個版面。補白的插畫通常構圖簡單，但不失精美，既起到了美化版面的作用，增強了讀者的閱讀興趣，又能展示官報聘用的畫師、技工的精湛技術，為官報所屬的北洋官報局吸引外部印刷業務做了宣傳和展示。

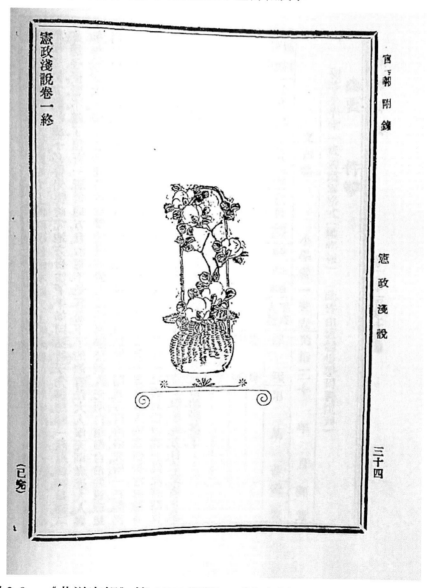

圖 3-9　《北洋官報》第 1273 期第 34 版（末版），1907 年 2 月 6 日

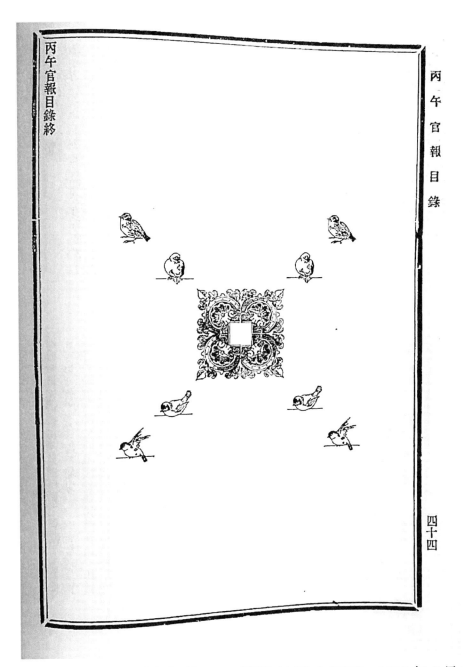

圖 3-10　《北洋官報》第 1274 期第 44 版（末版），1907 年 2 月 7 日

3.6　論説的編發

3.6.1　清政府試圖借官報評論挽回流失的話語權

現代報刊理論認為，報紙的四大要素是新聞、評論、副刊和廣告。其中，評論反映了報紙的立場和觀點，以及報紙對新聞事件的價值判斷，評論決定了新聞報導的重點、角度和態度，從而決定著報紙在輿論場中的影響力。在四大要素中，評論是報紙「活的靈魂」，是報紙的旗幟和主帥。

中國古代報紙從未出現過報刊評論。嚴密而封閉的封建專制體制使報刊評論缺少賴以生存的土壤。十九世紀上半葉，中國近代報刊的序幕被外國傳教士拉開，報刊評論也隨之被引入中國。鴉片戰爭後，侵略者們突破清政府的種種限制，在中國修路開礦經商的同時，越來越多的傳教士和商人在中國辦報。這些報刊突破了封建專制對新聞出版的禁錮，以及「言不論政」的樊籬，對殖民當局市政建設、貿易政策等發表意見，對中國政府的腐敗問題、外交策略、政治改革等問題品頭論足。外報的評論開創了中國報刊評論的先河。報刊評論逐漸被中國知識分子接受。中國的知識分子本來就有「清議」的傳統。「這一傳統不因王朝的更迭而改變，無數人因此不惜殉身。明辨是非，敢言直諫，體現了中國古代讀書人身上的風骨」〔註130〕。早期的知識分子逐漸熟悉並接受了報刊評論的形式和內容，並在國人自辦報紙上展開實踐。1874年2月在香港創刊的《循環日報》，幾乎每期刊登論說文一篇，有時兩篇甚至三篇，系統地宣傳了報刊的宗旨和方針，即「強中以攘外，諏遠以師長」。報刊通過這些言論，不僅嚴厲批判了封建頑固派，而且還從多方面揭發了洋務運動所暴露出來的混亂與弊端。「它在創辦 10 年間所達到的思想水平和為推動社會改革所作的努力，一時無與倫比，它成為我國第一個以政論著稱的傑出報紙。」〔註131〕主編王韜對我國報刊政論文體的改革做出了重大的貢獻。

19 世紀 90 年代，國人掀起第一次辦報高潮，維新派創辦的報刊成為主流，它首次打破了外報在中國輿論界的壟斷地位，使中國報刊成為社會輿論的中心。維新派報刊非常重視政論的戰鬥作用，康有為、梁啟超、譚嗣同、嚴復、章太炎等維新派的領袖和骨幹人物，都曾以一系列思想深邃，犀利勁

〔註130〕傅國湧，「文人論政」：一個已中斷的傳統〔J〕，社會科學論壇，2003（5）。
〔註131〕方漢奇，中國新聞事業通史（第一卷）〔M〕，北京：中國人民大學出版社，1992：（477）。

峭的政論文章衝破封建統治階級的言禁，掀起中國現代史上第一次思想解放運動。歷史上稱這一時期維新派報刊政論爲「時務文體」。「時務文體」的代表人物當屬梁啓超。梁啓超以流利暢達的文筆，汪洋恣肆的文風，史論豐富的內容而名噪一時。

　　二十世紀初年，政論已是報刊上一種必不可少的內容。革命派和維新派利用報刊政論展開針鋒相對的鬥爭。1906 年，清廷宣布「預備立憲」之前，兩派報紙主要圍繞：「革命還是保皇」、「實行民主共和還是君主立憲」以及「要不要改變封建土地所有制，實行平均地權」等問題進行了大規模、長時間的激烈論戰。雙方參戰的人員之多、撰寫評論之多、設計問題之多，爲中國近代史上所少見。尤其是革命派報紙《民報》和保皇派報紙《新民叢報》之間的論戰最爲激烈。

　　隨著革命派和保皇派報刊在海外的不斷發展，尤其是革命派報刊在日本等東南亞各國、南北美洲和大洋洲的一些華僑聚居的城市，如雨後春筍般蓬勃興起，打破了之前保皇派報刊在華僑報壇一統天下的局面。兩派報紙之間的論戰進一步擴大，激戰更酣，形成互相對壘的局面。雙方不僅在一些重大政治問題上展開辯論，在一些具體問題上也勢同水火，互不相讓。最終，時代的車輪滾滾向前，革命派思想成爲主流，席捲中國大地，論戰以革命派獲勝而告終。

　　兩派的激辯，不管在國內還是在國外，其輿論影響力非常大。「民主」、「愛國」、「革命」、「自由」等民族主義概念開始在中國流行，民族意識逐漸在中國人心中確立。持久的論戰實際上爲中國人指出了國家民族的政治走向。歷經西方民權思想的洗禮，國人尤其是知識分子，開始對中國的政治體制進行探索。在爭取政治權利的鬥爭中，知識分子們也通過政論和時評，闡發西方資產階級思想，抨擊政府，指斥時局，爭取新聞自由權利。

　　面對轟轟烈烈的革命輿論、立憲大潮，清政府的聲音不斷被削弱。民間輿論場的「聲音共振」逐漸佔據優勢地位，吸引了更多的關注度和支持率。統治地位合法性受到質疑的清政府面臨著話語權的流失。在西方對華外報、在野的民間私營報紙的共同衝擊下，清政府原有的官報系統邸報，甚至連應新政宣傳需求創辦的新式官報都面臨著越來越多來自指手畫腳的西方報人、先天下之憂而憂的中國知識分子、爭取政治權利的新興資產階級等的批判。要想強化代表晚清政府的報刊影響力，新式官報刊載評論，既是一種被動地接受與模仿，也是一種主動的應對與學習。

3.6.2 評論隨清政府對新政的態度時有時無

　　《北洋官報》創刊初期，從第 1 至 14 期連續設《論說》專欄，每日刊載論說一篇；第 15 期至 66 期，斷斷續續設有《論說》專欄；66 期以後，《論說》專欄取消，《專件》專欄，後改爲《要件》專欄，間或刊載論說。不過，《要件》專欄刊載的論說性質的文章越來越少。清廷宣布預備立憲以後，《北洋官報》有一些調整，再次增加論說類欄目，設《本局論撰》、《時論採新》等。對於開設論說類欄目一事，官報局向督憲袁世凱請示，並送呈樣本。袁世凱做了批示，同意開設論說欄目，並把請求批示前後原由多次重複詳載於《北洋官報》上。文中認爲「官報可增添論說以開通民智宣揚治化爲預備立憲之基礎」。報紙是「開智之利器，貴乎日異而月新」，官報因其身份地位，尤與政界大有關係，在新政中，更應該率先垂範，「不可拘守舊章致蹈陳陳相因」，繼而失去了現有的價值。既然上論中明確說「大權統自朝廷，庶政公諸輿論」，那麼，報紙有責任在這個實行憲政的關鍵時刻擔起引導輿論的重任。於是，《北洋官報》增設論說，「分爲本局論撰及輿論採新，二類間日輪出。本局論撰以政治、教育、實業三項爲界限，發明新理，開通民智，務求明顯確實，不炫詞華，並不得稍有礙字句致滋物議。至輿論採新一門則選錄各種旬報日報精確之論……均加圈點以醒眉目。惟排印次序當以論說列於奏議公牘之後，以別於商辦各報之體裁」〔註 132〕。然而這新氣象從第 1201 期堅持到第 1287 期，共 87 期。短暫的 87 天之後，論說又從官報上消失了。

　　之後，論說這種體裁在官報上長期缺失。這說明，《北洋官報》始終站在維護清政府封建體制的立場上。當清政府實行新政態度堅決時，《北洋官報》也在不折不扣地執行上傳下達的任務，充當宣傳喉舌與吹鼓手，積極引導輿論，營造新政氛圍；當清政府對於立憲猶豫不決甚至停滯不前時，《北洋官報》的宣傳也偃旗息鼓，其對新政的報導也沒了生氣。官報的性質決定了《北洋官報》不可能獨立於清政府的政治框架之外，獨立思考，履行輿論監督的職能。所以，《北洋官報》的評論隨著清政府對新政的態度時有時無。

3.6.3 《北洋官報》評論主題分析

　　本文對《北洋官報》前後兩個時期的評論做了數據統計。即第 1 期至 200

〔註 132〕本局稟官報改良增添論說送呈樣本請批示祗遵由並批〔N〕，北洋官報，第 1201
　　　　期，1906 年 11 月 26 日。

期，這是《北洋官報》創刊初期的評論。200 期以後，《北洋官報》上評論性質的文字幾乎不再刊載。前 200 期的評論中，包括《論說》欄目中的評論和《專件》欄目中的評論性質的文章。後一個時期，指的是 1201 期到 1287 期，其中 1214 期和 1224 期丟失。

表 3-9　《北洋官報》前 200 期評論統計

類別	政治	教育	官制改革	經濟	軍事	國際	風俗	金融	法律	自然	外交	新聞	警政	其他	總計
數量	7	11	2	8	4	7	4	6	3	1	2	5	1	3	64

表 3-10　《北洋官報》第 1201 期至 1287 期評論統計

類別	地方自治	外交	金融商貿	社會思潮	國際形勢	教育	實業	地方建設	風俗	農業	新聞	其他	總計
數量	6	1	3	13	1	13	3	2	2	1	1	1	47

從統計數據來看，前 200 期《北洋官報》的評論焦點分別是教育、經濟、政治和國際形勢、金融等。另外，新聞、軍事、社會風俗等方面也都有較多關注。《北洋官報》創刊初期，正值清末新政實施伊始，無論是中央政府還是直隸省政府，投入了大量的精力和財力，千頭萬緒的政策有待實施，大有「百廢待興」之勢。當時重點開展的內容包括編練「新軍」、興工振商、改革教育、改革官制、制定法律等。《北洋官報》評論的焦點自然集中在新政的主要內容上。另外，國內外政治走向，國際局勢與環境深刻影響著新政的實施乃至清政府的命運，官報關注政治與國際形勢也是必然。《北洋官報》是一份新式官報，它對新式新聞業的關注也較多。它通過發刊辭、發行百冊賀詞等形式，以及轉載國內外學者對新聞業、新聞媒體的理解，闡釋自己對待新聞媒體的功能作用的態度，展望未來報紙的發展方向以及與政府的關係。

從《北洋官報》第 1201 期至 1287 期評論數量統計中，可以看到，地方自治和教育是報紙評論的重要主題。時值 1906 年，清政府宣布預備立憲。在清政府的預備立憲進程設計中，推進地方自治與提高國民教育水平和憲政素養是重中之重，貫穿於預備立憲工作的自始至終。這些內容也是新聞報導的重點。評論是新聞的指揮棒，是報紙的旗幟，在當時，《北洋官報》評論中給

予地方自治和教育兩大主題重點關注，也反映出官報對政府預備立憲的支持，自覺爲預備立憲的推行搖旗吶喊。

統計類別中「社會思潮」一項是指晚清的多種社會傾向。在發展變化空前劇烈的晚清社會中，「缺乏偉大深邃的理論著作，卻不乏雲湧風發的社會思潮」〔註133〕。學者耿雲志認爲，晚清社會思潮湧動，有三大因素最爲主要：「一是緊迫的民族危機，一是社會變遷，一是中西文化之間的衝突與交融。」〔註134〕鴉片戰爭以後，民族危機日趨嚴重，少部分思想家和洋務官員最早感受到了西方一日千里的進步和天朝迅速沒落的恐懼，而最先具有了民族危機意識，社會思潮暗流湧動。庚子事變以及《辛丑條約》的簽訂，終於擊碎了朝野上下盡善盡美的帝國夢，思想界、知識界國亡無日的恐懼感愈發強烈，「心態近乎驚慌，步伐不免凌亂」〔註135〕。而幾千年來，中國賴以維持的農本經濟基礎幾近崩潰，社會階層發生分化，資本主義生產方式和資產階級開始出現，資產階級知識分子、新式報紙與社會團體逐漸活躍起來。新的利益訴求必定催生新的觀念，新的思想。社會思潮越來越豐富，越來越活躍。而西學東漸使中國傳統文化遭到強有力的衝擊，同時也爲晚清的思想提供了豐富的養料。西方社會歷經幾百年漫長時間逐步形成的各種思想、觀點、理論與學說，像潮水一般灌入中國思想界。「一方面中國的一些傳統的政策、制度、思想觀念、學說等等逐漸受到有識之士的懷疑、批評。另一方面，爲了應付危機，中國傳統中的一些思想、主張、學說等，比如傳統的重商思想、民本思想、仁政思想、經世思想、大同思想、《大學》中的格物致知說、墨子的兼愛學說等等，都被重新發現或給予重新解釋，成爲接受、理解西學的橋樑。」〔註136〕各種社會思潮此起彼伏，此消彼長，推動社會變革陸續發生。洋務運動、維新運動、新政運動、立憲運動、革命運動等又反過來不斷推動新思潮的發展。

《北洋官報》的評論就較多反映了這一時期的社會思潮，通過《本局論撰》、《時論採新》來闡發各種思想。《論地方自治之制創始於周公實行於管子》、《論墨家之學切用於今日之時勢》、《王船山學說多與斯密暗合說》、《論

〔註133〕郭漢民，晚清社會思潮研究〔M〕，北京：中國社會科學出版社，2003：（8）。
〔註134〕郭漢民，晚清社會思潮研究〔M〕，北京：中國社會科學出版社，2003：（2）。
〔註135〕郭漢民，晚清社會思潮研究〔M〕，北京：中國社會科學出版社，2003：（3）。
〔註136〕郭漢民，晚清社會思潮研究〔M〕，北京：中國社會科學出版社，2003：（3）。

道家之學儒家法家同源而異派》、《論法家之學說最合於立憲政體》、《論孔子無改制之事》等。

　　大清王朝最後的十年間，君主立憲和反清革命兩大思潮同時並起，君主立憲論以梁啓超、楊度、張謇、湯壽潛等人為代表，宣揚立憲救國、組建責任內閣、實行地方自治、司法獨立、政黨政治、國會政治以及君主不負責任等憲政理論，接連不斷地發起國會請願運動，希望以和平的方式建立君主立憲制度。反清革命派以鄒容、陳天華、章太炎、孫中山等人為代表，宣傳排滿、光復與民主共和，發動前赴後繼的武裝起義，希冀通過暴力革命推翻清王朝的封建專制，建立民主共和制度。對於革命派的革命思潮，清王朝自是竭力對抗與壓制。然而即使是君主立憲思潮，也並不契合清政府的預備立憲思想。兩種思潮如火如荼，共同衝擊著清王朝的統治基礎。為了順利推進預備立憲，官方也試圖尋找符合其利益訴求的思想或觀點，加以宣傳或推廣，為其政治改革找到思想支撐和依傍，藉以維護中央權威，強化中央意志。上述《北洋官報》刊載的評論，從中國傳統思想中挖掘精華，用以解釋西方傳入的現代思想，找到預備立憲、地方自治的依據，以此維護清王朝的皇權政治與統治秩序。

　　西學東漸下，中國有很多知識分子還是傾向於通過改良傳統文化以及儒學，作為塑造中華民族近代品格與風貌的基石。在與西方文化溝通與融合的過程中，中國的學者們嘗試用西學比附傳統學術，認為我國古代思想家具有遠見卓識，他們的學術思想完全可以與近代先進的西方思想理論相接軌，試圖證明西方聖哲的思想觀點在我國傳統文化裏早就有本可循。《論地方自治之制創始於周公實行於管子》、《王船山學說多與斯密暗合說》、《論法家之學說最合於立憲政體》等文就是學者們嘗試運用西學的研究體系，重新詮釋中國古代思想家的思想。這種嘗試雖然存在著明顯的缺陷和漏洞，暴露出中國知識分子對西方文化缺乏理性、全面、深入的認識，但是卻找到了傳統文化和西方文化對接的橋樑。《北洋官報》刊載這類反映社會思潮的評論，「這也從側面反映出了在清末社會思潮紛紜迭變的過程中，面對新思潮和新文化的衝擊，部分官吏和士大夫被迫作出的適應社會變革的改變，即被迫對代表上層建築的思想文化體系作出有選擇性的改造以適應近代社會的發展」〔註137〕。

_____

〔註137〕劉覓知，近代社會思潮演進格局下的船山學研究〔D〕，長沙：湖南大學，2015：（106）。

3.6.4 以「淺說」的形式普及立憲常識

在預備立憲期間，《北洋官報》除了開闢特定欄目刊載評論以外，還在每期新聞版面之後設「附錄」，附錄中定期連載《憲政淺說》、《教育淺說》、《科學雜誌》等。《憲政淺說》、《教育淺說》等都是論說性質的文章。所謂「淺說」就是淺顯的論說，通常用白話來表達，目的是能夠使論說內容普及大眾化。這些評論性質的文章沒有計入前述數據統計。原因是斷斷續續，雖為連載，但各個篇目、欄目隔期刊載；體裁不一，各類內容彙集沒有分類。不過，附錄中連載的評論性質的文章，尤其以《憲政淺說》發表最集中，數量最多。有的期也叫做《新政淺說》。在第 1223 期《北洋官報》第一次在附錄中設立《憲政淺說》時，在當期選錄的文章前加了一段類似編者按的話：

> 立憲利益更僕難終。蓋此種政體既為全球各國所公定，且經無數政治專家研究討論，然後實行，西歐東瀛均著成效，所謂有百利而無一害也。朝廷宣布詔旨預備立憲，歡聲雷動暢垓泝埏。然吾國民智尚多幼稚，統計四百兆中，確知立憲政體之意者尤居少數。故自京師以迄，行省明達官紳設會研究者聯袂接踵。記者竊負分子之責任，期效壞流之裨益，爰採集各報中過關憲政及地方自治者，匯錄成編。儘管所及亦附載焉。記者謹識。〔註138〕

《北洋官報》試圖利用評論引導立憲輿論，借評論普及立憲常識，提高國民政治素養，為大清立憲打下民眾基礎。

《北洋官報》評論少，且沒有對政府政策的制定與施行的評論，沒有對社會生活的深刻介入。這一點一直被同時期私家之報鄙薄，也被後來的研究者詬病。但，對於一個習慣於上千年以壓制社會言論，剝奪人民話語權為統治政策的封建專制王朝來說，接受新式官報，接受報刊評論實屬不易，已是歷史的進步。處在一個波雲詭譎的歷史時期，清王朝統治地位岌岌可危，《北洋官報》通過評論有限度地表達了報刊反映民意，監督政府的作用和理想，更多的評論則是維護封建統治，充當統治者喉舌，充當新政推行的吹鼓手。

3.7 本章小結

本章是全文研究的重點，通過定量分析和定性分析，《北洋官報》的內在

〔註138〕北洋官報，第 1223 期，1906 年 12 月 18 日。

面貌終於展露出來。無疑，報紙刊登了哪些新聞，表達了什麼樣的觀點立場，決定了對它的歷史評價。

第一，《北洋官報》的宣傳報導符合其官報定位和辦報宗旨。

無論是「儀式化」刊載「宮門抄」和「上諭」，還是大量宣傳報導新政與「預備立憲」，還有法規、章程、各地調查報告等官方文牘，都反映出《北洋官報》是直隸省官方喉舌的身份。它盡心盡力為封建政府的各項工作宣傳報導，鳴鑼開道。這正說明它是一份「官報」，有別於「私家之報」，不以盈利為目的。同時，《北洋官報》大量刊載新知識，介紹新書籍，開辦知識性附刊，緊緊圍繞其「開風氣」「開民智」「傳播新學」的辦報宗旨組織內容。

第二，豐富的內容反映出《北洋官報》開闊的視野與廣大的格局。

《北洋官報》每期內容非常豐富，皇城內外，省內省外，國內國外，新聞、評論、各類知識以及廣告等，分門別類按序刊載。一份直隸省的官報，所載內容並不局限於省內，而是著眼於全國，甚至說其胸懷天下也不為過。這說明官報不僅對晚清時局瞭解透徹，掌握全面，更是對報紙干預社會，實現其職責抱有良好的願望。

第三，《北洋官報》並沒有承擔壓制革命報刊言論的任務。

《北洋官報》曾在創辦伊始序言當中指出，私家之報「獨其開不無詭激失中之論，及及或陷惑愚民使之莫知所守」。於是，頗有承擔起對抗私家之報「詭激失中之論」的使命感。但是從本章對《北洋官報》的言論分析來看，一是官報言論的地位和數量遠不及新聞；二是官報上並未見到與革命報刊或其他私家之報直接辯駁的言論；三是官報中也不時可見一些批判自由、平等等所謂「匡正人心」的文章，如《民權平議》等，而這些觀點也不過是反映了當時各種社會思潮。所以有學者評價官報的「政治立場是反動的」，是「清政府控制輿論的一種極端手段」，這些觀點至少對於《北洋官報》來說有失偏頗。

第四，《北洋官報》與立憲思潮二者的發展是相輔相成的。

《北洋官報》與其他官報及立憲派報刊一起，對立憲思潮的不懈鼓吹，加之清政府對立憲的實質性推動，共同推動清末立憲思潮的高漲。同時，立憲思潮也為《北洋官報》的發展注入新的活力。1906 年，清政府宣布「預備立憲」之後，《北洋官報》歡欣鼓舞，悅然改版，擴大篇幅，增設評論，加大立憲新聞報導力度，又一次展現出蓬勃的發展動力。事實上，預備立憲時期

是晚清報刊發展最快的時期。立憲思潮爲報刊發展提供了有利的環境。

第五，從內容編排來看，《北洋官報》已具備了現代媒介的部分傳播功能。

即環境監視功能——在特定社會內部和外部收集傳達信息；解釋與規定功能——傳達信息並對信息進行解釋，引導和協調社會成員的行爲；社會化功能——傳播知識、傳導價值以及行爲規範等。

第 4 章 《北洋官報》的歷史作用及其地位

　　在中國近代報業發展史上，新式官報佔據著一席之地，與其他類型的報刊一起，成爲我國第一次報刊業發展高潮的一部分。由於官方對新式報紙的承認和支持，報人以及報紙的社會地位大大提高，中國最後的古代報紙——邸報，因新式官報的蓬勃興起與發展而最終消失。《北洋官報》作爲這批新式官報中創辦最早，持續時間最長，影響力最大的報紙，它所起到的作用值得研究。在它存世的十多年當中，除了每年春節例行十天假期休刊外，從不脫期，它既是歷史的見證者又是積極的參與者。它見證了清末新政的實施歷程，見證了晚清最後十年的政府公務活動。甚至毫無違和感地從清代封建王朝自然而然地進入到了民主共和的中華民國。它重要的史料價值不可被歷史研究者忽略。《北洋官報》不僅見證和記錄歷史，而且還積極參與到創建歷史的大潮中。它的存在和堅持自有其歷史使命。

4.1 《北洋官報》與輿論引導

　　《北洋官報》對歷史的參與，更多地表現在它爲清末新政搖旗吶喊，推動清末新政向前發展。在新政實施的不同階段，《北洋官報》都努力用官方政治話語來引導輿論，試圖爲新政的推行營造良好的輿論環境。

4.1.1 國際國內要求清政府實施新政的輿論呼聲高漲

庚子事變之後，改革已然成為一種社會潮流。清末新政千呼萬喚最終啟動，是多種因素合力推動產生的結果，包括民族危機、階級矛盾、社會矛盾、國際壓力、維護封建統治的需要以及社會輿論。

國內要求改革的輿論呼聲因國難之機再次高漲。上至朝廷官員，中及仁人志士，下至貧苦民眾，人心思變。官員們認為「各國與中國交涉，多不按各國通例」，「如能變法，則可漸望外人以通例待我矣！」要想擺脫西方列強欺侮，和西方列強平等交往，變法維新是根本之策。有識之士也大聲疾呼，「欲救中國殘局，惟有變西法一策」。普通民眾「有擬東南士民與政府書，意行新政」。面對上上下下的輿論呼聲，統治階級也終於認識到，「維新之說，實吾四百兆人所共有之公心，亦即吾四百兆人所難緩之公事也」。可見「有甲午之役而後中國新政始有萌芽，有庚子之變而後中國新政乃再翻覆」〔註 1〕。

國際上給予清政府的壓力也很大。西方列強在集體入侵中國之後，為了保持並擴大它們在華的既得利益，不能眼看著清政府抱殘守缺最終被革命所推翻，不如督促清政府實行改革以消彌革命，這樣才能保持甚至擴大它們在華的既得利益。因此，《辛丑條約》簽訂之前和之後，列強多次向清政府提出改革的建議，並給清政府施加壓力。

面對各方壓力，清政府被迫實施新政，開展政治、經濟、軍事、教育等各方面改革。然而清政府深知輿論施壓各方對於實行新政各有各自目的，並且對於改革各方各派也都有自己的思想和預期目標。清政府為保證新政的實施限定在統治者的意志中，牢牢地框在封建專政者們劃定的框架中，就必須統一輿論，維護封建政府的權威。

《北洋官報》沒有承擔正面迎擊各方輿論的任務，它與時下風頭正熱的革命派思想、立憲派思想都沒有過正面交鋒，比如開展論戰或者發動批評、批判等。官報中不時可見的匡正人心、扶正祛邪的提法，如在發刊詞中，在為數不多的評論中對於民權、自由、時局等的表態，更多地是針對民營報刊、民間輿論以及社會思潮等。《北洋官報》對於輿論的引導更多地體現在其在清末新政中的作用。

〔註 1〕 吳康林，社會輿論與清末新政——論地方督撫的輿論引導力〔J〕，合肥工業大
　　　　學學報（社會科學版），2016（30）第 1 期。

4.1.2　大量刊載新政內容，對輿論進行議程設置

　　有學者稱，官報主要刊載諭旨、章奏、公文，並由此認爲「新式官報實際上還只是朝廷『喉舌』，是各級政府傳達政策法令的機構，與邸報『宣達皇明，傳達政令』的功能差別不大」〔註 2〕。然而事實並非如此，我們對《北洋官報》的內容做了數據統計，可以一覽其內容安排。需要說明的是，廣告與附刊《北洋學報》，後來改名《北洋政法學報》，這兩方面內容不算在內。採取的抽樣法，以天津古籍出版社出版的全套《北洋官報》影印版爲抽樣基礎，89 冊中，本文要研究的官報從創刊到清朝滅亡一共 3053 期官報，編爲前 80 冊。後 9 冊爲民國時期的官報不在本文研究範圍。80 冊《北洋官報》，每冊有包含一個整月的官報，兩個整月的官報，或者三個整月的官報。抽樣的方法爲，選取每冊影印本的第一期和最後一期做數據統計。如果遇到抽樣的那一期殘缺，就選取相鄰的一期做樣本。一共選取了 160 期《北洋官報》，將林林總總各個欄目歸爲八類，統計每期各類內容的條數所佔整體篇幅的百分比，最後再計算出平均數如下：

表 4-1　《北洋官報》各類內容所佔比例

內容	上諭宮門抄轅門抄	奏摺	公牘文告	譯電外國新聞	新政	新聞	要件附錄	評論
佔比%	12.10	12.24	20.27	16.45	29.01	5.99	2.49	1.14

　　「譯電」全部是外國新聞，因爲是選自通訊社電報，所以《北洋官報》專門開設欄目叫「譯電」；「新聞」是指官報上刊載的社會新聞、官吏任免等非有關新政的各類新聞；「要件」欄目，官報前期安排在靠前位置，刊載評論、人物傳記、列國小志等內容，後期安排在報紙正刊最後，廣告之前，主要刊載各類章程、調查報告等內容；「附錄」主要刊載新知識、新發明、新思想，或者各類學校開設課程介紹以及招考名單等內容。

　　從統計表中可以看到，上諭、宮門抄、轅門抄平均佔比爲 12.10，在《北洋官報》發展前期和中期，正值清末新政如火如荼的實施當中，這個佔比要遠遠低於平均數，相反，有關新政的新聞內容佔比要遠遠高於平均數 29.01；

〔註 2〕吳廷俊，中國新聞史新修〔M〕，上海：復旦大學出版社，2008：（9）。

　　《北洋官報》發展後期，清王朝大勢已去，風中殘燭即將熄滅，新政推行尤其是憲政實施被輿論認為極具欺騙性。反對之聲甚至抗議行動愈演愈烈，資產階級革命之火迅速蔓延，清政府對「新政救國」不再抱有希望，而《北洋官報》也越來越少刊載有關新政的內容，這時候反映朝廷動向、官府日常的宮門抄、轅門抄佔比顯得就高一些。

　　從以上表格可以看得出，《北洋官報》刊載「新政」類內容的比例較高。在清政府實施新政之初以及推行預備立憲之始，上下改革信心較足的時期，《北洋官報》上刊載的有關新政的內容比例更高，甚至接近百分之五十。除專門開闢的「新政紀聞」欄目刊載新政新聞之外，「畿輔近事」、「省內新聞」、「省外新聞」中大部分新聞都是關於憲政、實業、教育、警政等方面的各地新政改革新聞。而佔比也不低的「奏摺」、「公牘」、「文告」等內容中，有關新政的也不少，臣僚奏請皇上，皇上批覆應予辦理的奏摺，如《民政部奏請清查戶口以舉民政摺》（第 1378 期）、《粵督岑奏預備立憲階級摺》（第 1396期）、《民政部奏請飭修律大臣釐定民律摺》（第 1401 期）、《直督袁奏設北洋師範學堂臚舉大綱摺》（第 1404 期）等；各部門對於新的改革措施的公告；各部門之間關於各項工作的交接、來往等，很多涉及到新政，如《督憲袁准農工商部諮直隸開辦農會應准立案轉飭農務總局抄錄章程送部文》（第 1381期）、《薩鎮鎮冰擬具開辦水師學堂章程暨開支經費清摺詳文並批》（第 265期）、《學校司請頒發蒙學教授法並飭各屬開辦蒙學講習詳文並批》（第 278 期）等。另外，「要件」、「附錄」中涉及新政的那就更多了，各種為舉辦新事業、新改革而制定的新規定、新章程都會全文刊載，如《中國新圓法條議》、（第241 期）、《憲政編查館奏定章程》（多期連載）、《北洋官報總局詳擬官紙印刷歸併官報大概辦法》（連載多期）等。這樣說來，《北洋官報》刊載有關新政的內容佔比會更高。

　　《北洋官報》在一定時期中對新政開展突出報導，主動進行議程設置，試圖引起公眾的普遍關心和重視，強化新政話題在公眾心目中的重要程度，進而讓「新政」成為社會輿論討論的中心議題。當然，由於《北洋官報》的主要讀者是官紳階層而非普通大眾，所以《北洋官報》的議程設置效果是通過對輿論領袖、私營報紙等的影響，繼而擴大到整個社會的。《北洋官報》大量刊載新政內容表明了清政府實施新政，改革舊制的姿態，並營造出政府各部門積極推行、實踐新政的氛圍，以期破除民間對清政府「假立憲」、「立憲

具有欺騙性、不眞誠」的輿論，給主張憲政、主張革命的政治勢力以期待和希望，減少其不斷施加於清政府的壓力。除此之外，由於《北洋官報》代表直隸省政府、乃至中央政府喉舌，其刊載政令、公文以及新政等內容具有權威性，所以，官報的新聞對於「私家之報」刊載同類內容具有一定的規範性——這至少是《北洋官報》和清政府的主觀意志，「對抗詭激失中之言論」，將新政的話語權掌控在統治者手中，對新政的施行起到政治動員的作用。

4.1.3　以親民化的表達方式進行輿論引導

《北洋官報》名爲「官報」，但自身定位是面向全民。這一點它在創刊伊始刊發的序言當中就有表達。「交通上下之志」，「使人人知新政新學，爲今日立國必不可緩之務。而勿以狃習舊故之見，疑阻上法。固不能無賴於官報也。今設直隸官報，以講求政治學理，破固習，瀹智識，期於上下通志，漸致富強爲宗旨，不取空言危論」〔註 3〕。從序言當中，可以看得出，《北洋官報》期望通過官報的宣傳報導能夠提高全民的智識和政治素養，破除全社會的積弊，一份官報的雄心壯志可窺見一斑。爲了向全民推廣，清政府還提倡和鼓勵社會創辦閱讀社（所、處），並在閱報社（所、處）推廣《北洋官報》。另外，清政府還向各級各類新式學堂推廣《北洋官報》。雖說最終結果是《北洋官報》並沒有被上至朝野官紳，下至販夫走卒的全社會民眾接受，但《北洋官報》所做出的努力「向下」的姿態還是要肯定的。爲了能夠「向下」走，《北洋官報》從多方面表現它的「親民性」。

4.1.3.1　用白話文傳播

《北洋官報》最親民化的表現就是它用白話文刊載文章。在官報上，白話文刊用的比例並不是很高，不是每天都有，但卻是經常性出現，尤其是在官報前期、中期的發展時期，集中在對《聖諭廣訓》的通俗解釋、公告、新知識以及一些論說當中，還有很多廣告用白話文。在前文第三章第一節當中，本文已經介紹過《北洋官報》在首頁上刊載《聖諭廣訓》，用白話文通俗解釋，以達到廣泛傳播，教化民眾的目的。第三節中本文還介紹了《北洋官報》用白話文刊載各種公告，以廣而告之，富有人情味且易於公眾接受。此處可再多舉例說明。

〔註 3〕序一〔N〕，北洋官報，第 1 期，1902 年 12 月 25 日。

　　各個部門都有利用《北洋官報》刊載白話告示。比如天津衛生總局刊載的一則白話告示：

　　　　爲曉諭事照得飲食中最要緊的是水。水不淨則病生，水不開則腹瀉。本局屢次出示告知你們吃水的方法，想你們總曉得了。現在雨澤稀少，喝水淺落，水中毒蟲甚多，最好是吃自來水。但是吃河水的也不少，不得不將吃水的方法重提一遍。凡吃河水須用白礬澄清過一晝夜，燒二十分鐘可取用。要是不燒開了，輕的鬧痢疾，中的鬧霍亂，就是自來水亦要燒開了再吃。要緊要緊！所有開水鋪的做荷蘭水的皆是賣水的生意，務要遵照前法辦理。如果用水不淨或淨而不開，此是有心害人。本局隨時查驗。一經查出，重罰辦凜之特示。〔註4〕

有天津捐務總局的白話告示，爲籌辦地方學堂，又向黎民百姓抽捐，發布白話告示收捐，實爲威逼警告。白話告示中先以「利誘」：「各捐戶每月出錢可實在享受了無窮的好處，大家又何樂而不爲呢！」繼而開始威脅：「那種狡猾的人想出許多取巧的法子，不是漏報不捐就是拖欠不納，以此爲巧，以此爲能。有些愚人當時看那狡猾人的法子甚好，也有眼熱的也有羨慕的，等到被我們查出來的時候加倍的罰，照樣的補！才知道他是弄巧成拙」，「因此，出這張白話告示，通行曉諭一遍，現在本局可是不斷的派人四處去查……自六月初一日起倘若有不報不補之家被我們查出，那是一定要加倍的罰，從重的辦，可別說我們辦事過於刻薄，不早知會你們了」〔註5〕。

　　上述白話告示原文是沒有句讀沒有空格的，保定官藥局有一則白話告示甚至做了斷句處理，讓民眾讀起來更加通俗易懂：

　　　　爲明白曉諭事照得天氣大熱總不下雨　人受病的就多了　保定城裏的人　死的也不少啦　本地請先生的規矩　診金有一弔的　有五百的　還有二百錢的車錢　哪些窮人兒那裡花的起　既沒有錢請先生　有沒有錢買藥吃　有了病就躺在床上等著死　你說可憐不可憐　本局施診施藥年數也不少啦　但是能治走到局裏來的病　不能治走不到局裏來的病　那能夠到局子裏來看病的多是些小病兒　跟那剛起的時氣病兒　就有大病也是些老病兒　新

〔註4〕天津衛生總局白話告示〔N〕，北洋官報，第1385期，1907年6月8日。
〔註5〕天津捐務總局告示〔N〕，北洋官報，第1409期，1907年7月2日。

病能走的總來治呢　要是現在時令病兒　重了不能走來他就不來
了　這些有病的人　既不能來又沒有錢請先生　眞正可憐
本局現在想個法兒　打算救這些有病的人　跟本局的內科蔣醫
員商量　凡在保定城關內外人家　不論貧富　家裏如有病人
不能到局裏的　就可以請我們這位蔣醫員去看　診金一個不要
午前掛號　隨帶車錢二百　午後就到你們家裏看病去　如果
有急病也可以隨請隨到　有些極窮的　實在吃不起藥的　可以
到本局來抓藥去　八月底爲止　這是本局蔣醫員格外體貼大家
的　不是照例的　至於有錢的病好啦　願意謝先生也隨便不
謝也就拉倒　本局決不勉強　過了這八月　這新章可就停止
了　仍然還是照舊例特示。〔註 6〕

這篇白話告示連保定方言的兒化音都要寫出來，遣詞造句極其通俗，好像同
市民們拉家常一般。又因其治病救人的慈善公益性，讀來比上一篇催繳稅捐
的白話告示親切得多。就是不知道在當時是否從上至下廣而告之，使需要救
助的人得以就醫。

　　發布白話告示的部門各種各類，白話告示內容也是五花百門，涉及社會
風俗、醫療衛生、抽捐收稅、商貿整改、清查戶籍等等。有些重要的、篇幅
較長的或者是更高政府部門發布的公告會放在《要件》欄目中刊載，其中有
一些也用白話文撰寫。比如《故城縣朱大令勸諭各家子弟入初等小學堂白話
告示》、《徐制軍唐中丞會銜曉瑜東三省人民白話告示》等。《要件》欄目中曾
經刊載一則《保定天足會公告》，公告中用白話文爲公眾詳細分析了纏足陋習
束縛了中國女性的發展，是中國女性不獨立的根源，號召中國婦女不再纏足，
並動員男子首當其衝幫助婦女抵制纏足風氣，號召男子加入天足會（天足即
天然的腳），一起破除陋習，興女學，並認爲這是中國轉弱爲強的一個機關。

　　除了白話公告以外，《北洋官報》在傳播新知方面也注重用通俗易懂的白
話文向大眾進行科普。比如官報第 1066 期最後一版用圖文搭配的形式向讀者
解釋《檀香山饅頭樹》。上半版印一幅清晰的檀香山饅頭樹的特寫圖畫，圖下
方是一段白話文介紹說明這種植物，原文已用空格做了斷句：

　　　太平洋的檀香山島　中間有一種饅頭樹　怎麼叫做饅頭樹呢
　　因爲那樹上結成的果子　住居島中的人民　用火烘熟　就可當做食

〔註 6〕保定官藥局白話告示〔N〕，北洋官報，第 1431 期，1907 年 7 月 24 日。

物　與麵粉做成饅頭一樣　所以就叫做饅頭樹　但檀島的人民　雖
得有這種果品　並不知道是什麼長成的緣故　有博物士查考植物裏
面的質料　都是許多細胞凝合結成的　那細胞中間的原質　又各有
不同　凡發朵開花結實　都全仗著這細胞　才能夠茂盛　裏面凡含
著麥質的　這結成的果子　就同那麵粉做成的一樣　照這樣看來
這檀香山的饅頭樹　是含有麥質的了〔註7〕

這段文字介紹沒有任何深奧的專業知識，用中國讀者熟知的饅頭、麵粉來做
類比，簡單明瞭地介紹給讀者一種陌生而新穎的植物。除了科普植物，《北洋
官報》還向讀者科普五花八門的新鮮知識，比如《泳氣鐘圖》（第 1075 期）
介紹西人在水中作工，要做一個盛滿空氣的大鐘。這個做水中氣鐘的做法由
一種在水中吐絲做鐘並在鐘裏育子過多的蜘蛛啓發而來。這篇文章讀來眞是
覺得神奇！《法國斐洲屬地亞爾及城》則向讀者介紹的是非洲土地上，亞爾
及國成爲法屬殖民地的歷史經過，簡介其國家情況，並評價它是非洲巴巴黎
諸國中最爲開化最爲進步的國度。像這類的有關大清帝國以外五大洲各國的
情況介紹，《北洋官報》有很多，有深受其侵略之害的大國的介紹，甚至還有
像「亞爾及」這樣不知名的小國的介紹，讓中國讀者知道大清帝國以外還有
其他世界文明。

　　用白話文刊載的內容還不限於此，《北洋官報》從創刊到清王朝終結，
始終堅持用白話文向讀者連載知識類文章，以充分發揮報紙傳播知識的功
能，並最大限度地增強普及科學文化知識，提高國民素養的效果。在不同
時期，根據時勢發展要求，根據清政府新政各項政策推進的不同階段，宣
傳任務的不同，《北洋官報》連載的白話文知識各有不同。創刊伊始，義和
團運動被清政府和八國聯軍聯合剿滅，但燒教堂、殺洋人和殺教民的行動
還時常發生，義和團的星火在民間依舊存在。清政府爲了討好西方列強，
求得安穩，對反對教務的民間行動自是嚴懲不怠。另一方面，西方列強爲
了在中國大地上站穩腳跟，也不斷地向清政府施壓，讓清政府保障西方人
在中國的安全。《北洋官報》連載《教務白話》，用大白話勸解民眾不要相
信義和拳或類似組織的謊言，「說什麼神仙附體　能不怕刀槍　不怕火炮
你們親眼看見　被槍炮活活打死的有多少　豈不是害了別人還害了自己
麼」。破解了謊言，也替外國人辯解，「你們再想　外國人的對象　那一樣

〔註7〕北洋官報，第 1066 期，1906 年 7 月 14 日。

不用藥料 若必要用人的心肝眼睛 當他們未來中國的時候 豈是盡把自己的眼睛心肝 用作藥料麼 若果如此 他們國裏 那還有人麼 還能來中國麼」〔註 8〕。《教務白話》也替教民辯解，並進而教育平民、教民都要感激皇上的恩典，「皇上氣量很大 給了你們這樣的 恩典 並不想要你們怎麼樣報效 只要你們守著規矩」，「和和氣氣」，「公公平平 不貪便宜盡你們同鄉的情分 自然心裏也就安逸了 做事也就和氣了」〔註 9〕。這《教務白話》就是起著教化民眾、撫慰民眾，維護社會秩序的作用。

　　早期還刊登過《農事淺說》，就是用白話文向農民普及有關農業的科學常識。中期的《北洋官報》長期連載《教育淺說》、《憲政淺說》等。主要是針對預備立憲期間，提高民眾教育水平，培養民眾憲政素養而設立。上一章末有介紹，《教育淺說》、《憲政淺說》有述有評，全部用通俗易懂的白話文撰寫，作為一份官報，其用心良苦。

4.1.3.2　用民間話語表達

　　《北洋官報》的新聞報導及宣傳用語都是在清政府官方話語表達範疇中。官報上使用的話語是在政治合法性基礎上的自我論證式的言說〔註 10〕。它發布的是具有鮮明的政治目的性和嚴謹的規範性的權威信息，傳達的是國家權力機構的公共政策。這是由《北洋官報》的社會角色的確定性和其所代表的權利的壟斷性所決定。晚清社會最後的十年中，劇烈動盪的社會轉型過程中，多元化的社會思潮不斷湧現和傳入，這種受限於權力關係的結構化、穩定化的一元話語模式也受到衝擊，其壟斷性、霸權性受到挑戰。晚清社會的公共輿論生態發生新的變化，公共話語空間中的話語權再度分配。革命派報刊、立憲派報刊、商業性報刊等各家媒介言論不斷與官方話語交錯、博弈和互動。面對話語權的分化，官方話語顯得力不從心。

　　為了在話語權的再分配當中依舊保持官方話語的權威性，謀求社會輿論的支持，《北洋官報》也會放下身段，說幾句平民想聽的話了，吸引普通百姓的注意。比如第 87 期官報曾轉載《外交報》的一篇評論《論主權與民心之關係》，其最末一句：「然者交通日繁，旅民日雜，吾國主權愈侷愈狹，民心之向背，吾正不知如何矣。」這樣的語句亦照登不誤。

〔註 8〕教務白話〔N〕，北洋官報，第 3 期，1902 年 12 月 29 日。
〔註 9〕教務白話〔N〕，北洋官報，第 4 期，1902 年 12 月 31 日。
〔註 10〕胡永琦，社會話語與政治轉型窗口〔J〕，中共南京市委黨校學報，2011（3）。

4.2 《北洋官報》與清末官員思想的現代化

社會是由人組成的，人是社會活動的主體，是社會現代化的實際承擔者。馬克思提出「人是人的最高本質」。即，人的現代化是社會發展的目標和前提。關於「現代化」的內涵，中外哲學家、歷史學家、政治家們從各種視角和維度給予了多樣化的定義。學者陳柳欽從發展的視角定義了「現代化」，即現代化「是以現代工業、信息與技術革命為推動力，以物質文化生活水平不斷提高為標誌，以環境優化和民生改善為著力點，實現從傳統的農業社會向現代工業社會轉變，從工業社會向現代信息社會轉變，對經濟、社會、政治、文化、環境、思想等各個領域產生革命性的影響，並引起社會組織與社會行為的深刻變革的過程。」〔註11〕現代化是一個包羅宏富，多階段、多層次的發展過程。我國歷史學家羅榮渠認為，現代化的過程，「經濟發展是物質的層面，政治發展是制度的層面；而思想與行為模式則是社會的深度層面」〔註12〕。一個社會的現代化很大程度上取決於該社會民眾的文明程度。人的現代化總在一定的社會形態中進行，只有社會中絕大多數的個體的觀念、素質、能力等幾個方面都達到現代化的標準時，人的現代化才能實現。

大眾傳播在人的現代化過程中發揮著重要的作用。美國政治家傑斐遜曾說：自由報業是開化人類心靈、促進人類成為理性、道德和社會動物的最佳工具。〔註13〕傳統社會中大眾傳播媒介通過廣泛介紹已先行一步的先進的異域文明，開闊落後民眾的視野，動員其向先進文明學習，奮起直追，由此影響甚至改變民眾的觀念、態度和行為，從而促進人的現代化，使國家和社會由傳統向現代變遷。

4.2.1 近代報刊對文明的傳播發揮了重要作用

翻開中國近代史，在中國陷入政治秩序和文化取向雙重民族危機時代，近代化的報刊對文明的傳播，對我國現代化的發展起到了不可忽視的作用。

1840年鴉片戰爭以前，長期的閉關鎖國政策雖然在維護沿海地區穩定方面起到了積極的作用，但卻致使中國與世界隔絕，阻礙了中國吸收先進文化

〔註11〕陳柳欽，現代化的內涵及其理論演進〔J〕，經濟研究參考，2011（44）。
〔註12〕羅榮渠，現代化新論〔M〕，北京：北京大學出版社，1993：（30）。
〔註13〕李新麗，中國近代報刊與人的現代化——以梁啟超的報刊活動為考察對象〔D〕，上海：復旦大學，2009。

和科學技術，並逐漸在盲目自信中越來越落後於世界。歷經第二次鴉片戰爭、甲午戰爭等接連的失敗、割地與賠款，清政府利權日喪。積貧積弱的近代中國，上至各級官僚下至布衣百姓，愚昧、麻木、不開化。國民素質整體低下直接導致國運衰敗，遭列強欺凌。在外來資本主義與本國封建勢力的雙重壓迫下，不堪忍受的中國人民終於掀起一次又一次的革命浪潮。清政府危如累卵。面對內憂外患的局面，清政府先後發起了以「自強」、「求富」為目的的洋務運動、百日而夭的戊戌變法和垂暮掙扎的庚子新政。

　　清末歷次改革是中國向現代化進程邁進的重要舉措。在這個由緩慢逐漸加速的過程中，中國民眾對現代化的認知和實踐經歷了認同到積極參與。洋務運動中，中國開始了對西方器物層面上的學習；戊戌變法是一次思想啟蒙運動，促進了中國的思想解放；而庚子新政取得了一定的進展，一定程度上推動了中國社會的現代化。

　　在晚清社會劇烈變革的過程中，先是先進的知識分子們大量創辦現代化報刊，傳播新思想、新文化、新知識，教育民眾，移風易俗；繼而清政府也接受了現代化報刊，創辦官報或支持商辦報刊，搶佔輿論陣地，宣傳新政，引導改革輿論，在新舊理念的撞擊中，官報與民報共同促進社會向前發展進步。

4.2.2　開民智、開紳智、開官智是晚清社會現代化的基本路徑

　　戊戌變法失敗的根本原因就在於沒有廣大的民眾基礎，變法的思想沒有得到大眾的認可和接受。為此，維新人士梁啓超畢生積極致力於「開民智」和「養新民」。「今日之中國，其大患總在民智不開。民智不開，人才不足，則人雖假我以權利，亦不能守也。士氣似可用矣，地利似可恃矣，然使公理公法、政治之學不明，則雖有千百忠義之人，亦不能免於為奴也。」〔註14〕只有培養起全體民眾的民主與科學素養，形成民主政治的風氣，為政治革新打下堅實的民眾基礎，才能最終實現民智國強。梁啓超認為開民智，開紳智，開官智，「此三者，乃一切之根本，三者畢舉，則於全省之事，若握裘挈領焉矣」。但「欲開民智，開紳智，而假手於官力者，尚不知凡幾也，故開官智，又為萬事之起點。官貧則不能望之以愛民，官愚則不能望之以治事」〔註15〕。

〔註14〕李喜所，元青，梁啓超傳〔M〕，北京：人民教育出版社，1993：（82）。
〔註15〕梁啓超著、陳書良編，梁啓超文集〔C〕，北京：北京燕山出版社，1997：（54）。

在「人存政舉、人亡政息」為特徵的封建人治時代，統治者亦即官員素質的高下直接關係著國家政局和社會的穩定與發展。「開官智」是救亡圖存，興國利民的現實需要。時任清政府外交官的伍廷芳上書朝廷指出，欲挽救中國危機，不受列強侵略欺凌，中國官員就要「留心洋務，竭力考究外國情形及交涉各事」，使列強「自不敢輕視挾制」〔註16〕。隨著中國半殖民地化程度逐漸加深，「無論一州一縣，或商務，或教堂，或遊歷，必有與外人交涉之事」，官員不懂公法、約章，不諳國際形勢，在處理越來越紛繁複雜的對外交涉事件中，就會陷於被動。官員們只有「出洋遊歷，博諮周覽」〔註17〕方可做到知己知彼。清政府施行新政以後，推行各項變法，在改革政治制度、發展實業、興辦教育等方面，無不需要高素質官員。中國傳統社會一向認為，「中國教養，其責在官，官與民最親者，莫如牧令，蓋牧令為民所瞻仰」，故「欲教民，必先自教牧令始」〔註18〕。所以，不僅梁啟超認為「開官智為萬事之起點」，清廷宣布仿行立憲後，慈禧曾以諭旨的形式強調，「內外百官俱有長民之責」〔註19〕，「開官智」為「開民智」之先。朝廷中多舊式官員，「胸中曾未有地球之形狀，曾未有歐州列國之國名，不知學堂工藝商政為何事，不知修道養兵為何政」〔註20〕，「開官智」才能掃除清政府徐圖自強的最大障礙。新政期間，社會各界人士以《大公報》為中心參與到「開官智」的輿論中。「從1902 年 6 月到 1911 年 12 月，《大公報》共發表開官智言論 726 篇」，這些言論「並沒有僅限於對官員進行指責漫罵，它還從根本上探究原因，指出了開官智的途徑與方法」〔註21〕。

4.2.3 《北洋官報》「開官智」的作用較大

在清末新政中，近代化報刊在風起雲湧的改革與革命浪潮中傳播先進文

〔註16〕清華大學歷史系編，戊戌變法文獻資料係日〔M〕，上海：上海書店出版社，1998：（120）。

〔註17〕苑書義，孫華峰，李秉新等，張之洞全集（第三卷）〔M〕，石家莊：河北人民出版社，1998：（1734）。

〔註18〕清華大學歷史系編，戊戌變法文獻資料係日〔Z〕，上海：上海書店出版社，1998：（980）。

〔註19〕朱壽朋，光緒朝東華錄（第五卷）〔Z〕，北京：中華書局，2016：（5742）。

〔註20〕梁啟超著、陳書良編，梁啟超文集〔C〕，北京：北京燕山出版社，2009：（54）。

〔註21〕吳嘉曦，英斂之時期《大公報》開官智言論研究〔D〕，長沙：湖南師範大學，2015。

明，自覺承擔起開官智、開紳智、開民智的傳播功能。在這批近代化報刊中，滿清各級政府機構創辦的新式官報大張旗鼓的推行。官報以官員為主要受眾，自覺發揮起開官智的功能，為提高官員素質，促進官員現代化起到了一定的作用。《北洋官報》當屬其中的佼佼者。

　　《北洋官報》宣稱「官報專以宣德通情啓發民智為要義」〔註 22〕。其刊行時間長，刊載內容豐富，由於其主要讀者對象還是以各級官員為主，所以其「開智」的作用並不能廣泛輻射到平民百姓，卻為清末官員的現代化發揮了一定的作用。它創造了一種新的官報模式，起到了示範和帶動作用。清政府發文推廣，大約在 1905 年前後各省官報相繼建立起來。江浙一帶官報建立較晚，大約在 1908 年才開始創辦。然而，各地官報創辦以後，出現經營不善，發行不利，編撰人員缺乏等多種問題。於是，出版未幾便停刊的也不在少數。影響大的官報除了《北洋官報》以外，還有《南洋官報》、《湖南官報》、《河南官報》、《四川官報》等。在眾多停停復復的官報當中，《北洋官報》是佼佼者，出版十年之久，3000 多期。從出版時長來看，《北洋官報》對清末官員的影響作用相對其他官報來說，更大一些。

　　當時的《北洋官報》主要是依靠行政力量由上至下在各級官員中發行，因廣受歡迎，後來在直隸省外也有代銷點，銷行幾乎覆蓋當時晚清統轄的整個地域，其影響力輻射範圍遍及全國。1903 年 1 月 8 日的《大公報》曾有記載：「北洋官報出版以來，於論說、新聞、白話外模仿日本體例，插入銅板寫眞。京中各部院皆看此報，其各國使館亦有謂中國新出官報，凡中外交涉事宜無不闌入，各使館均甚喜閱，一查中國政務之事實，二查中國全部之現狀。使館之看報與各部院之看報不一宗旨也。惟士商閱者不多云。」〔註 23〕

　　為擴大讀者群，官報要求各地新式學堂內必訂閱《北洋官報》。在各州縣大力倡行閱報社，以廣見聞，開風氣，同時輔助推行官報。當然，官報最重要的讀者群體還是官員。《北洋官報》發行前期，每期派發省內各州縣大約 3000 份以上。〔註 24〕而且，在最初幾個月的報紙上經常刊登《各屬州縣添夠官報清單》，從一個側面說明官報銷行（派發）量不斷上升。除了京師以外，其他

〔註 22〕　《北洋官報》章程，戈公振，中國報學史〔M〕，北京：中國新聞出版社，1985：（48）。
〔註 23〕　北京官報銷暢〔N〕，大公報，1903 年 1 月 8 日。
〔註 24〕　《北洋官報》在省內派發，大缺州縣 30 份，中缺州縣 20 份，瘠缺州縣 10 份，當時直隸省有 150 餘州縣，如此推算，官報在省內發行應超過 3000 份。

「遠近各省逐漸流通，全賴郵遞迅速，銷數方能旺，就山東、四川、湖南三省計之。現售將近二千份是報務日有起色之證。」〔註 25〕省內省外發行量按此推算，每期銷數應在萬份以上。因此，從發行範圍及數量上來分析，報紙對清末官員的現代化的促進作用不能抹殺。

4.2.4 傳播現代化內容和思想

4.2.4.1 廣泛介紹各國政治、經濟制度與政策，試圖革新官員的執政理念，開通官員的執政智慧

晚清政府三次改革維新，急於補救大國尊嚴。考察各國可資借鑒的政策、法規、制度是《北洋官報》刊載的重要內容之一。比如對於美國幣制的研究考察，從 403 期始至 425 期止，斷斷續續連載十二篇《美國圜法考》（注：圜法即貨幣）。外幣侵入中國，流弊滋多，在政府著手整頓外幣之際，官報翻譯了美國人寫的關於美國幣制沿革、價值源流的文章供我國經濟學家參考。屬於經濟參考方面的，還有《各國貨幣制度考略》、《日本調查算學記》、《法蘭西外國資本》、《十九世紀經濟概論》、《論挽回銀價降賤之法》、《國家銀行》、《譯日本中橋德五郎興國三大策》、《籌富新策》等等。大多數文章由於每期篇幅所限，常常連載。其中《籌富新策》連載多期，對西方國家的預算、統計、銀行、稅收等制度進行詳細解讀，並對比中國之制度，闡釋改革的方向與目標。《法蘭西外國資本》也是連載文章，對法蘭西國家當時與其他國家相互投資情況做了較為詳細的考察，甚至能夠把投資方向、額度等詳細信息都有列出。當時的中國對於在戰爭中屢勝大國的日本帝國充滿了好奇、羨慕和關注，維新運動與改革變法大都以日本為楷模。所以在當時《北洋官報》對日本各方面考察的文章也非常多。《日本調查算學記》連載應該超過 20 期，採用中國人與日本人對話的形式展現了日本數學理論研究的發展與在實踐領域的運用。

除了重視學習西方經濟政策之外，《北洋官報》對於西方國家的外交、軍事、法制、新聞業等方面的先進之處都有報導，挑選國人易於接受的要點選登，或翻譯西人著作，或摘編國人撰述。比如《西伯利亞最近之情勢》一文連載多期，摘編自日本東邦協會的調查報告，介紹日俄戰爭期間，西伯利亞

〔註 25〕北洋大臣箚行總稅務司公文〔N〕，北洋官報，第 77 期，1903 年 6 月 5 日。

地區的地貌、人口特徵、商業、各方治理政策、軍事外交政策等。同時還配有《西伯利亞總圖》，即一張刻有經緯度和標尺的平面地圖，標注非常詳細和全面。這對中國官員瞭解北方局勢大有裨益。《論太平洋上列國競爭大勢》、《列國軍制考略》、《東西洋水陸軍政異同考》等等關於軍事的文章，讓中國官員戰略目光不再局限於狹小的範圍。《譯日本官報制度沿革略》、《譯日本加籐宏之風俗改良論》、《美國軍醫公會章程》等等，報刊所登內容確實無所不涉，客觀上為當時官員的思想做了很有意義的啟蒙工作。它讓中國封建官員們懂得，除了本國的傳統知識之外，西方列強之所以能夠駕馭堅船利炮「膽敢」入侵大清帝國，當有其先進的治國、治軍之道。官報希望這些新思想、新學問、新道理能夠活躍人們尤其是官員的思想，並從中汲取各種思想養料，用以改良中國治國方略。

4.2.4.2　大量刊載外國新聞，使得官員大開眼界

既為報紙，刊載新聞是其首要功能。官報每期設有本埠新聞，各省新聞、各國新聞等欄目。其中各國新聞每期刊載七八條甚至更多，內容可謂五花八門，包羅萬象。有各國國內政局、重要職位的官吏任免、外交、軍事、市政建設、基礎設施建設、教育、經濟狀況，乃至科學發明、天災人禍、奇聞逸事等。雖然每條新聞有些像當今新聞中的簡訊，三五十字，最多不超過百字，但卻是帝國以外，越過「萬里重洋」他國的事情，對於生於交通通訊不便捷，有可能連幅員遼闊的中國大地都沒走遍的中國官員來說，這些新聞有如「天方夜譚」一樣新鮮。知己知彼，百戰不殆。中國官員不僅要開闊眼界，還要能夠熟知列強的政治、經濟、軍事情況，才能相應地展開外交，制定抵禦外侮的政策，最終戰勝敵國。值得一提的是，1904 年爆發日俄戰爭以後，《北洋官報》一直連載幾百期《日俄戰紀》，期期關注，有戰報、預測、評論等，直至戰爭結束。對於戰爭，《北洋官報》雖無能為力，但作為一份新聞紙，密切關注戰爭局勢，及時向讀者報導、評析，是它的職責使命所在。

關於國外新聞的刊載，本文第三章第四節「外國新聞的選登是向私家之報學習」中曾選取 1906 年 8 月一整月，從 1084 期到 1114 期共 31 天的完整《北洋官報》，對其刊載的外國新聞的數量和內容做統計。這一個月《北洋官報》關注的外國新聞涉及的國家和地區有日本、俄國、美國、英國、法國、德國、意大利、土耳其、芬蘭、挪威、希臘、波蘭、智利、奧地利、

匈牙利、西班牙、葡萄牙、荷蘭、韓國、印度、西印度、波斯、比利時、瑞士、菲律賓、加拿大、墨西哥、哥倫比亞、南非、摩洛哥、羅馬尼亞、拿大路、亞拉伯、布拉智爾、阿非利加、丹尼爾、土加俄埠、布爾雁、古巴、昂而拉，共 40 個。有一些國名或地域名稱是當時清政府對國外的稱呼。小的國家《北洋官報》對它的關注度較低，一個月內刊載一兩條新聞。從這個國家名單中，我們可以看到《北洋官報》，身處的國家還未從封閉蒙昧的狀態中走出來，一份剛剛「睜開眼睛看世界」的報紙，關注的地域從亞洲遠涉歐洲、美洲、非洲、拉丁美洲，從主要的資本主義列強到鮮為人知的亞非拉小國，視野可謂非常廣闊了。

依據時代背景和清政府的外交政策，《北洋官報》對稱霸世界的資本主義列強報導最多，尤其對日本的新聞，一個月內關注 107 條。對各國的政治、軍事、外交和經濟方面的新聞關注較多。這些新聞不僅大大拓寬了官員的視野，而且啓發了官員革故鼎新的思維，爲官員治國理政提供了參考。

4.2.4.3　通過刊載自然科學知識，開拓官員的知識視野、改善其知識結構及觀念

中國封建王朝官員的選拔主要通過科舉考試。由科舉選拔出來的官員熟知四書五經，卻對科學技術知之甚少。知識結構畸形，知識範圍狹窄。除科舉選拔官員制度外，封建王朝還有捐納、世襲、推舉等制度。雖然不乏有眞才實學的官員脫穎而出，但是隨著封建王朝的逐漸衰落，官場腐敗，昏吏當道，「錮塞不開化之官」愈來愈多，他們「茫不知國際往來之政策」，以致「主權日失，由甲午以及庚子而官場狼狽愈不堪言」〔註 26〕。梁啓超曾痛心地寫道：「彼官（注：舊式官僚）之不能治事，無怪其然也，彼胸中曾未有地球之形狀，曾未有歐洲列國之國名，不知學堂工藝商政爲何事，不知修道養兵爲何政」。〔註 27〕爲此，「開官智」首當其衝應該增長官員的學識，完善官員的知識結構，開拓官員的知識範圍。《北洋官報》大量刊載科學技術知識，涉及天文、地理、農業、生物、氣象、電子、工程、醫學、物理、化學等學問，門類豐富，包羅萬象。這些知識中既有被西方學界普及爲「常識」的，也有西方科學家的最新研究成果。官報幾乎每期都開闢有固定欄目，或單文，或連載，有時候還畫圖，圖文並茂，深入淺出耐心

〔註 26〕論官智之難開〔N〕，大公報，1903 年 9 月 24 日。
〔註 27〕梁啓超著、陳書良編，梁啓超文集〔C〕，北京：北京燕山出版社，1997：（54）。

解讀這些對中國官員來說「新鮮」的科學知識。

4.2.4.4　大量刊載新書廣告

廣告推介的書有北洋官書局出版的新書，也有商務印書館等其他書局出版的新書。這些書包括國外農牧業養殖實用技術類書刊、各門學科專論譯著等。書是重要的「開智」媒介。新書有助於官員增長知識、開闊視野的作用不必贅述。《北洋官報》上除了北洋官書局之外，經常做廣告的出版社還有：商務印書館、新聞北京第一書局、天津官書局等較大的出版社；還有天津孟晉書社等小出版社。廣告推銷的新書一般包括兩大類，一類是每年各出版社出版的最新教科書，包括初等小學用書、高等小學用書、中學堂用書、初等示范用書等，還有總理學務大臣指定教科書等；另一類就是各出版社編、譯出版的各門類專著。兩類書當中有小部分是中國傳統文化、傳統農業的典籍，更多的是有關各門類西學的新書和介紹西國政治、經濟等情況的專著，如《原富》、《天演論》、《新譯西本一會紀事全編》、《亞美利加洲通史》。除這兩大類書之外也極少會有一些西方小說譯著廣告，如《華生包探案》等。

為了集中傳播新知識，《北洋官報》同時還出版附刊《北洋學報》，1906年，清廷宣布預備立憲以後，《北洋學報》改為《北洋政學旬報》。關於附刊及其發揮的作用在本書第二章第一節中已做介紹，此處不再贅述。另外，官報經常刊載國外風土人情、各界知名科學家、政治家等人物介紹。如《委內瑞拉小志》、《聖彼得堡記》、《剛果立國記》、《汽機大發明家瓦特》、《德國外交家秀瓦尼資傳》、《法外部大臣德加士傳》等不勝枚舉；時有刊印國外著名景點的插圖，如《美國威斯康新大學全景》、《法國上議院外觀》、《富士山初春之景》等。這些做法對開闊中國官員的眼界大有裨益。

4.2.5　正確評價《北洋官報》的「開智」作用

4.2.5.1　民報對官報評價不高

通過以上分析，可以看出，《北洋官報》使得當時中國官員知道天外有天，不夜郎自大、固步自封是起到一定作用的。不過，同時期的民辦報紙對官報評價並不高。1911 年 7 月《申報》發表時評，稱：「東西各國未嘗無官報，而其宗旨，或發布一黨之政見，或保持對外之利權，其目光遠，其手段高，非可率易操觚者也。今我國亦有所謂官報者乎？有之，則惟借官報之力，

以強迫銷行於各屬，而其目光則惟奉承京中一二長官，以爲固位之計；其手段則唯挑剔民報一二字句，以逐其獻媚之私。嗚呼，如是而已。夫如是，與其名爲《官報》，實貽報界羞，毋寧名之曰：『官言』，較爲妥當也。」〔註28〕中國新聞史學界拓荒者戈公振在其《中國報學史》上這樣評價官報：「我國之有『官報』，在世界上爲最早，何以獨不發達？其故蓋西人之官報乃與民閱，而我國乃與官閱也。『民可使由，不可使知』，爲儒家執政之秘訣；階級上智隔閡，不期然而養成。故『官報』從政治上言之，固可收行政統一之效，但從文化上而言，可謂毫無影響，其最佳結果，亦不過視若掌故，如黃顧二氏之所爲耳。進一步而言，官報之唯一目的，爲遏止人民干預國政，遂造成人民間一種『不時不知順帝之則』之心理；於是中國之文化，不能不因此而入於黑暗狀態矣。」〔註29〕戈公振民國時期曾先後在著名的民辦報紙《時報》、《申報》工作。民辦報紙和報人對官報可謂「嗤之以鼻」，但是細究之，不難發現，他們都是從政治角度評價「官報」。當時清廷腐敗，政權搖搖欲墜，封建統治者早已成爲阻礙時代向前發展的腐朽勢力。其所辦的代表官方立場的官報，維新派、改良派們更多地看到它鉗制輿論，充當官府喉舌，排擠民辦報紙的一面，自然唾棄官報。

4.2.5.2 《北洋官報》和民辦報紙一樣，能夠起到一定的「開官智」的作用

對比新式官報與當時倡導維新、改良的民辦報紙，比如梁啓超的《新民叢報》，兩者都有一個共同點，那就是非常重視介紹西方的各種新思想、新學說、新知識。康、梁等人認爲，「中國受辱數十年」，最大的原因就是蔽塞不通，一是上下不通，二是內外不通。由於「內外不通」，國內之事不能傳於外，國外之事不能聞於內（梁啓超《論報館有益於國事》）。「昧於外情，則坐井而以爲天小，捫籥而以爲馴圓；若是者，國必危。」（嚴復《〈國聞報〉緣起》）維新派人士認爲，要「去塞求通」，最好的辦法就是創辦報刊。以報紙「起天下之廢疾」，使上下溝通無阻，內外交流暢通，民眾觀念日日新，國家事業年年旺。這麼說來，新式官報，如《北洋官報》者，以「開民智」爲要義，刊載新政、新知，對於開通讀者思想來說是能夠起到作用的。

〔註28〕申報，1911-7，轉引自：徐載平，徐瑞芳，清末四十年〈申報〉史料〔M〕，北京：新華出版社，1988：（289）。

〔註29〕戈公振，中國報學史〔M〕，北京：中國新聞出版社，1985：（53）。

現對 1904 年 9 月的《北洋官報》所刊載的有關國外的內容統計如下：

表 4-2　《北洋官報》有關國外內容的統計

內容分類	各國新聞（條）		科學知識（篇）		各國概況（篇）	科普插圖（幅）	外國名勝插圖（幅）外國事務插圖（幅）	廣告推銷有關國外知識的各類圖書（冊／次）
	日俄戰紀	各國新聞	經濟學	其他學科				
數目	30	75	19	50	5	2	3	273

選擇 1904 年 9 月的《北洋官報》是因為這個年份中國經歷庚子之變，稍稍平靜一些，大的變動暫時沒有發生，政局相對「平穩」。9 月的《北洋官報》保存相對完整，丟失的頁數相對較少，統計數字接近真實準確。《日俄戰紀》是關於日俄戰爭的紀文或新聞，從日俄戰爭開始後不久開始連載，每期必有。插圖頁遺失太多，不能保證每期都有。從《北洋官報》自己的規章說明來看，幾乎每期都會有插圖，但是不僅僅是 1904 年 9 月，目前收集到的《北洋官報》的所有卷本中，保存下來的插圖都很少。所以統計數字不能說明問題。但是 9 月中收存的報紙插圖共有 7 幅，其中 2 幅是介紹礦物質的，2 幅是介紹外國名勝的，1 幅是有關日俄在遠陽激戰的軍事部署地圖。關於「廣告推銷有關國外各類知識的圖書」需要說明的是，《北洋官報》每期 4 頁廣告，廣告中出版社推銷書的廣告所佔比例較大。在推銷的各類書中，有各種國外新思想、新知識的譯著，有的廣告重複出現在好幾期官報當中，統計時每出現一次都計數一次。這個統計表格足以說明一份官報，對於外國情況的關注，對於新思想、新知識的傳播都是比較多的。

《新民叢報》1902 年 2 月 8 日創刊，半月刊，32 開本，每期篇幅 120 頁，約五六百字。第一年共闢 24 種欄目，每期經常保持 10 至 15 種欄目。關於 1902 年的《新民叢報》，有一個統計：「第一，這一年《叢報》一共刊登 80 幅卷首插圖，其中屬於介紹西方國家景物和人物的，佔 75 幅。第二，這一年《叢報》刊行 24 期，每期首篇和第二篇文章的內容，屬於介紹西方文化思想的，佔 23 期，第三，這一年《叢報》發表各種文章、資料 340 多個篇目，其中評介或涉及西方資產階級意識形態方面的文字，計 180 多個篇目，佔總數一半以上。」〔註30〕

〔註30〕　方漢奇，中國新聞事業通史（第一卷）〔M〕，北京：中國人民大學出版社，

　　從統計數字來看，兩份報紙都很重視對於西方文化、資料與信息的傳播。《新民叢報》的辦報宗旨就是要「大力宣傳西方資產階級的文化思想，對人們進行反封建的思想啓蒙工作」。相對於這樣一份以思想啓蒙爲專職的報紙來說，《北洋官報》身爲封建體制內的官方喉舌，能刊載大量的外國新聞、外國知識、外國文化，已是難能可貴。

4.2.5.3　《北洋官報》與民辦報紙「開官智」的最終目的有所不同

　　以《北洋官報》爲代表的新式官報，既是清末新政的產物，又是官方對現代報刊的模仿和回應。從維新運動始國人就掀起了第一次辦報高潮。資產階級知識分子們通過報紙大力鼓吹西方先進文化，對國人進行資產階級思想啓蒙，「變法」、「維新」、「立憲」等漸次成爲民間輿論的主流。清政府從鎮壓、抗拒到被迫接受，終於宣布施行新政，進而宣布預備立憲，並創辦官報，希圖從民辦報紙那裡，從立憲派那裡，奪回輿論大權。《北洋官報》從創建之初就極力樹立自己的威望，它認爲私家之報，「識之義宏通，足以覺悟愚蒙者，誠亦不少。獨其閒不無詭激失中之論，及及或陷惑愚民使之莫知所守」〔註31〕。在官報心目中，政府官報斥責私家之報議論國政是「莠言亂政」、「淆亂政體」，是對皇權正統的挑釁。所以《北洋官報》刊載的言論、新聞、各種新知識等，全部是在封建體制規範之內，不出格，不反對，即使是對西方文化的借鑒和學習，最終目的也都是爲了維護封建專制，維護現有皇權統治秩序。

　　洋務大臣奕訢就認爲官員學習西學是爲了抵制西學侵蝕，維護綱常聖教，若選取不當，很可能會爲洋人引誘誤入歧途。〔註32〕曾參與新政的大臣榮慶甚至認爲開官智是爲了抵制戊戌變法，官員要加強學習提高能力，「如此則不必擅議改章，矜言變法」〔註33〕。

　　在共和論與君憲論並雄，革命派與立憲派對峙的輿論大潮中，清政府開官智或主動或被動，其局限性就在於沒有認識到，官智不開的根本原因恰恰在於其大力維護的封建專制。然而，病急亂投醫，步履維艱的清政府急於擺脫外侵內亂的困境，在學習借鑒西方先進文化的時候不免急於求成，盲目冒進，囫圇吞棗一般，出現食而不化的現象。

　　1992：（653）。

〔註31〕序一〔N〕，北洋官報，第1期，1902年12月25日。

〔註32〕徐保安，清末開官智問題研究〔D〕，濟南：山東師範大學，2004。

〔註33〕朱壽朋，光緒朝東華錄（第四卷）〔Z〕，北京：中華書局，2016：（4042）；轉引自徐保安，清末開官智問題研究〔D〕，濟南：山東師範大學，2004。

相對而言，資產階級知識分子們從 19 世紀末就開始自發、自覺通過報刊大力傳播西方的政治制度、文化思想、格致之學。例如，從 1896 年創辦的《時務報》通過政論大聲疾呼學習西方，倡言變法維新，到 1898 年在海外創辦《清議報》、1902 年創辦《新民叢報》，明確宣布大力宣傳西方資產階級的文化思想，對人們進行反封建的思想啓蒙工作成爲辦報宗旨，康梁等人採用「浸潤」的宣傳方式（梁啓超提出的報刊宣傳的方法之一）「開民智」、「開紳智」、「開官智」。從現有的資料研究來評價，這些報紙所產生的社會影響比較大。當時商業化程度比較高的報紙如《大公報》在其辦報目的中也明確表達，是爲了「開風氣，牖民智，挹彼歐西學術，啓我同胞聰明」〔註 34〕。民辦報紙或激進或溫和地表達打破封建頑固勢力禁錮的願望。官報與民報，對民眾進行思想啓蒙，爲了民族獨立，反對侵略，富國強兵，振興中國的目的是一致的，但它們維護封建制度與批判封建制度的根本目的是不同的。

4.2.5.4　小結

雖然《北洋官報》的版式、內容幾經變革，但 1906 年後基本固定，很少變化。本書第三章第六節有專門論述關於《北洋官報》刊載評論的情況。報紙創辦伊始，曾以《論說》、《要件》等欄目形式，每期刊載一篇言論。沒過百期，言論就不再持續刊載。第 1200 期宣布從 1201 期始再次改良，增添論說，隔天發一次《本局論撰》。持續到 1287 期，很好的言論形式不復存在。這些有限數量的言論都與新政密切相關，與西學相關的也不少。但從總體上看，《北洋官報》對於言論的重視並不夠。言論是表達媒體觀點與立場的重要形式。《北洋官報》一直相對少言論，末期不再刊載言論，從一個角度說明《北洋官報》對於清末立憲中中國如何借鑒西方列強的政治體制、治國方略等態度並不清晰明朗。它也不會通過言論批判現有的封建統治制度。《北洋官報》是袁世凱集團的官方喉舌，這也說明清朝統治集團所實施的立憲並沒有實質性進展。也因爲此原因，《北洋官報》在傳播西學方面，重格致之學，輕思想之變；重智育，輕德育。即《北洋官報》注重向讀者灌輸西方資產階級的社會政治學說和科學理論知識，藉以提高國人的文化素質、官員的政治管理水平，而很少宣傳資產階級的世界觀、人生觀、價值觀，對國人進行道德教育，更不會宣傳西方民主、自由、平等的社會制度設計理念。本質上，《北洋官報》所做的這一系列宣傳、啓蒙工作，就其主觀意圖來說，還是爲了維護清末封

〔註 34〕英斂之，大公報序〔N〕，大公報，1902 年 6 月 17 日。

建統治基礎，客觀上對讀者，尤其是官員起到了一定的「開智」作用。

4.3　《北洋官報》促進了政治文化形態向現代化過渡

學界對清末新政襃貶不一，討論頗多，觀點紛繁，但有一點是達成一致的，清末新政尤其是預備立憲加速了中國政治現代化的進程。在中國政治文化形態向現代化過渡的過程中，《北洋官報》作為政治傳播的主要渠道之一，它的角色和功能已經不僅僅局限於單純的信息傳播過程，還介入了社會個體的內化過程乃至整個政治體系態度的形成。

4.3.1　促進了清政府的政務公開

政務公開是指整個公權力運作的活動及其信息的公開，包括中央及各級政府部門行使行政權的活動及其信息的公開，立法、財政預算等，以及執政黨依法執政活動及其信息的公開。政務公開的意義在於：「其一，政務公開是實現現代參與民主和協商民主的必需。」「其二，政務公開是實現國家治理現代化的必需。」「其三，政務公開是依法治國，建設法治國家的必需。」〔註35〕

公允地說，我國「政務公開」古已有之。宋有王安石推行新政，先通令「榜之諸縣，凡民所未便，皆得自陳」〔註36〕；明有朱元璋出令嚴禁地方政府濫設協管人員，要求各省布政司及府州縣諸司衙門，各將本衙門文案書吏和應役皂隸的編制與姓名「明出榜文，告之於民」〔註37〕。這都屬於引導官吏施政行為趨向規範與透明化的政務公開。但自古以來隱匿信息和阻礙公開的力量自上而下地存在著，歷代相沿的保密傳統更是束縛著政務公開。光緒三十二年（1906），御史趙炳麟在《請令會議政務處籌設官報局片》中提及：「今國家行政，多尚秘密，凡論摺稍關政法者，多不發鈔，舉國之人，耳目愈閉，視聽愈惑，以致弊端百出。……再，政務處初議，本有印刷官報之說，乃至今未見舉辦。外間鈔報，如論摺匯存、閣鈔彙編之類，大抵皆照例摺件，

〔註35〕姜明安，論政務公開〔J〕，湖南社會科學，2016（6）。

〔註36〕完顏紹元，古代榜示與政務公開〔J〕，https://wenku.baidu.com/view/31a8f7a458fafab068dc0285.html　百度文庫〉專業資料〉人文社科〉文化/宗教2018/3/12。

〔註37〕完顏紹元，古代榜示與政務公開〔J〕，https://wenku.baidu.com/view/31a8f7a458fafab06 8dc 0285.html　百度文庫〉專業資料〉人文社科〉文化/宗教2018/3/12。

於朝廷立法行政本末無甚關涉。」〔註38〕自唐朝出現邸報以來，歷朝歷代對邸報的傳播都加以管控。宋代以來，邸報發展成爲在封建政府中樞部門統一管理下發行的官報。自此，封建統治者對不利於封建統治的傳報活動限制越來越嚴格，尤其極力嚴禁「妄行傳報」朝廷機事。史書上能看到，明、清都有人因傳抄邸報而獲刑，甚至被殺的事件記載。嚴屬限制邸報抄傳活動的結果，使很多章奏都不能發抄，使廣大依靠邸報獲知朝政和國家大事的官員們耳目閉塞，信息不靈。封鎖了敵人，也封鎖了自己。明御史齊佳彪在上崇禎疏中說，「自抄傳禁而情同射復，隔若面牆。欲借箸而苦曲折之未諳，欲請纓而憚遙惴之未眞」〔註39〕，就是這一情況的寫照。

與古代邸報相比，新式官報《北洋官報》上大量刊載中央及各級政府、各類部門的政務信息。我們再來分析一下上一節論述中對《北洋官報》各類內容所佔報紙整體內容的比例數據：

表4-3　《北洋官報》各類內容所佔比例

內容	上諭 宮門抄 轅門抄	奏摺	公牘 文告	譯電 外國新聞	新政	新聞	要件 附錄	評論
佔比%	12.10	12.24	20.27	16.45	29.01	5.99	2.49	1.14

在這個數據表中，涉及政府公務的上諭、宮門抄、轅門抄、奏摺、公牘、文告等內容總體所佔比例高達 44.61%。我們任選一期《北洋官報》對其政務信息內容做統計。詳見下表：

表4-4　1907 年 7 月 1 日《北洋官報》政務信息一覽

奏議 錄要	陸軍部奏各省驛站擬請仍由陸軍部經理片； 大理院正卿沈奏調查日本裁判監獄情形摺； 出使英國大臣汪奏隨使人員遵照新章請獎摺；
公牘 錄要	玉田縣陳令寶銘稟統籌常年各項經費設立籌備總所文並批； 河南藩臬兩司會同巡警總局詳改訂巡警章程及整頓辦法文並批；

〔註38〕故宮博物院明清檔案部，清末籌備立憲檔案史料（下）〔Z〕，北京：中華書局，1970：（1060）。

〔註39〕齊佳彪集（卷一），轉引自：方漢奇，中國新聞事業通史（第一卷）〔M〕，北京：中國人民大學出版社，1992：（177）。

文告 錄要	民政部示諭： 振興民政擴充巡警之時當差各員應設法研究法政； 振興庶務開創新規應博參同異務取貫通； 學務部批示： 分發光祿寺典簿講習科聽講員潘厚澤調大理院； 督憲牌示： 宣化鎮標懷安路都司詳陞病故遺缺應以裁缺都司伯連補授除附； 新海防分缺先補用典史各員； 督憲批示錄要： 運司詳督銷光緒三十二年鹽引處理各員請獎由； 督辦陸軍各項學堂段鎮稟請以黃淇桃鴻源升補姚村小學堂正副教習由； 鉅鹿縣稟高等小學堂教員崔對捐資報效由； 寶坻縣詳木尺中飽提充學費並不擾累商民請仍舊辦理由； 臬臺批示： 邯鄲縣武舉陳廉等來司呈控一案通報； 天津南段巡警總局告示： 天氣炎熱請勿潑灑穢水於道路；

注：《文告錄要》中所載各種文告只有分類，沒有標題，表中所列條目均爲筆者根據內容概括所得。

上諭、宮門抄、轅門抄沒有作爲研究對象，嚴格來說，雖也屬於政務信息之列，但前面章節已有論述，其象徵意義大於其實際意義，因此，本文只對奏摺和公牘、文告進行分析。古代官報——邸報也刊載臣僚章奏，在清代以前，甚至是官報上的主要內容，所佔篇幅最大。但清代以來，邸報上的臣僚章奏部分，限於篇幅，只選刊少量摺件原文，大部分摺件只刊出目錄，供閱讀者參考。〔註40〕新式官報創辦以來，爲使「紳民明悉國政」，晚清政府在1904年6月和7月，連下兩道諭旨，要求官報登載吏治狀況和各地財務，以便閱者「藉以察官」、「而伸公論」。〔註41〕1907年10月26日，在《政治官報》問世的同一天，清政府發布命令，責令《京報》附出的報紙停刊，此後又由憲政編查館飭令《京報》不得使用鉛印。〔註42〕至此，以《北洋官報》爲代表的新式官報從此承擔起政務公開的重任。舊式邸報刊載「論摺匯存、閣鈔

〔註40〕 方漢奇，中國新聞事業通史（第一卷）〔M〕，北京：中國人民大學出版社，
1992：（190）。
〔註41〕 李斯頤，清末的官報〔J〕，百科知識，1995（6）。
〔註42〕 李斯頤，清政府與清末報業高潮〔J〕，中國社會科學報，2003年9月30日：（3）。

彙編之類，大抵皆照例摺件，於朝廷立法行政本末無甚關涉」〔註43〕。《北洋官報》上的政務信息，除少量的升調補留之類的官場動態信息之外，其他大部分爲政府各部門工作動態、政務人員出訪或巡訪信息、各類文告或調查報告等。因其政治指導理念的不同，其刊載的政務信息的範圍擴大，內容增多，與古代邸報表現出質的差別。

除此之外，《北洋官報》上還大量刊載新近制定和頒佈的法律條文、規章制度，這些也都屬於政務信息。

現代政務公開的範圍包括，「一是從政務運作順序的層面設定了政務運作各個流程的依序公開：決策公開、執行公開、管理公開、服務公開和結果公開；二是從政務運作要素的層面設定了各級政府及其工作部門的法定權責及運作要求公開：職能公開、法律依據公開、實施主體公開、職責權限公開、管理流程公開、監督方式公開；三是從重點領域政府信息的層面設定了若干重點政務信息項目的公開：財政預算公開、公共資源配置公開、重大建設項目批准和實施信息公開、社會公益事業建設信息公開等」〔註44〕。比照現代政務公開的內容，《北洋官報》上的政務信息，已經初步具備了現代政務公開的意識。

《北洋官報》大量刊載政務信息，與清末新政、預備立憲開啓民智，啓發民眾的民主、民權意識，訓練民眾參政議政能力的精神是契合的。

4.3.2　促進了地方社會「公共領域」的發展

清末新政期間，清政府開啓了現代國家政權建設，政治權力的配置和運作發生了重大改變，主權的概念空前加強，政治權力的影響範圍在地理空間和人群上不斷擴大。中央及各級政府積極建立新式警察；獎勵興辦工商企業，鼓勵組織商會團體，允許自由發展實業；推廣新式學堂，倡導新式教育；設立近代法庭，頒佈現代法律；建設新式交通；改良傳統農業等。從這些轉變來看，清政府的職能發生了較大的變化，「行政機構（官僚的），爲服務民眾的利益承擔起日益廣泛的責任」〔註45〕。一方面由於清政府的鼓勵與倡導，另一方面，由於中央權力的日益衰微，地方社會力量逐漸增長，新興地方精英階層自下而上

〔註43〕故宮博物院明清檔案部編，清末籌備立憲檔案史料（下）〔Z〕，北京：中華書局，1979：（1060）。

〔註44〕姜明安，論政務公開〔J〕，湖南社會科學，2016（47）。

〔註45〕羅威廉，晚清帝國的「市民社會」問題〔J〕，黃宗智，中國研究的範式問題討論〔M〕，北京：社會科學文獻出版社，2003：（172）。

推進公共活動的力度前所未有。首先是城市商會在全國迅速普及。「商會的活動和作用主要是聯絡工商、調查商情、興辦商學、調息紛爭等。」〔註46〕除了有關經濟方面的活動之外，商會的活動，「多方滲透，層層楔入到社會生活的各個領域」。商會積極參與市政建設與管理，「在某種意義上可以說形成了一個官府之外的特殊的民間市政權力網絡」。蘇州的商會通過市民公社這一下屬社會基層組織，以街道為行政區劃，「班裏區域內公益、公安，輔助地方自治」，所從事的社會活動在實踐中廣泛涉及到「教育、慈善、交通、金融、稅務、物價以致軍需雜物」等很多方面。除商會活躍於公共領域之外，在地方自治思潮的影響下，由地方紳商公舉倡辦的以及由地方官員督導推行的地方自治團體頗具規模。這些地方自治團體「在一定程度上擴大了紳商的政治參與範圍，調動了紳商及民眾的積極性，提高了紳商的社會地位，也滿足了紳商參政的部分要求」〔註47〕。1907年9月，清政府諭令民政部擬定地方自治章程盡快試辦地方自治。1909年1月18日，清政府正式頒佈憲政編查館核議的《城鎮鄉地方自治章程》和《城鎮鄉地方自治選舉章程》，有力地推動了方興未艾的地方自治運動。地方自治以當地居民參與、舉辦公益事務為特徵，大大增強了國人的公民意識和國家觀念，「儼然人人有公德心，人人有獨立性，國民資格驟然進步」〔註48〕。同時，地方自治拓寬了政治參與的渠道和廣度，自治團體在自治範圍內，儘管自治權力受到官方一定的控制，但卻把參政意願變成了參政實踐。

　　如此一來，晚清最後10年，地方自治作為新政的重要內容，使得傳統地方社會「公共空間」實現了體制化。「在清王朝日益衰敗之際，地方公益事業卻以前所未有的趨向獲得發展。」〔註49〕官府與士紳、商民共同擔負起對地方公共事業發展的責任與對公共空間的維護。隨著地方「公共空間」的擴展，社會輿論越來越多地關注地方公共事務。「1900年以後，在京、津、滬、東北各地，主要的民間媒體的『地方新聞』的數量、版面，在整張報紙的新聞內容上，已經佔據絕對優勢。」〔註50〕民間媒體的「地方新聞」內容，大多涉

〔註46〕林雅，清末商會探微〔J〕，華東政法學院學報，2003（90）。

〔註47〕梁景和，論清末地方自治的實踐〔J〕，西南交通大學學報（社會科學版），2000（4）。

〔註48〕高旺，清末地方自治運動及其對近代中國政治發展的影響〔J〕，天津社會科學，2001（3）。

〔註49〕朱英，轉型時期的社會與國家——以近代商會為主體的歷史透視〔M〕，武漢：華中師範大學出版社，1997：（476）。

〔註50〕曹晶晶，清末民間媒體關注「公共事務」與晚清社會變遷〔J〕，國際新聞界，

及地方重要的公共性事務。1906 年在奉天創刊的《盛京時報》曾自詡：「舉凡東北地方自治、推廣學校、議定稅率、市政衛生、架橋鋪路、市面漲落、慈善捐助等等，無不備載」〔註51〕。1902 年在汕頭創刊的《嶺東日報》在 1906 年發表過一篇論說《國人當重視社會公共事務》。文中寫到：「地方一部之公共事業，如警察、教育、公共衛生、救助貧民、修築道路、疏濬河道、建築公園等等，向為人所忽視。實則為地方事業，國家不得干涉者」，「苟地方公共之事業不興，則國家之公共事業亦相率而並敗。故言公共事業者必自地方始，而以地方為最重。」〔註52〕

　　公共空間的擴展，公共輿論的產生，促使民間媒體在新聞內容刊載上出現了新的特徵。當時的民間報紙新聞版多以「時事要聞」（或「緊要新聞」）、「本地新聞」（或「本埠新聞」）、「外省新聞」來分類，顯示出對地方公共事務的重視。在新政之初就創辦的《北洋官報》，從版式到內容都顯示出其作為「新式官報」的「新」，把涉及「國計民生」的地方公共事務，作為重要報導對象，既有籌備立憲，地方選舉，議定稅率，架橋鋪路，也有清理街道衛生，慈善捐助，賑濟災民等內容。本文分別選取 1907 年 10 月 1 日、5 日、10 日、15 日、20 日、25 日、31 日《北洋官報》上的新聞進行分析，摘錄涉及地方公共事務的新聞如下：

表 4-5　《北洋官報》地方公共事務新聞統計

發行日期	內容
19071001	京師罪犯罰充苦工應減裁工資以警示； 皖省批籌半日學堂經費； 鄂省籌議創設憲政學堂； 皖省整頓關務之計劃； 江蘇商團公會舉定職員； 豫省商會新定章程；
20171005	審判公所暫行設立； 吉林外國語學堂估勘建築工程； 江蘇上海縣學生舉行秋季旅行； 天津官紳商會代募江北賑捐數目；

2009（1）。
〔註51〕轉引自：曹晶晶，清末民間媒體關注「公共事務」與晚清社會變遷〔J〕，國際新聞界，2009（1）。
〔註52〕東方雜誌，六卷 3 期，1907 年 4 月 17 日。

	江蘇省議開家政改良會； 浙江省定海廳勸民息訟之韻示； 奉天安東預備開關徵稅； 江蘇鎮江明定商埠章程； 鄂省漢口組織商團公會； 吉林依蘭府辦理墾務； 江蘇鎮江仿辦商品陳列所； 江蘇揚州開辦習藝所； 閩省開辦電話； 黔蜀交通郵政；
19071010	預備刊發時憲新書； 贛省擬定戒煙功過章程； 學堂用品免繳關稅； 定期開辦圖書館； 籌議普及教育之計劃； 初等小學添設樂歌； 絲商籌議開辦學堂； 調查各省民數穀數； 皖省廬州府稟請劃定完糧章程； 浙省蕭山批准花布免繳釐捐； 美船開關由紐約至大連航路； 京漢火車添班開駛； 蘇省閶門外電燈改裝；
19071015	審判庭定期接收案件； 豫撫諭飭吏役遵守規條； 天津青年會第五次體操大會； 川省中學生須照章習課； 京師內城女傳習所招收女生； 浙省昌化縣調查土產； 皖省寧國縣辦試驗建築種植場； 天津青年會運動大會條規；
19071020	實行立憲之預備； 天津審判廳甄別人員； 頒發各省教科全書； 京師東安市場圖書館擬定章程； 匯記揚州學務； 鄂省寬籌小學堂畢業生出路；

	京師恩准給發粥廠米石； 浙省徵收膏稅之辦法；
19071025	京師內城左分廳擬定竊盜等案賞罰簡章； 閩省設立議事堂章程； 兩江師範續招學生； 湖南長沙估工建築府中學堂； 江西飭議陋規歸公辦法； 奉天定期開辦陳列所； 蘇省發明種植旱稻新法； 汴洛鐵路近事紀聞；
190171031	蘇撫箚飭改設諮議會； 皖省力求補救民困酌定興辦要政條例； 皖省巡警清查戶口； 督憲整頓北洋學堂； 天津勸業會場體操紀盛； 江蘇高等小學請仍習英文； 皖撫趕辦半日學堂； 蘇省常州商業學堂續招新生； 山東濟寧創設商船分會； 頒發工藝教授課本； 粵省興寧縣獎勵自製顯微鏡；

　　《北洋官報》上關於「國計民生」的地方公共事務的報導，向上涉及官僚權貴，向下涉及販夫走卒，這樣就構成了一個「介於國家與社會之間進行調節」的一個公共領域。這個公共領域從國家和社會的兩極中獨立出來，它既不同於國家的強制性管理領域，同時又有別於私人領域（如家族、宗族、親朋關係，以及其他與公益無關的活動），在國家政治權力之外，形成了一個接近於公民輿論的東西。儘管《北洋官報》還遠未達到面向所有公民開放的程度，更不可能實現給公民發表意見的自由，但是，它自覺做了這個公共領域的媒介來傳遞信息並影響信息接受者。

4.4　《北洋官報》在中國新聞事業發展史上的重要地位

　　通過前文論述，可知《北洋官報》在中國歷史上發揮著不可小覷的作

用，它既是清末新政的產物，又對清末新政起到了一定的推動作用。作為一種新興的媒體形式——新式官報，又創立於中國新聞事業史上一個特殊的時期，從媒體自身發展規律來看，《北洋官報》在新聞事業發展史上也同樣佔有一定的地位。

4.4.1 宣告了古代形態官報的終結

起源於唐代中期的邸報不僅是中國最古老的報紙，而且也是世界上最原始的報紙。它被認為是一種從官文書游離出來的原始狀態的報紙。後歷經宋、元、明、清各朝各代，邸報出現了官方報紙、半官方報紙、非法民報、合法民報等幾種性質。官方報紙習慣被稱為邸報，民間報紙被稱為小報。古代邸報有 1200 年左右的歷史。小報，有近千年的歷史。民間報房出版的邸抄、京報，有近 400 年的歷史。它們從誕生到結束，持續的時間都不算短，但發展緩慢，其形式與內容逐漸僵化，缺少生機，信息量和新聞的時效性早已無法滿足階級和民族矛盾日益激化的時代需求。

時至晚清，古代邸報雖如秋扇之見捐，卻依舊苟延殘喘，與風中殘燭的清政府相伴，飄搖存世。即使近代化的外國傳教士報刊、外國商業性報刊以及國內維新派、革命派相繼創辦的近代化報刊生機勃勃，都沒能讓古代邸報消亡，不過卻也嚴重擠壓了古代邸報的生存空間。而最終促使古代邸報徹底消失在歷史長河中的，是在晚清報業高潮中出現的新式官報。

《北洋官報》是這批新式官報的先聲，也是新式官報中的佼佼者，對新式官報後繼者的影響很大。正是以《北洋官報》為代表的新式官報的出現，正式宣告了古代形態官報的終結。

《北洋官報》是一份現代形態的官報。首先它的形式是現代化報刊的形式。它有固定的報頭（報名），這是古代邸報所不具備的。古代官報也好，小報也好，從問世到消亡，自始至終沒有報頭，因此，民間及後世對其稱呼多種多樣，進奏院報、進奏官報、進奏報，邸狀、邸吏狀、邸抄、邸鈔、朝報等等各不相同。官報和民間小報在歷史記載中也經常混淆。所以有一個固定的報頭（報名）是現代報刊的基本形態。

其次從體例上看，《北洋官報》有新聞、評論、附刊（副刊）、廣告，一份現代化報紙必備的四要素都已經具備。欄目設置豐富，新聞內容具有時效性，附刊（副刊）定期出版，廣告量大。

　　再次，從辦報宗旨、辦報理念來看，《北洋官報》已充分接受西方的現代報業理念。對報紙的功能、作用，報人的職責等都有過較為明確地闡釋和表達。雖然舶來之思想並沒有完全深入到報業的實踐中去，但《北洋官報》能在發刊詞、評論中自覺接受並加以發揮，寄希望於本報乃至中國官報能對政府和社會輿論發揮引導作用，已是難能可貴。從這個角度來講，《北洋官報》也屬於現代化報紙範疇。

　　從版式上來說，《北洋官報》確實存有古代邸報的烙印，比如書冊式裝訂。在 1906 年 2 月 1 日，《北洋官報》曾短暫改為兩全張西式報紙版式，但最終，由於習慣勢力的強大存在，迎合中國傳統文人的閱讀習慣，在 2 月 23 日，又改回原貌。然而，外形並不重要，重要的是內核。內核實質上，《北洋官報》已脫離了古代報紙。

　　《北洋官報》沒有單設採訪部，這一點也是被研究者經常詬病，作為其還是「古代報紙的延續」的證明。《北洋官報》上大部分稿件都由編輯科、文書科收集政府各部門信息，憑藉官方背景，借用行政力量，請政府各部門每天或定期將各部門工作動態送交北洋官報局，官報再挑選、整理、刊載。但是，前文有述，《北洋官報》也有少量自採的新聞。雖然目前，到底由誰充當記者出外採訪新聞並不清楚，不過，這對官報來說已是巨大的進步。另外，《北洋官報》新聞門類豐富，還能夠接收外電，選譯外報。從新聞內容上看，與當時的現代化民間報紙無異。

　　《北洋官報》創辦取得成效，為行省官報在全國推廣提供學習與模仿的樣板。1903 年，外務部就下令在全國推廣。在榜樣的示範下，各行省的官報也陸續辦起來。1904 年由南洋通商大臣和兩江總督衙門主辦的《南洋官報》在江蘇南京開辦，體例就是仿照《北洋官報》。一時間，仿照《北洋官報》的辦報模式，創辦新式官報成為各省的新風尚。1904 年《四川官報》在成都創刊。到了 1905 年，伴隨著新政迅速拓展，行省官報在全國全面鋪開。1905 年，《河南官報》在開封創刊，《湖北官報》在武昌創刊，《安徽官報》在安慶創刊，《山東官報》在濟南創刊等；1907 年《廣西官報》在桂林創刊，《江西日日官報》在南昌創刊，《甘肅官報》在蘭州創刊等；1908 年《浙江官報》在杭州創刊，1909 年《陝西官報》在西安創刊等。在清末最後 10 年中，清朝各級政府出版的官報，總數達百餘種，形成了一個從中央到地方的新式官報系統。隨著行省官報網絡逐漸形成，「預備立憲」向前推進，清政府終於在 1907 年 10 月 26 日創建了中央政府官報《政治官報》。同一天，清政府下令停刊《京

報》附出的報紙。至此，屬於古代報刊範疇的邸報終於走向終結，退出歷史。

4.4.2 推進了出版技術的發展

　　印刷和出版不只是一種技術，而是一種文化，更是具有「物質」力量的文化生產。「清末民初正是印刷技術在中國發生從用手工雕版印刷，經由石印技術，嚮用機器大規模活字鉛字印刷轉變的重要時期，其時的文化形態因此也呈現出巨大的轉折性變化，精英的古典的文化逐漸爲大眾的時尚文化所取代。」〔註53〕中國現代思想和文化從它的發生期就深刻地蘊含著大眾傳媒的特質。《北洋官報》誕生並發展於晚清的最後十年，隨著西學東漸傳入中國的近代出版技術，在以「救亡圖存」爲主要議題的文化啓蒙運動中，迅速改進和創新，並推動近代出版業達到了高潮。

　　北洋官報局印刷設備先進，印刷技術一流，使《北洋官報》成爲中國近代最早採用銅版印刷技術的報紙〔註54〕。北洋官報局創建之初，就派人到日本不惜重金選購最先進的印刷設備，聘請日本精銅版、石版、照相製版及印刷高級技師，從上海雇傭活字版熟練印刷工從事印刷。印刷版面相比其他書局來說比較齊全，雕刻銅版、鉛版、電鍍銅版，印書紙版、泥版、石版等一應俱全。這使得北洋官報局有能力經營其他出版業務。它不只限於刊印報紙，還承印各省紙幣、股票、郵稅，各類圖畫，五彩商標等，「花樣新異，精巧絕倫，色澤鮮美，紙質堅致，並可加用特別暗記以杜仿造」〔註55〕。銅版和銅活字印刷刻字精美、印刷質量高，因而「銅版印刷術在中國近代出版史上佔有不可輕視的地位」〔註56〕。不過，以銅作印刷材料造價極高，成本昂貴，在晚清，除官書局以外，也只有富賈豪商用得起。一版銅活字往往多次利用。北洋官報局因承攬各種出版印刷業務，所以銅版印了報紙，還可以印書，書籍印刷以後，還可以拆版將銅活字另作它用。即便如此，也可以想像，《北洋官報》使用雕版銅刻是多麼的「豪奢」。當然，《北洋官報》的印刷質量不僅是各個官報當中，甚至是當時出版的所有報紙當中的佼佼者。

　　《北洋官報》的印刷質量高表現在封面、插圖，還有廣告的刊刻方面。遇有宮廷重大活動如皇太后、皇上壽誕，皇家婚喪嫁娶，祭祀，慶典等，

〔註53〕雷啓立，晚清民初的印刷技術與文化生產〔J〕，華東師範大學學報（哲學社會科學版），2008（5）。
〔註54〕翟硯輝，《北洋官報》與直隸新政〔D〕，石家莊：河北師範大學，2010。
〔註55〕本局廣告〔N〕，北洋官報，第1643期，1908年3月1日。
〔註56〕紀曉平，近代中國的銅版印刷術〔J〕，大學圖書館學報，2002（3）。

官報的封面都會配有相應的圖案、花紋。有時候，那圖案、花紋還很繁複，設計感強烈。那花紋、圖案被刊刻出來後，紋路細膩，清晰，即使百年之後影印出來再看，也一樣精美。

圖 4-1　《北洋官報》第 1962 期頭版，1909 年 1 月 27 日

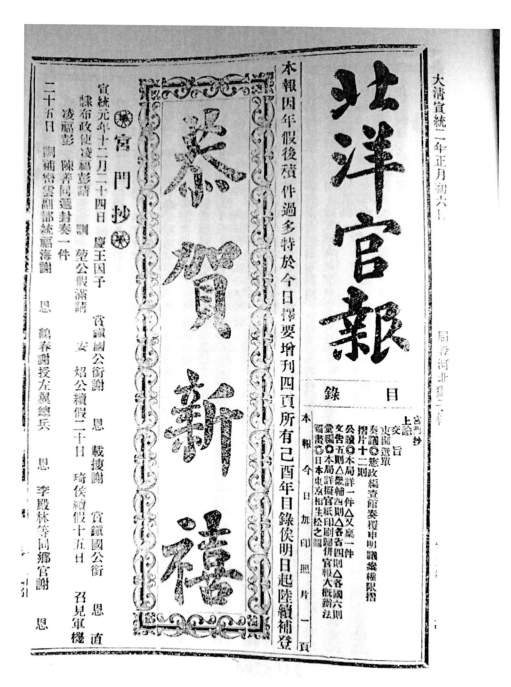

圖 4-2 　《北洋官報》第 2336 期頭版，1910 年 2 月 15 日

　　最能體現其印刷水平的就是官報的插圖和廣告了。前文有詳細介紹《北洋官報》的插圖，包括插畫、攝影圖片等。精湛的印刷工藝完美呈現了插圖

的表現手法、藝術造型，線條的明暗、畫面的分離與整合等都能淋漓盡致地按照插畫師的意願表達印刷出來。《北洋官報》的廣告每期 4 到 8 版不等，相較於正刊，廣告頁用花紋、底紋等修飾更多，並且幾乎每期必有圖案。《北洋官報》上的廣告插畫，能將原作中人物神韻傳達得惟妙惟肖，徽章標誌細緻入微，較好地保持了原作圖畫的品質。

先進的印刷技術不僅保證了高品質的報紙出版，而且還極大促進了報紙版面設計的改進。《北洋官報》有報頭（報名）；有頭版概念，且頭版充滿了設計感，有分欄、有裝飾、字號字體有變化而錯落有致；新聞信息有字號區分；標題與正文明顯區分且突出處理；廣告版面最為活躍，各種現代化編排手段頻繁使用，大字號、花邊、底紋、配圖等，極大地增強了廣告的宣傳效果。《北洋官報》具備了現代報紙版面設計的理念，試圖做到版面設計為內容服務，通過版面設計增強傳播效果。

印刷能力的提高也帶動了北洋官報局業務的發展。如前所述，北洋官報局不只限於刊印報紙，還承攬印刷本省及全國各地的公私營鈔票，股票，印花，五彩商標，還有各類圖書、圖冊等。從《北洋官報》上的各類廣告可以看出，官報局印售的書籍包括各級各類新式學堂教材，以及格物致知之學，傳統文化，西洋思想等方面的圖書五花八門。北洋官報局的印刷出版活動與《北洋官報》的宣傳與展示，表現了其「開民智」「傳新知」的出版思想，融入到了晚清西學東漸、強國富民的大潮當中，並同當時湧現出的眾多出版和印刷機構一起匯成巨大的社會和文化改造力量。

「由於印刷出版技術的革命性變化，不是因為工具性的生產，更由於功能性的社會組織和文化形態的形成，新的文化和知識生產格局在晚清社會終於成為主流，新的印刷技術因此而具有了推動和造就社會和文化變革的力量。」〔註 57〕

4.4.3　提高了報人的地位

中國古代私營性質的小報肇始於北宋，盛行於南宋。當時小報的發行人是邸吏（進奏官）、使臣（地方各軍州郡臨時派駐首都承受文字的官員）、在省寺監司等政府機關工作的中下級官員，「書肆之家」和被當局誣稱為「不逞

〔註 57〕雷啓立，晚清民初的印刷技術與文化生產〔J〕，華東師範大學學報（哲學社會科學版），2008（5）。

之徒」、「無圖之輩」和「姦佞小人」之類的人。〔註 58〕明代中葉以後，民間
報房獲准公開營業，社會上開始出現了以「送邸報爲業的人」，這些「報房賈
兒」抄報、賣報「博錙銖之利」。可見，古代從事與報業有關活動的人社會地
位都不高，賣報獲利並不豐，經營報紙也只是爲了養家糊口，並無更高志向。

　　19 世紀中葉以來，在華外報迅速發展，無論是傳教士報刊還是商業報刊，
爲了迎合中國文人的閱讀習慣，也爲了擴大報紙的發行量，它們盡可能的使
報紙「中國化」，聘請中國人爲主筆或撰稿人蔚然成風。但通常只有屢試科舉
未中，懷才不遇的文人才到報社應聘。「以中國早期報業最具代表性的報紙《申
報》爲例，其 1876 年創刊之後直到 20 世紀初的幾十年裏歷任總主筆、主筆，
除了第一任總主筆蔣芷湘於 1884 年考中進士，離開報館外，其他人幾乎都是
功名未就的落魄秀才。」〔註 59〕第一批中國報人的境遇和社會地位的低下更
是難以想見。世人普遍認爲「一般報館主筆、訪員在當時均爲不名譽之職業，
不僅官場中人仇視之，即社會上一般人，也以其搬弄是非而輕薄之」〔註 60〕。
以致在報館從事事務的報人「對人則囁嚅不敢出口也」〔註 61〕。且報人工作
條件惡劣，薪水較低，哪有「無冕之王」的神氣。雷瑨回憶在《申報》報館
工作時的條件時寫道：「房屋本甚敝舊，惟西人辦公處，尚軒爽乾淨。吾輩起
居辦事之室，方廣不逾尋丈，光線甚暗，而寢處、飲食、便溺等等悉在其中，
冬則寒風砭骨，夏則熾熱如爐。最難堪者，臭蟲生殖之繁，到處蠕蠕，大堪
驚異，往往終夜被擾，不能入睡。館中例不供膳，每日三餐，或就食小肆；
或令僕人購於市肆，攜回房中食之。」〔註 62〕作爲當時的大報《申報》館的
主筆尚且如此窘迫，更何況其他小報館、普通訪員的境遇。戈公振評價：「記
者之職業，譽之者至謂無冕之王，而在昔則不敢以此自鳴於世也。」〔註 63〕

〔註 58〕方漢奇，中國新聞事業通史（第一卷）〔M〕，北京：中國人民大學出版社，
　　　　1992：（104〜105）。
〔註 59〕劉磊，中國早期報人社會地位的演進〔J〕，傳媒，2002（7）。
〔註 60〕姚公鶴，上海報紙小史〔J〕，東方雜誌，1917，第 14 卷第 6 號；轉引自：趙
　　　　建國，從「邊緣」走向「中心」：早期報人社會地位的演變〔J〕，廣西社會科
　　　　學，2006（8）。
〔註 61〕姚公鶴，上海報紙小史〔J〕，東方雜誌，1917，第 14 卷第 6 號；轉引自：趙
　　　　建國，從「邊緣」走向「中心」：早期報人社會地位的演變〔J〕，廣西社會科
　　　　學，2006（8）。
〔註 62〕雷瑨，申報館之過去狀況〔A〕，申報館，最近之五十年（二）〔C〕，上海：
　　　　上海書店出版社，2015：（490）。
〔註 63〕戈公振，中國報學史〔M〕，北京：中國新聞出版社，1985：（84）。

　　隨著西式報刊的示範作用，以及中國近代報刊所需的社會發展條件的成熟，以王韜為代表的早期改良主義知識分子開啓了國人自辦報紙的先聲。在中國封建專制和帝國主義的雙重壓迫下，他們奮力衝破言論出版自由的桎梏，頂著來自經濟方面的壓力，利用報刊媒介表達了強烈的愛國主義思想和一定的資產階級民主要求，同時也表達了他們希望使報紙成為改革社會、推進中國繁榮富強的輿論工具的強烈願望。歷經近半個世紀的西報的浸淫，以及早期報人對西方報館的價值和功能的解釋，更重要的是，報人積極的新聞實踐，使得報紙、報館乃至報人的地位被重塑。早期效法西方的報人如王韜、蔣芷湘、陳藹亭、伍廷芳、蔡爾康等，「身份」已大為改善，得以初步去污名化，為甲午後康梁等高級士人，提升行業形象做了鋪墊。

　　時間推進到 19 世紀 90 年代，中國人辦報活動掀起了第一個高潮。在這次高潮中，維新派人士創辦的報刊佔有重要的歷史地位。維新運動的領導人和維新派人士，借助報刊，譴責列強侵略中國、瓜分中國的種種罪行；強調爭取民族獨立，維護國家主權的重要性，同時強調向西方學習先進思想、先進文化，堅持不懈地對國民進行思想啓蒙教育。他們的震駭心魂的政論，救亡圖存的熱忱，追求自由的新聞思想，英勇無畏的政治實踐，贏得了民眾的支持。「前此賤視新聞業因而設種種限制之慣習，復悉數革除」「新聞業遂卓然成海上之新事業，而往前文人學子所不屑問津之主筆、訪事，至是亦美其名曰新聞記者，曰特約通信員」。〔註64〕康梁等人同時以「新型的政治公眾人物」和報人的形象開始在歷史舞臺呈現，提高了報人的社會聲望，提高了報紙的社會地位。塑造了更為權威和高尚的政治家報人的形象。然而隨著戊戌政變對維新派人士的剿殺，維新派在國內的輿論機關喪失殆盡。儘管維新報人相對早期報人與政治權力中心更加接近，對社會輿論也更具有影響力，但依舊沒有獲得官方的認可。

　　直到清末新政時期，清政府不再視「新報」為「錯謬」，不僅接納了新式報刊，認識到了報刊在社會生活中的重要作用，轉而予以鼓勵並由主政者親自發起創辦官報，以積極參與的姿態投入到清末辦報高潮中。統治階級對報刊的態度由壓制和排斥到肯定和利用，這在觀念和行動上是一個相當大的進步。這直接主導著社會的價值取向。「以 1902 年為界，此前 10 年間問世的報刊約 180 餘家，而此後 10 年則達 970 餘家，並且出現了我國最早的一批通訊社、新聞著

〔註64〕姚公鶴，上海閒話〔M〕，上海：上海古籍出版社，1989：（131～132）。

作、新聞團體等，形成了清末的報業高潮。」〔註65〕這其中，清朝各級政府出版的官報，近110家。〔註66〕當時的清末官報，按性質分，有官商合辦，官督商辦，有始官辦而終歸商辦，有始商辦而終歸官辦的。按主辦單位劃分，官報可分為中央、總督轄區、省和少數州縣四級。按內容分，官報有綜合性和專業性兩大類。綜合性官報以《北洋官報》、《南洋官報》等為代表，後來又創辦了中央政府官報《政治官報》。專業性官報種類繁多，涉及了教育、政法、商務、實業等多個方面。清政府實施「預備立憲」期間，中央政府各部門及各地出版的專業性官報如雨後春筍，其中以教育官報數量最多，幾乎每省都有。從地域分布上來看，清末22個行省除了新疆外，都辦有官報，數量多寡不一。「這樣，形成了一個縱向四級兩類、橫向遍布各地的結構嚴密的官報網絡，恰與金字塔形的各級政權組織及其分工形式相契合，其規模之大為世所僅見。無論是經典意義上的鬆散的西歐莊園制封建國家，還是東方式專制主義的俄國、日本、土耳其和印度等國家，除孤零零的幾份官報外，在向近代化過渡時期都沒有形成如此成熟、幾達無遠弗屆的官報網。」〔註67〕

由此分析，清末最後10年，由於官方對新式報刊的鼓勵、支持和認可，報人的社會地位與報紙的社會影響力大大提高。而在這個過程中，《北洋官報》作為較早創辦的新式官報，並且在各方面都起著示範作用，加之其官報的身份，它對報人社會地位的提高有著重要的影響力。

4.4.4　初步形成了現代化和專業化的編輯理念與編輯技術體系

所謂編輯理念，「就是編輯主體在編創媒體、締構文化時，根據自身的素養及對社會政治、經濟、意識形態等形勢的總體把握，形成的關於媒體的主流活動與主導意識的思維靈智，是對編輯活動規律的理性認知與意識的昇華」〔註68〕。中國古代出版業被封建統治階級壟斷，出版為儒家文化服務，其自身特有的規律和功能被壓制，沒有得到充分發揮。鴉片戰爭以後，隨著西方現代印刷機械和技術的大量輸入和逐漸普及運用，中國本土現代意義上的出版機構的出現以及新式報刊的產生和發展，中國古代傳統的編輯出版格局終

〔註65〕李斯頤，清末的官報〔J〕，百科知識，1995（6）。
〔註66〕李斯頤，清末的官報〔J〕，百科知識，1995（6）。
〔註67〕李斯頤，清末10年官報活動概貌〔J〕，新聞研究資料，1991（3）。
〔註68〕張祖喬，網絡時代編輯該具有什麼樣的理念〔J〕，編輯之友，2007（2）。

於被打破。直至二十世紀初，現代化和專業化的編輯理念與編輯技術體系在中國初步形成。《北洋官報》現代化的編輯理念體現在以下幾個方面：

4.4.4.1　編輯人員職業化，編輯活動專業化

「在晚清，當西方科技知識湧入，而中國又一再地挫敗之後，興起了一種專業主義，它一方面是強調追求應用性知識技能，另一方面是分工、專精理念的興起，取代原來『通儒'的理想，或君子不『器』的觀念。」〔註69〕《北洋官報》創辦之初，聘有專門的、固定的編輯人員，且編輯人員分工明確，各司其職。初期機構設置為總辦，總辦之下設六股，分別為編纂處、翻譯處、繪畫處、印刷處、文案處和收支處。其中，編纂處有總攥，有副攥，專門負責撰寫評論、申論注解、選錄稿件、校對勘誤等報務工作；翻譯處專職翻譯東西各國現售的報刊、雜誌和各門各類最新圖書；繪畫處專門臨摹國外最新圖畫，包括著名人物、名勝古蹟、新奇發明等，其中描畫地圖是較大和較複雜的工作內容，另外，還要給每幅畫配以文字說明；印刷處主要負責印刷、蓋戳、統計期刊日期號碼、裁訂題封等事務，另外還兼有儲備、保存圖籍畫器等一切與報紙印刷相關的物資的職責；文案處，掌管收取、開啟、諮詢和回稟公牘文件，並刊發各類公私告白，還掌管卷宗，謄寫報冊，辦理各種蓋章手續等事務；收支處，除了負責採辦物料，發給員工薪俸伙食等各項雜用，掌管一切收支款項等，還相當於報紙的發行部門，負責發售官報，收回報價。

從部門設置來看，《北洋官報》的各個編輯環節分屬各個部門，局員各有專責，一律遵守。「副攥所訂原稿，必經總攥，詳加參閱後，統由總辦過目蓋戳，於設定時刻內發印。印刷處不得擅改印樣，仍送總攥校閱無訛，始准發售。發售由收支處經營，必於設立時刻內按號分送，勿許停滯。報價照章核收，必受有憑照者，始准發行。報章之體裁，圖畫之有無，記載之事項，及文章之工拙，均有關於風氣之通塞。報章之銷數，准由總攥隨時斟酌修改，惟須總辦意見之相同。」〔註70〕

4.4.4.2　以清政府和直隸政府的新政綱領為主要編輯依據

作為清政府施行新政時期直隸政府創辦的官方刊物，《北洋官報》自始至終都把清政府和直隸政府的新政綱領作為編輯工作的主要依據。清政府

〔註69〕 宋原放，中外出版史〔M〕，北京：北京師範大學出版社，1993：（120）。
〔註70〕 戈公振，中國報學史〔M〕，北京：中國新聞出版社，1985：（48）。

在新政實施各個階段的綱領路線和方針政策，是根據當時的國際國內形勢和矛盾以及統治階級的利益目標而制定的，這些綱領路線和方針政策在很大程度上是爲了挽救民族危亡和政府信任危機，重樹政府尊嚴和威信，維護清朝意識形態的合法性和凝聚力。在這個意義上，《北洋官報》把清政府和直隸政府的新政綱領作爲編輯工作的主要依據，把宣傳政府的方針政策作爲一項重要任務去做。

在用新政綱領指導編輯工作方面，官報編輯部注意站在中央政府和直隸政府的立場上來辨別是非，判斷正確與錯誤，決定稿件的取捨和見報時機。在新政向前推進的不同階段，官報的宣傳和報導都緊緊圍繞當前主要工作和任務。在特定的新聞事件發生，或具有重要意義的新政措施實施階段，官報還會進行較有規模的集中式宣傳報導，形成新聞報導內容的集聚性，提升新聞傳播的影響力。比如在清政府宣布「預備立憲」以後，《北洋官報》新增多個評論類和新聞類專欄開展立憲新聞述評，一個月內有關「預備立憲」的新聞明顯規模性增多，甚至報紙版面也爲此做了相應調整，全力引導輿論支持立憲，爲「預備立憲」搖旗吶喊。

4.4.4.3　新聞稿件處理依據一定的新聞原則

《北洋官報》章程中第三章「條規」部分，專門規定了官報處理新聞稿件的原則。

> 「不准妄參毀譽，致亂聽聞。
>
> 不准收受私函，致挾恩怨。
>
> 所有離經害俗委談隱事，無關官報宗旨者，一概屏不登錄。
>
> 記載各條必其事實有根據，其或偶涉訛誤者，應隨時聲明更

正。」〔註71〕

這些條規涉及到新聞眞實性原則，新聞倫理原則，客觀公正原則等。《北洋官報》就曾經刊載過「據實更正」爲本報未經證實就刊載失實新聞向讀者致歉。另外，因爲《北洋官報》沒有專門設有採訪部，大部分稿件不是自採新聞。在刊載新聞時，無論國內新聞還是國際新聞，官報一般都要注明新聞來源。這也表明官報對新聞眞實性的追求。

《北洋官報》還初步具備了受眾意識。具體體現在：

〔註71〕戈公振，中國報學史〔M〕，北京：中國新聞出版社，1985：（48～49）。

官報首頁或頭版、二版上方設置固定的《目錄》，對本期官報主要內容加以索引，與我們現代報紙的「導讀」一樣，引導和便於讀者閱讀。《目錄》一般位於報頭下方，相當於「報眼」的位置，通常將《奏議》、《公牘》、《要件》等欄目的主要內容的標題依依羅列。其他欄目收錄新聞的數量依依列舉。

官報還會在歲末年初將當年或上一年全年報紙的主要欄目的內容做一個目錄索引，方便讀者查閱或按目類收存報紙。

《北洋官報》用白話文刊載各類告示，用白話文傳播憲政知識等等。白話文的運用充分考慮了讀者的接受能力，顯示了報紙的受眾意識。

《北洋官報》的附刊《北洋學報》，分爲甲、乙、丙甲三編，分別爲文學類內容、化學類內容和學術彙編。因內容豐富，頁數有限，各編輪流出刊。爲方便讀者學習、收藏，每編內容不相混，歲末年終之時拆分，即可分別裝訂成各類專業書籍。這種爲讀者著想的做法也反映了官報的受眾意識。

4.5　本章小結

毋庸置疑，自從《北洋官報》濃墨重彩地登上歷史舞臺之後，便在歷史長河中佔有一席之地。《北洋官報》是清末最後十年這個特殊時代的產物，它是這段歷史的一部分，它的編輯方針、報導內容深刻反映了時代的變化。本章重點討論的是，《北洋官報》作爲社會系統中獨立存在的一分子，如何能動地作用於社會。

首先，《北洋官報》十年的存在，對晚清最後時光的記錄，具有不可取代的史料價值。十年間，《北洋官報》除每年中國農曆春節前後休假十天之外，從未脫期。3000 多期的官報，將每日中央政府及直隸省、其他省份的重要公告、決策，朝廷大員的重要奏章、各部門之間政務來往的重要函文以及全國各地新政實施的新聞、預備立憲推進的各個步驟的報導等精選摘錄，有條不紊地開展報導。尤其是對清末新政、預備立憲的報導，幾乎清政府每一次政策的發布與調整，《北洋官報》都有報導。當日之新聞，便成明日之歷史。如今，《北洋官報》成爲研究晚清歷史不可多得的歷史資料。

其次，有研究者認爲《北洋官報》是「政府傳達政策法令的機構，與邸報『宣達皇命，傳達政令』的功能差別不大」。但是通過本文的大量內容分析，可以得出結論，《北洋官報》與邸報在實現「通上下」的功能上差別很大：《北

洋官報》對於清政府、直隸政府的政策的宣傳報導是主動的，積極的。比如，在關鍵時刻官報也有派出「記者」主動打探新聞；設評論專欄對時局、對政策表達觀點，引導輿論；編輯各類知識性附刊傳播新學問新思想；著力通過閱報社、講報所等方式努力向下層民眾輸灌新知識新觀點等。因其權威性和廣泛的傳播範圍，《北洋官報》對清末新政的推進、清末立憲思潮的發展起到了不容小覷的推動作用。它不僅衝擊著廣大政府官員的思想，影響著他們對國家政治進程和社會變遷的覺悟，而且還試圖「向下」實現其「開民智」的宏大理想，展現了官報「喚起國民，共擔國家」的進步性。

再次，研究《北洋官報》一定要注意報紙作為社會系統獨立存在的一分子，它與這個社會的互動性，它對社會的進步能動地發揮著自己的作用，不能僅僅用功能主義來評價它，只是把它看作是社會的反映，文化的載體。《北洋官報》對歷史的能動作用可分為兩個部分，一是對社會歷史進程的推動作用，一是對新聞傳播事業的促進作用。作為一類媒介的代表和典範，除了在革命史範疇中探討《北洋官報》，還應該注重從媒介自身的新聞傳播規律來研究它。

最後，對《北洋官報》的歷史評價本文更多地是基於其自身的外在形態與內容分析所得，通過與少量的私營報紙、政治團體所辦的報紙相對比而出，尚欠缺其他史料的佐證，如，同時代讀者的評述，其他媒介的評價和互動，以及各類史書對官報的記載等。今後，本研究還需不斷挖掘和完善。

結　語

　　本書在晚清最後十年的背景中考察《北洋官報》，對其辦刊宗旨、形式、內容、組織建構及發行渠道等方面做了全面梳理和分析，並在此基礎上，對《北洋官報》在歷史中，包括在新聞傳播史中的地位和作用做了深入探討。論文力圖勾勒出《北洋官報》的全貌，爲中國新聞史的進一步完善又添一塊磚瓦，爲地方報刊史搭建一個小平臺。

　　一份報刊像一個人一樣，其身後是非功過任人評說。翻閱時人對《北洋官報》的評價，大致可以將它們劃分爲兩大類，一類觀點是從《北洋官報》的意識形態屬性出發，用政治價值評價它，認爲《北洋官報》「政治上的反動性注定了它必然是一項失敗的活動」；一類觀點是從功能主義角度肯定《北洋官報》「爲清末新政的推行提供官方的信息引導，充當了清廷耳目喉舌的角色」。學者們從不同角度展開研究，得出多樣的觀點。本研究則通過對《北洋官報》的形態與內容分析得出：《北洋官報》在編輯體例、發行體制等方面不僅在當時代起了示範作用，後繼創辦的官報幾乎都模仿其辦報模式，而且還深深影響了清朝以後至辛亥革命後民國時期創辦的報紙。從這一角度講，《北洋官報》是一份「成功」的報紙。

　　無論從哪一種角度、運用哪一種範式研究《北洋官報》，都不能輕易爲它蓋棺定論，只不過是「橫看成嶺側成峰」罷了。當前對《北洋官報》爲數不多的研究當中，除了通過對其概略性描述之後就簡單地下了符號化、臉譜化的定論之外，還有一部分是把《北洋官報》作爲「歷史的報刊」來研究。所謂「歷史的報刊」是說將報刊作爲史料，窺探當時代的政局、經濟發展、思想文化、社會生活等狀況。這樣的研究較少關注報刊自身，即沒有把報刊當

做研究對象，無法呈現報刊的文本、編採業務、廣告經營、傳者與讀者的面貌。「報刊的歷史」因此模糊而不完整。「強調作為對象的報刊研究，並非是要否定報刊的史料價值，而是在另一種意義上對報刊價值的重新估量。報刊之於人、之於社會、之於國家的價值，不單純在於記錄或反映正在發生或發生過的事情，同樣在於製造並傳播知識，對人群及社會產生某種觀念衝擊，進而影響歷史的進程。」〔註1〕本研究試圖不僅僅停留和局限在「歷史上的報刊」，而是描摹出《北洋官報》的輪廓，儘量還原為「報刊的歷史」。

放眼歷史長河來看，《北洋官報》在中國新聞傳播史上，它起到了承上啓下的作用。《北洋官報》已完全脫離古代官報的性質，蛻變成現代化報刊。由《北洋官報》起，結束了中國古代邸報的歷史，開啓了現代官報的歷史。《北洋官報》和其他各類報刊一起，成為我國第一次報業高潮的組成部分。

梳理「歷史的《北洋官報》」，發現《北洋官報》上保存了大量珍貴的史料，它對清末工商實業的開辦、新式教育的發展、現代警政的推進，預備立憲的過程等方面的報導，尤其是關於直隸省新政各項措施的實施，以及外交關係、新書出版、移風易俗、市政建設、救濟與慈善等方面的報導，為今天的研究提供了不可多得的、具體而生動的原始記錄，堪稱清末歷史變遷的記錄者，是研究清末新政和直隸社會生活不可或缺的第一手原始資料。

考察「《北洋官報》的歷史」，從另一種意義上重新估量《北洋官報》的意義我們發現：

首先，以《北洋官報》為代表的新式官報取代古代邸報是歷史的必然。古代邸報並不是一無是處，只是它的僵化與封閉違背了新聞傳播開放與發展的必然趨勢，最終走向衰落直至消失在歷史時空中。而《北洋官報》汲取了古代邸報中合理的、積極的因素，比如上傳下達，保持政令暢通等，增添了古代邸報所不能容納的新內容，如各類時效性新聞、新知識、新思想等，甚至還有評論，並拋棄和克服了古代邸報中過時的、消極的因素。因而，《北洋官報》具有古代邸報不可比擬的優越性，必然會取代古代邸報。另一方面，在清末社會求變革求發展的動盪歷史中，《北洋官報》的出現在一定程度上能夠反映社會新的變化，滿足受眾更多方面的信息需求，必然導致受眾「喜新厭舊」。因此，新式官報取代古代邸報成為歷史的必然。

〔註1〕胡建書，從「歷史的報刊」到「報刊的歷史」——淺論中國近現代報刊史研究範式的轉變〔J〕，新聞與傳播研究，2012（2）。

　　其次，以《北洋官報》爲代表的新式官報的發展與清末新政、立憲思潮的發展是同步的。清末新政進展順利，如火如荼，《北洋官報》的新聞宣傳亦繁榮蓬勃；新政推進緩慢或遲滯，《北洋官報》的宣傳報導也偃旗息鼓；當清政府宣布預備立憲，《北洋官報》的形式內容煥然一新。新式官報的發展過程與清末新政、立憲進程是吻合的。以《北洋官報》爲代表的新式官報與清末社會變遷關係密切。清末新政的實施推動了新式官報的創辦和發展，新式官報的宣傳報導在一定程度上促進了清末新政的開展，二者相互促進。新式官報成爲清政府官方主導思想的主要鼓吹者和支撐力量。

　　第三，以《北洋官報》爲代表的新式官報對新思想、新文化、新知識的持續宣傳，成爲清末報刊「開民氣、開官智、開民智」洪流中的重要組成部分。晚清，西學東漸是中西文化交流的主要方式。從傳教士蹈海東來，在中國東南沿海宣講教義，辦報出書，配合西方殖民主義開展思想文化滲透，到中國少數知識分子開始「睜眼看世界」；從以教會爲主要力量創辦學校、印刷出版機構，到以清政府官方創辦的新式學堂、印刷出版機構成爲西學傳播的主流；從以西方自然科學技術爲輸入主流到引入西學當中有關政治、法律以及社會科學方面，晚清西學的傳播經歷了從無到有、從少到多，歷經半個世紀的西學傳播洪流，到清末最後十年，達到了前所未有的高潮。清政府與其官方喉舌新式官報成爲傳播西學的主要力量。《北洋官報》從創辦到結束，矢志不渝堅持始終地向讀者介紹西學新書，自然人文都有涉獵，不遺餘力地向讀者介紹西方新技術新發明新知識新思想，即使在發展後期隨著清末新政的停滯，對於新政的新聞宣傳報導甚至爲零的時候，都沒有停止對現代科學技術和思想文化的傳播。《北洋官報》同其他各類報刊一起爲晚清思想啓蒙做出了貢獻。

　　《北洋官報》像一汪還未探測完全的湖水，十年的《北洋官報》，不間斷地出版，除了對清末新政、預備立憲、直隸新政的持續關注，對國際時事的密切跟蹤，對新知識、新思想的一貫傳播之外，它對晚清移風易俗的報導及其影響，它的附刊的發展變化，廣告的內容及傳播策略等問題，遺憾本文未能深入細緻地開掘。它與私營報紙之間的互動也是很有趣的話題，本文關注較少。走出中國新聞史疆界，將《北洋官報》放到世界新聞史視野中考察，在世界各國現代化過程中，《北洋官報》乃至晚清的官報活動與世界各國官報活動的比較研究，將有助於我們探尋中外近代新聞事業的發展規律，這是今

參考文獻

一、報刊雜誌

1. 《北洋官報》，1902～1912 年。
2. 《政治官報》，1907～1911 年。
3. 《湖南官報》，1902～1906 年。
4. 《四川官報》，1904～1911 年。
5. 《甘肅官報》，1908～1910 年。
6. 《湖北官報》，1905～1910 年。
7. 《南洋官報》，1904～1911 年。
8. 《大公報》，1902～1911 年。
9. 《申報》，1902～1911 年。
10. 《東方雜誌》，1904～1911 年。
11. 《順天時報》，1908～1910 年。

二、史料綜合

1. 國家圖書館，國家圖書館藏北洋官報〔Z〕，天津：天津古籍出版社，2014。
2. 故宮博物院明清檔案部，清末籌備立憲檔案史料〔Z〕，北京：中華書局，1979。
3. 沈雲龍，近代中國史料叢刊〔Z〕，臺北文海出版社，1961～1973。
4. 朱壽朋，光緒朝東華錄〔Z〕，北京：中華書局，1958。
5. 張枬，王忍之，辛亥革命前十年間時論選集〔C〕，北京：生活・讀書・新知三聯書店，1963。
6. 甘厚慈，北洋公牘類纂〔Z〕，臺北：文海出版社，1966。

7. 甘厚慈，北洋公牘類纂續編〔Z〕，臺北：文海出版社，1966。

8. 趙君豪，中國近代之報業〔M〕，臺北：文海出版社，沈雲龍主編「近代中國史料叢刊」本，1978。

9. 方豪，英斂之先生日記遺稿〔M〕，臺北：文海出版社，沈雲龍主編「近代中國史料叢刊」本，1978。

10. 丁進軍，晚清創辦報紙史料〔Z〕，北京：中國第一歷史檔案館，《歷史檔案》2000年第2、3、4期，2001年第1期。

11. 復旦大學新聞系新聞史教研室，中國新聞史文集〔M〕，上海：上海人民出版社，1987。

12. 河北省地方志編纂委員會，河北省志·新聞志〔M〕，北京：中華書局，1995。

13. 中華文化通史編委會，中華文化通志·新聞志〔M〕，上海：上海人民出版社，1998。

14. 天津圖書館，天津社科院歷史研究所，袁世凱奏議〔Z〕，天津：天津古籍出版社，1987。

15. 「臺北國立故宮博物院」，袁世凱奏摺專輯〔Z〕，第一集，第八冊，臺北：廣文書局，1970。

16. 清實錄（第六十冊，宣統政紀）〔M〕，北京：中華書局，1986年影印本。

17. 中國社會科學院近代史研究所近代史資料編輯部，近代史資料〔Z〕，北京：中國社會科學出版社，1982。

18. 天津市檔案館等，天津商會檔案彙編（1903～1911）〔Z〕，天津：天津人民出版社，1989。

19. 趙爾巽，清史稿（列傳，二百五十）〔M〕，北京：中華書局，1958。

20. 〔英〕李提摩太，論報館〔A〕，中國近代報刊史參考資料（上冊），北京：中國人民大學新聞系，1979。

21. 梁啓超，中國各報存佚表〔A〕，中國近代報刊史參考資料（上冊），北京：中國人民大學新聞系，1979。

22. 胡道靜，戊戌政變五十年祭〔A〕，中國近代報刊史參考資料（上冊），北京：中國人民大學新聞系，1979。

23. 張靜盧輯注，中國近代出版史料初編〔M〕，上雜出版社，1953。

24. 保定市報社，保定報志〔M〕，內部資料，1991。

25. 申報館，最近之五十年〔M〕，1923。

三、專著

1. 陳旭麓，近代中國社會的新陳代謝〔M〕，北京：中華書局，1958。

2. 費正清，劍橋中國晚清史（1800～1911）〔M〕，北京：中國社會科學出

版社，1993。

3. 高放等，清末立憲史〔M〕，北京：華文出版社，2012。

4. 郭漢民，晚清社會思潮研究〔M〕，北京：中國社會科學出版社，2003。

5. 胡繩武，金沖及，論清末的立憲運動〔M〕，上海：上海人民出版社，2003。

6. 侯宜傑，二十世紀初中國政治改革風潮——清末立憲運動史〔M〕，北京：中國中國人民大學出版社，2011。

7. 夏新華，胡旭，近代中國憲政歷程〔M〕，北京：中國政法大學出版社，2004。

8. 王鳳超，中國報刊史話〔M〕，上海：商務印書館，1991。

9. 徐建平，清末直隸憲政改革研究〔M〕，北京：中國社會科學出版社，2008。

10. 王天根，晚清報刊與維新輿論建構〔M〕，合肥：合肥工業大學出版社，2008。

11. 徐載平，徐瑞芳，清末四十年申報史料〔M〕，北京：新華出版社，1988。

12. 楊光輝，呂良海等，中國近代報刊發展概況〔M〕，北京：新華出版社，1986。

13. 戈公振，中國報學史〔M〕，上海：三聯書店，1955。

14. 方漢奇等，中國新聞事業通史〔M〕，北京：中國人民大學出版社，1992年。

15. 方漢奇，中國近代報刊史〔M〕，太原：山西人民出版社，1983。

16. 吳廷俊，中國新聞史新修〔M〕，上海：復旦大學出版社，2008。

17. 倪延年，中國古代報刊發展史〔M〕，南京：東南大學出版社，2001。

18. 丁淦林等，中國新聞事業史新編〔M〕，成都：四川人民出版社，2003。

19. 劉家林，中國新聞通史〔M〕，武漢：武漢大學出版社，2005。

20. 李炎勝，中國報刊圖史〔M〕，武漢：湖北人民出版社，2005。

21. 陳昌鳳，中國新聞傳播史：傳媒社會學的視角（第二版）〔M〕，北京：清華大學出版社，2009。

22. 劉子揚，清代地方官制考〔M〕，北京：紫禁城出版社，1988。

23. 瞿同祖，清代地方政府〔M〕，北京：法律出版社，2003。

24. 陳玉申，晚清報業史〔M〕，山東：山東畫報出版社，2003。

25. 董叢林等，清末直隸新政研究〔M〕，石家莊：河北人民出版社，2002。

26. 董叢林，晚清直隸總督與轄區經濟開發〔M〕，北京：當代中國出版社，2002。

27. 李孝悌，清末的下層社會啟蒙運動：1901～1911〔M〕，石家莊：河北教育出版社，2001。

28. 張靜廬，中國近代出版史料初編〔M〕，上海：上海出版社，1953。

29. 王樹增，1901〔M〕，北京：人民文學出版社，2011。

30. 〔臺〕蘇同炳，中國近代史上的關鍵人物〔M〕，天津：百花文藝出版社，2007。

31. 董守義，李鴻章〔M〕，哈爾濱：哈爾濱出版社，1996。

32. 〔美〕E・A・羅斯著、公茂虹，張皓譯，變化中的中國人〔M〕，北京：時事出版社，2006。

33. 李長莉，近代中國社會文化變遷錄（第一卷）〔M〕，杭州：浙江人民出版社，1998。

34. 閔傑，近代中國社會文化變遷錄（第二卷）〔M〕，杭州：浙江人民出版社，1998。

35. 羅檢秋，近代中國社會文化變遷錄（第三卷）〔M〕，杭州：浙江人民出版社，1998。

36. 辜鴻銘等，清代野史〔M〕，成都：巴蜀書社，1998。

37. 〔美〕杜贊奇著，王福明譯，文化權力與國家〔M〕，南京：江蘇人民出版社，2003。

38. 葉再生，中國近代現代出版通史〔M〕，北京：華文出版社，2002。

39. 〔美〕J・C・亞歷山大著，鄧正來譯，國家與市民社會〔M〕，北京：中央編譯出版社，1999。

40. 方漢奇主，中國新聞事業編年史〔M〕，福州：福建人民出版社，2000。

41. 秦紹德，上海近代報刊史論〔M〕，上海：復旦大學出版社，1993。

42. 〔美〕施拉姆，大眾傳播媒介與社會發展〔M〕，北京：華夏出版社，1990。

43. 吳晗等，皇權與紳權〔M〕，天津：天津人民出版社，1988。

44. 胡太春，中國近代新聞思想史〔M〕，北京：東方出版社，2015。

45. 蔣國珍，中國新聞發達史〔M〕，上海：世界書局，1927。

46. 金冠軍，戴元光，中國傳播思想史（古代卷上、下，近代卷）〔M〕，上海：上海交通大學出版社，2005。

47. 張之華，中國新聞事業史文選〔M〕，北京：中國人民大學出版社，1999。

48. 李孝悌，清末的下層社會啓蒙運動：1901～1911〔M〕，石家莊：河北教育出版社，2001。

49. 龔書鐸，中國近代文化概論〔M〕，北京：中華書局，1997。

50. 龔書鐸，中國近代文化探索（增訂本）〔M〕，北京：北京師範大學出版社，1997。

51. 丁志偉，中體西用之間〔M〕，北京：中國社會科學出版社，1995。

52. 張連起，清末新政史〔M〕，哈爾濱：黑龍江人民出版社，1994。

53. 〔美〕伍安祖，王晴佳著、孫衛國，秦麗譯，世鑒：中國傳統史學〔M〕，北京：中國人民大學出版社，2014。

54. 〔法〕葛蘭言著、楊英譯，中國文明〔M〕，北京：中國人民大學出版

社，2014。

55. 〔美〕吉爾伯特·羅茲曼主編、國家社會科學基金「比較現代化」課題組譯，中國的現代化〔M〕，南京：江蘇人民出版社，鳳凰出版傳媒集團，2010。

56. 袁偉時，馬勇，從晚清到民國〔M〕，北京：中國出版集團，現代出版社，2014。

57. 〔法〕謝和耐著、黃建華，黃迅余譯，中國社會史〔M〕，南京：江蘇人民出版社，鳳凰出版傳媒集團，2010。

58. 羅榮渠，現代化新論〔M〕，北京：北京大學出版社，1993。

59. 張鳴，重說中國近代史〔M〕，北京：中國致公出版社，2011。

60. 〔美〕徐中約著、計秋楓譯，中國近代史1600至2000中國的奮鬥（第6版）〔M〕，北京：世界圖書出版公司，2008。

61. 鄒振環，西方傳教士與晚清西史東漸——以1815至1900年西方歷史譯著的傳播與影響爲中心〔M〕，上海：上海古籍出版社，2007。

62. 〔美〕錢存訓著、鄭如斯編訂，中國紙和印刷文化史〔M〕，南寧：廣西師範大學出版社，2004。

63. 熊月之，西學東漸與晚清社會〔M〕，北京：中國人民大學出版社，2011。

四、論文

1. 李衛華，清末報刊立憲動員與政治變遷〔J〕，南京社會科學，2010（8）。

2. 李衛華，清廷「預備立憲」與清末報業發展空間的擴展〔J〕，國際新聞界，2011（5）。

3. 李衛華，簡論官報與清末立憲思想的傳播〔J〕，信陽師範學院學報（哲學社會科學版），2011（5）。

4. 劉小林，論清末立憲思潮〔J〕，學術論壇，1999（5）。

5. 徐建平，清末直隸地方官報的興起及其政治表達〔J〕，歷史檔案，2007（2）。

6. 李斯頤，清末10年官報活動概貌〔J〕，新聞與傳播研究，1991（3）。

7. 李斯頤，清末10年官報活動評析〔J〕，1994，新聞文化研究論文集。

8. 李斯頤，清末的官報〔J〕，百科知識，1995（6）。

9. 李斯頤，清末10年閱報講報活動評析〔J〕，新聞與傳播研究，1990（2）。

10. 邱思達，趙伊，天津北洋官報局印製的官報和鈔票〔J〕，中國錢幣，2004（3）。

11. 李明山，北洋官報局盜版與晚清版權律的制定〔J〕，南通師範學院學報（哲學社會科學版），2001（3）。

12. 張小莉，晚清文化政策之調整：從「崇儒重道」到「中體西用」〔J〕，河北學刊，2003（2）。

13. 張小莉，清末「新政」時期的地方官報〔J〕，福建論壇（人文社會科學版），2005（11）。

14. 周光明，日本官報的設計理念〔J〕，新聞與傳播評論，2008（12）。

15. 屈永華，憲政視野中的清末報刊與報律〔J〕，法學評論，2004（4）。

16. 楊波，劉長宏，清末的報刊與控制政策〔J〕，求索，2007（1）。

17. 白銘，河北省近現代報業史（1886～1949）〔J〕，高校社科信息，1997（5）。

18. 方漢奇，報紙與歷史研究〔J〕，歷史檔案，2004（4）

19. 方漢奇，中國最早的一批近代化報紙〔J〕，新聞戰線，1957（6）。

20. 許建萍，福建農工商官報與清末新政初探〔J〕，《白城師範學院學報》，2008（1）。

21. 張瑛，《河南官報》初探〔J〕，史學月刊，1987（3）。

22. 程雲，清代江西官辦報刊述略〔J〕，江西社會科學，1982（5）。

23. 王學珍，清末報律的實施〔J〕，近代史研究，1995（3）。

24. 李文武，晚清報刊與文化大眾化〔J〕，貴州社會科學，1996（2）。

25. 錢培榮等，晚清報刊的發展歷程〔J〕，杭州大學學報（哲學社會科學版），1996（4）。

26. 王先明，杜慧，「北洋」正義〔J〕，歷史教學，2014（4）。

27. 翟硯輝，沈雪，《北洋官報》發行問題探析〔J〕，保定學院學報，2011（3）。

28. 張珊珊，《北洋官報》史話〔J〕，中國社會科學報，2011（2）。

29. 丁苗苗，非「袁」不可的媒介話語〔J〕，社會科學報，2011（8）。

30. 唐少君，「開啓民智」在開拓北洋實業中的先導作用〔J〕，安徽史學，1994（2）。

31. 閭小波，二十世紀初中國傳播媒介的繁榮與人的現代化〔J〕，新聞與傳播研究，1996（1）。

32. 鄧紹根，論晚清電報興起與近代中國新聞業的發展〔J〕，安徽大學學報（哲學社會科學版），2013（4）。

33. 唐立平，從大眾傳媒看中國晚清社會的變革及當代思考〔J〕，大連幹部學刊，2012（2）。

34. 吳康林，地方督撫對預備立憲的輿論引導〔J〕，瓊州學院學報，2015（2）。

35. 曾榮，國民外交思想進入中國的歷史考察〔J〕，歷史教學，2010（22）

36. 胡建書，從「歷史的報刊」到「報刊的歷史」〔J〕，新聞與傳播研究，2012（2）

37. 李志茗，袁世凱幕府與清末新政〔J〕，史林，2007（6）

38. 徐永志，論 20 世紀初直隸地區的社會整合——兼評袁世凱與北洋新政

〔J〕，清史研究，2000（3）。

39. 蘇全有，袁世凱與清末學堂建設〔J〕，新鄉學院學報（社會科學版），2009（8）。

40. 周醉天，袁世凱直隸新政對天津近代文明建構的影響〔J〕，天津社會主義學院學報，2014（2）。

41. 崔改梅，論清末新政之教育改革與中國教育制度近代化〔J〕，濮陽職業技術學院學報，2009（4）。

42. 孫佳梅，李躍利，淺論清末新政中的教育改革〔J〕，海南師範大學學報（社會科學版），2011（1）。

43. 馬鴻儒，清末「新政」與教育改革述評〔J〕，歷史檔案，1993（4）。

44. 邢瑞苗，清末新政的教育改革〔J〕，河北廣播電視大學學報，2006（9）。

45. 張汝，清末新政的新式學堂與教育近代化〔J〕，樂山師範學院院報，2002（2）。

46. 鄭麗琴，清末新政教育改革評價及其現代啓示〔J〕，科教文匯，2009（11）。

47. 宋文博，清末新政時期袁世凱的教育思想與實踐〔J〕，黃河科技大學學報，2014（5）。

48. 戴根平，清末新政與中國教育制度近代化〔J〕，衡陽師範學院院報，2008（2）。

49. 曹寄奴，社會歷史的變遷與教育體制的轉型〔J〕，歷史教學問題，2009（6）。

50. 但瑞革，「政論時代」的傳媒與晚清社會思潮〔J〕，學習與實踐，2012（4）。

51. 胡斌，關於晚清社會思潮問題的幾點思考〔J〕，學術界，2011（8）。

52. 黃巍，科舉制度的廢除與晚清社會思潮〔J〕，歷史研究，2007（2）。

53. 曾憲明，黃月琴，論近代報刊與中國現代化意識的交互關係〔J〕，湖北大學學報，2002（3）。

54. 趙曉蘭，十九世紀我國報刊評論的產生及其發展〔J〕，浙江社會科學，2008（12）。

55. 吳祖鯤，王昆，思想變動與學術轉型——西方政治學引入與晚清社會〔J〕，深圳大學學報（人文社會科學版），2016（7）。

56. 陳偉軍，晚清報刊評論的現代性追尋〔J〕，廣東外語外貿大學學報，2010（1）。

57. 郭漢民，晚清社會與晚清思潮〔J〕，中南大學大學學報（社會科學版），2004（2）。

58. 劉俐娜，晚清政治變革視角下經世致用史學的研究〔Z〕，晚清政治史研究的檢討：問題與前瞻，中國會議，2014（3）。

59. 荊學民，蘇穎，不同話語身段的博弈〔J〕，人民論壇，2013（13）。

60. 張海林，谷永清，從「開官智」到「開民智」：論晚清中國社會現代化的進路〔J〕，東嶽論叢，2011（4）。

61. 楊寧，淺論清末新政的失敗與中國現代政治文明的起步〔J〕，南京政治學院院報，1997（4）。

62. 姚順東，清末新政和中國近代政治現代化〔J〕，邵陽學院學報（社會科學），2003（3）。

63. 陳向陽，清末新政與中國現代化〔J〕，華南師範大學學報（社會科學版），1996（2）。

64. 忻平，清末新政與中國現代化進程〔J〕，社會科學戰線，1997（2）。

65. 戴玉琴，清末新政與中國早期現代化的進程〔J〕，南京社會科學，1999（6）。

66. 陳向陽，晚清三次思想分化與早期現代化思想的變遷〔J〕，學術月刊，1999（2）。

67. 陳柳欽，現代化的內涵及其理論演進〔J〕，經濟研究參考，1999（4）。

68. 胡傳勝，現代化理論的三個視角〔J〕，南京大學學報（哲學，人文科學，社會科學），2001（3）。

69. 何顯明，揭艾花，制度變遷與中國現代化進程〔J〕，浙江社會科學，1999（3）。

70. 梁景和，論清末地方自治的實踐〔J〕，西南交通大學學報（社會科學版），2000（12）。

71. 劉建明，中國古代官報的媒介批評〔J〕，當代傳播，2011（2）。

72. 崔軍偉，徐保安，晚清開官智思潮述論〔J〕，江淮論壇，2006（5）。

73. 〔美〕錢存訓，印刷術在中國傳統文化中的作用〔J〕，文獻，1991（2）。

74. 〔美〕錢存訓，關於紙和印刷史研究的新結論〔N〕，北京日報，2005年2月7日。

五、學位論文

1. 張敏，《盛京時報》與清末立憲（1906～1911）〔D〕，蘇州：蘇州大學，2003。

2. 翟硯輝，《北洋官報》與直隸新政〔D〕，石家莊：河北師範大學，2010。

3. 閆小會，《申報》視野下的清末立憲〔D〕，吉林：吉林大學，2014。

4. 徐爽，1901～1911：舊王朝與新制度——清末立憲改革論述〔D〕，北京：中國政法大學，2006。

5. 李衛華，報刊傳媒與清末立憲思潮〔D〕，廈門：廈門大學，2009。

6. 李益順，晚清報刊中的科學話語研究〔D〕，長沙：湖南師範大學，2014。

7. 李默菡，晚清表達自由制度研究〔D〕，武漢：武漢大學，2011。

8. 馬蕊，晚清報刊民主思想研究〔D〕，上海：上海大學，2014。

9. 劉靜靜，二十世紀直隸地方政府與城市變遷〔D〕，石家莊：河北師範大學，2008。

10. 汪苑菁，報刊與城市現代性〔D〕，武漢：華中科技大學，2013。

11. 葉德明，袁世凱與直隸新政〔D〕，蕪湖：安徽師範大學，2002。

12. 郭強，論袁世凱在清末新政時期的教育改革及其影響〔D〕，石家莊：河北師範大學，2008。

13. 張豔麗，清末直隸新政中的督學機構與興學措施〔D〕，石家莊：河北師範大學，2002。

14. 吳仁傑，激進與保守之間——晚清憲政思想研究〔D〕，鄭州：鄭州大學，2009。

15. 劉覓知，近代社會思潮格局演進下的船山學研究〔D〕，長沙：湖南大學，2015。

16. 楊實生，清流與晚清政治變革〔D〕，長沙：湖南大學，2011。

17. 馬蕊，晚清報刊民主思想研究〔D〕，上海：上海大學，2014。

18. 廖靜，晚清時期船山思想的傳播與影響〔D〕，長沙：湖南師範大學，2014。

19. 董卓然，晚清政治改革潮流中的社會輿論〔D〕，杭州：浙江大學，2008。

20. 徐婷，清末新政敗因：基於政治觀念的考察〔D〕，武漢：華中師範大學，2011。

21. 秦勇華，1905 年～1916 年：清末民初政治轉型研究〔D〕，桂林：廣西師範大學，2008。

22. 葛寶森，保定商會研究（1907～1945）〔D〕，保定：河北大學，2011。

23. 陳海亮，清末新政與中國早期現代化的全面啓動〔D〕，瀋陽：遼寧大學，2014。

24. 李宏偉，現代理論與當代中國史學研究〔D〕，濟南：山東大學，2008。

25. 廖志坤，中國近代政治轉型的曲折反映——袁世凱政治思想研究〔D〕，長沙：湖南師範大學，2008。

26. 李新麗，中國近代報刊與人的現代化——以梁啓超的報刊活動爲考察對象（1896～1907）〔D〕，上海：復旦大學，2009。

27. 吳嘉曦，英斂之時期《大公報》開官智言論研究〔D〕，長沙：湖南師範大學，2015。

28. 周純亞，清政府與清末話語權之爭〔D〕，寧波：寧波大學，2010。

29. 白文剛，清末新政時期的意識形態控制〔D〕，北京：中國人民大學，2005。

致　謝

　　鍵盤敲出論文最後一個句號的時刻，我都能感覺到自己按捺不住的興奮之情。同時，萬千感慨湧上心頭。回首數年來求學生涯，我努力找到生活的平衡點，絲毫不敢懈怠地執槳泛舟於無邊學海。風雨無阻，助我一同劃槳向前的，無私的師長同儕親朋好友們，豈是一個謝字能夠表達我對你們的感激之情！

　　拜謝恩師白貴教授！老師具有淵博精雅的學識，溫潤深厚的德性和豁達包容的情懷。每每在我信心不足，或是思路阻塞的關鍵時刻，老師都能為我撥雲見日，指點迷津，並鼓勵我直面困難，超越自我。雖不能日日面見老師，聆聽老師的教誨，但老師的治學之風，工作之態，處世之道，我耳濡目染。老師的諄諄教誨我銘記在心。我是學生當中最駑鈍的一個，但我一定做一隻勤奮的笨鳥，在學術的道路上，不懈追求，以回報老師的培育之恩！

　　拜謝恩師王會教授！我常說，我有兩位導師，我比別人幸福太多。王老師飽諳經史，博物通達，淡泊名利，儒雅高才。能得老師之教導，乃我之大幸運。從老師的授業、解惑中我多受啓發，同時也深深折服於老師嚴謹的治學風範與濃厚的家國情懷。學生慚愧建樹無多，遠未達到恩師的期望。今後，定把老師的責望化作前行的動力！

　　淺薄小文無法承載給予我恩惠的老師們發自肺腑的謝意。感謝我的碩士生導師喬雲霞教授，長久以來，她像我的母親一樣竭力地幫助我卻不求回報；感謝新聞傳播學院韓立新院長，大力支持博士生教育，撥款購買全套影印版《北洋官報》，大大方便了我在論文寫作中查閱資料，減少了我在京津冀三地圖書館間的奔波之苦；感謝任文京老師、楊秀國老師、胡連利老師、田建平老師、彭煥萍老師、曹茹老師、張雅明老師、王秋菊老師、陶丹老師等的悉

心教導，他們以淵博的專業學識，嚴謹的學術思維，授人以漁，沒齒難忘；感謝諸位同門的陪伴支持，感謝新聞學院諸位領導、同仁的關懷照顧，求學苦旅，有你們的幫助和肯定，我才能步伐堅定，行走至今。

與我一起風雨同舟的還有我年事已高的父母、勤勞善良的姐姐和相濡以沫的愛人、活潑單純的女兒。在我攻讀博士學位期間，他們包容我的焦躁，分擔我的家務，理解我沒有更多時間的陪伴，默默地，無私地為我付出太多太多！平凡的生活中流淌著大愛無聲！我愛你們！謝謝！

時光荏苒，歲月如歌。惟願篤行致遠，靜水流深。

2018 年 9 月 10 日